हिन्द पॉकेट बुक्स

गोपुली गफूरन

शैलेश मटियानी आधुनिक हिन्दी साहित्य-जगत में नयी कहानी आन्दोलन के दौर के कहानीकार एवं प्रसिद्ध गद्यकार थे। उन्होंने *बोरीवली से बोरीबन्दर* तथा *मुठभेड़*, जैसे उपन्यास, *चील*, *अर्धांगिनी* जैसी कहानियों के साथ ही अनेक निबंध तथा प्रेरणादायक संस्मरण भी लिखे हैं। उनके हिन्दी साहित्य के प्रति प्रेरणादायक समर्पण व उत्कृष्ट रचनाओं के फलस्वरूप आज भी उत्तराखण्ड सरकार द्वारा उत्तराखण्ड राज्य में पुरस्कार का वितरण होता है।

गोपुली गफूरन

शैलेश मटियानी

हिन्द पॉकेट बुक्स
पेंगुइन रैंडम हाउस इम्प्रिंट

हिन्द पॉकेट बुक्स

यूएसए | कैनेडा | यूके | आयरलैंड | ऑस्ट्रेलिया
न्यू ज़ीलैंड | भारत | साउथ अफ़्रीका | चीन | सिंगापुर

हिन्द पॉकेट बुक्स, पेंगुइन रैंडम हाउस ग्रुप ऑफ़ कम्पनीज़ का हिस्सा है,
जिसका पता global.penguinrandomhouse.com पर मिलेगा

पेंगुइन रैंडम हाउस इंडिया प्रा. लि.,
चौथी मंजिल, कैपिटल टावर -1, एम जी रोड,
गुड़गांव 122 002, हरियाणा, भारत

पेंगुइन
रैंडम हाउस
इंडिया

प्रथम हिन्दी संस्करण हिन्द पॉकेट बुक्स द्वारा 1981 में प्रकाशित
यह हिन्दी संस्करण हिन्द पॉकेट बुक्स में पेंगुइन रैंडम हाउस द्वारा 2022 में प्रकाशित

10 9 8 7 6 5 4 3 2

इस पुस्तक में व्यक्त विचार लेखक के अपने हैं, जिनका यथासंभव तथ्यात्मक
सत्यापन किया गया है, और इस संबंध में प्रकाशक एवं सहयोगी
प्रकाशक किसी भी रूप में उत्तरदायी नहीं हैं।

ISBN 9789353494230

मुद्रकः रेप्रो इंडिया लिमिटेड

www.penguin.co.in

FSC www.fsc.org MIX Paper from responsible sources FSC® C047271

This is a legitimate digitally printed version of the book and therefore might not
have certain extra finishing on the cover.

कमलाकान्त त्रिपाठी
को सादर

खण्ड-1

गोपुली

□□

गोपुली पड़ाव की ओर निकलने को हुई, उस वक्त, सरयू सिर्फ सुनाई दे रही थी, दिखती नहीं थी। रात अभी भी अपनेअंग-वस्त्र समेटती प्रौढ़ा के से आलस में थी। सरयू रात का एक हिस्सा बनी रहती है इस वक्त। धरती से अलग दिखती नहीं है, सिर्फ उसका जंगल में की आंधी की तरह का शोर सुनकर लगता है कि पास में ही कहीं नदी बह रही है। जब अंधेरी रातें होती हैं और हवा थमी हुई-अपने दोनों ओर के सेरों के बीच सरयू कबीले के पुरुषों के बीच सोई पड़ी तरुणी की तरह स्थिर, किन्तु रोमांचक लगती है। खास तौर पर बरसात के मौसम में, जबकि दोनों छोरों पर धान के खेतों के सेरे हरियाली से लबालब भरे हुए होते हैं। यह सब सरयू का रात के वक्त का हवाला है और वह भी हाल में ही शुरू हुए चौमासे की रात का, जबकि वर्षा नहीं हो रही है और आकाश समुद्र की सतह हुआ पड़ा है। भोर का उजाला फूटने को होता है कि सरयू पहाड़ी किसानों के घर की बहू-बेटी की तरह जागती है और फिर रात होने तक उसका बहना साफ-साफ दिखता रहता है। धान के हरे-भरे सेरों के बीच का बहना।

गोपुली का पचीसवां शुरू हुआ है, इसी भादों से, और रतनराम को लापता हुए लगभग तीन वर्ष होने को आ रहे हैं। किशन ने अभी इसी गए शुक्रवार को चौथा पूरा किया है।

गोपुली की आंख ठीक ऐसे वक्त खुलती है कि किशन को दूध पिलाते-पिलाते तक में विहानतारा दिखने लगा होता है और जब तक में वह

दराती में धार देती है, आंगन की दीवार पर खड़े होकर देखो, तो सरयू की लहरें साफ-साफ दिखने लगती हैं।

आंख खुलते ही, अभी तक, सबसे पहले रतनराम की याद आती है गोपुली को। अपनी कथरी पर वह बेल की तरह फैली पड़ी होती है और तुरन्त उठ बैठना कठिन हो जाता है। लेटे-लेटे ही वह कुर्ती के बटन खोलती है और किशन को अपनी ओर करवट दिलाती है। सयाने बच्चे का दूध पीना गोपुली के जैसे सारे अस्तित्व में हवा की तरह बहता रहता है।

गोपुली तो बेल-जैसी फलना चाहती थी, मगर रतनराम के साथ ही अगलों की आस भी जाती रही है। संभावनाओं से भरा रखने वाला काला चरेवा अब भी गले में रखे हुए है गोपुली, मगर यह सब दिन-पर-दिन शाम की छाया होता जाता है। पास के ही गांव में परतिमा प्रधानी हैं। जिस वर्ष दादी बनी थीं, उसी साल, बड़ी बहू के साथ खुद भी जतिकाल में हुई थीं और अब उनका पोता खीमा और छोटा बेटा मदन, दोनों सोलह साल के हैं। गोपुली को तब नवां लगा था और उसी साल रतनराम के घर, यहां नैलागांव में आई थी। अब पचीसवां है।

परतिमा प्रधानी, बाद के वर्षों में, जैसे अपने बेटे मदन को, तैसे ही पोते खीमा को भी खुद मां की तरह पोसती रहीं और बड़ी बहू को उन्होंने बछड़ा देने के बाद की गाय-जैसा अलग कर दिया। क्या औरत है ! आठ बेटे जने। दो मर गए, दो फौज में है, एक दिल्ली में किसी दफ्तर में चपरासी है—तीन बेटे केलों के खम्भों की तरह आंखों के सामने खड़े हैं। पांच बेटियां, सिर्फ सबसे छोटी तारा ब्याहनी रह गई है। खुद अभी भी, मुश्किल से, तिरेपन-चौवन की होंगी। बड़ा, भीमसिंह, पैंतीस-छत्तीस साल का। गोपुली के ब्याह के साल पहला पोता हुआ था, अब पोते-पोतियों का घर में शहद की मक्खियों का जैसा छत्ता लग गया है। लम्बी-चौड़ी बाखली में छै घर एक कतार में परतिमा प्रधानी के हैं और रुतबा यह है कि आज भी सुहागवाली हैं, गोपुली की तरह अकाल विधवा नहीं कही जाती हैं। जबकि रामसिंह प्रधान की हालत यह है कि बुढ़ाकर जर्जर हो गए बैल का सा समय काटना बाकी रह गया है—सारे बेटे परतिमा प्रधानी के बेटे और बहुएं परतिमा प्रधानी की बहुएं करके ही

ज्यादा जानी जाती हैं और पिछले साल की होलियों में तो औरतों ने यह खबर फैला दी थी कि परतिमा प्रधानी फिर से आस से हो गई हैं !

गोपुली को परतिमा प्रधानी जंगल में की शेरनी-जैसी औरत लगती हैं। चिट्टा गोरा रंग। लम्बा कद। कमर तक की लटी और आज भी नई बहुओं के से जेवरों से लदी हुई, छै-छै बहुओं के बीच बड़ी बहू के से ठसके से चलती हैं। और स्वभाव भी कैसा? बहुएं कहा करती है कि 'हमें तो ससुराल में भी मां ही देखने को मिली है, सास नहीं।' बहुओं को देवरानियों का सा बर्ताव करने की छूट दे रखी है बुढ़िया ने। तभी तो बड़ी बहू कहती है कि 'पोते-पोतियों को कैसे पुकारती हैं, जैसे अभी-अभी अपना दूध पिलाकर अलग किया हो। हाय, हमारी सासू तो सोने के कलश लेके आई हैं।'

इक्कीसवां लगते में जब पहली बार मां बनने को हुई थी गोपुली, तो कैसी-कैसी उमंगें थीं मन में ! जात से छोटी है, तो क्या हुआ ? वक्त आएगा, जब गोपुली नैलागांव की परतिमा प्रधानी के रूप में जानी जाएगी। शादी के बरस प्रधानजी के घर 'सेवा मानिए' कहने गई थी, खुद इसी परतिमा प्रधानी ने मुंह देखते ही कहा था कि 'हाय, ऐसी रूपमती तो मेरी एक भी बहू नहीं।'

तब उम्र कितनी थी, कुल जमा नौ वर्ष।

रंग कुछ सांवलापन लिए हुए है, लेकिन सोने के पानी की सी दीप्ति से भरा। बोलती है, तो लगता है कि हां, कोई औरत बोल रही है। बे-आसरा विधवा की सी जिन्दगी कैसी होती है, कैसी भयानक मार होती है प्रकृति की यह औरत पर, मगर जो भी घाव है, भीतर है—शरीर पर किसी तरह का, कोई असर नहीं। देखने वाले, नजदीक से देखने पर सूनी मांग और मंगलसूत्र से रीता गला देखते, तो जानते कि विधवा है। दूर से देखने पर तो गोपुली का पहाड़ी झड़ने का जैसा उज्जर रूप आंखों को बांधे बिना नहीं रहेगा और खुद परतिमा प्रधानी भी यह नहीं कह पाएंगी कि 'नहीं, गोपा, मेरे बेटे भीमसिंग की नजर तुझपर नहीं हो सकती।'

"गोपा वे..."

गोपुली पहचान गई। परतिमा प्रधानी के सातवें बेटे विक्रम की आवाज है। घोड़ापड़ाव की तरफ जा रहा होगा। गोपुली पीठ किए रही। दराती को किनारे की दीवार के चौड़े पाथर के किनारे पर ज्योंका-त्यों रोकती हुई बोली, "हाय, विक्रमा, तुम्हारी भी जतिकाल की औरत की जैसी नींद हो गई है। इस उमर में तो लौंडे दिन-चढ़े उठते हैं। घोड़िया क्या बना दिया परतिमा सासू ने तुम्हें, औरतों का जैसा जीना हो गया है तुम्हारा। तुम्हारे पीछे ढडुवा भी लगा होगा?"

मदन, सचमुच, विक्रम के पीछे-पीछे चला आ रहा था। चिल्लाकर बोला, "गोपुली भौजी, हमको ढडुवा न कहा करो। हम कब तुम्हारे घर का दूध पी गए..."

अब गोपुली पीछे मुड़ी, तो जैसे दराती की धार पीछे मुड़ी हो। हंसती बोली, "अभी तो परतिमा सासू को ही बहुत दूध होता होगा !"

इस बार मदन चिढ़ गया। हाथ में थमी दूध की बाल्टी को ठीक से संभालते हुए, कुछ रूखे स्वर में बोला, "गोपुली भौजी, तू हम लोगों को इस तरह मत चिढ़ाया कर..."

"हाय, मदना, 'हम लोगों को' तुम ऐसे कहते हो, जैसे परतिमा सासू ने जुड़वां पाठे जने हों! बिक्रमसिंग तो तुमसे, कुछ नहीं तो, नौ-दस साल बड़े होंगे?"

मदन से कुछ जवाब देते न बना, तो विक्रम यह कहता हुआ गोपुली के नजदीक आ गया कि 'गोपा हमारे रतनदा की घरवाली है, रे ! प्राइमरी में हम साथ-साथ पढ़ते थे। सरयू में जाल साथ-साथ डालते थे। भौजी है ये। भौजियों का कहा-टोका कौन बुरा मानता है। क्यों, रधुली काकी अभी उठी या नहीं? तू ऐसा करना, घाम फूटने तक पड़ाव पर पहुंच जाना। बाद में, मैं जरा शहर की तरफ निकल जाऊंगा।"

गोपुली ने अपनी बड़ी-बड़ी आंखों से विक्रम के खरगोशों के से हो आए चेहरे को जैसे कुछ और छोटा कर दिया। यह जवाब सुनने को रुका नहीं। आंगन को पार करता, सीधे पड़ाव की ओर निकल गया।

छोटे बच्चे को सास को सहेजकर, गोपुली ने बिंदी गाय को एक बार फिर से हरी घास की पूली डाली। सास को सुनाती बोली, "सासू, इसे अब

जंगल चरने को न छोड़ना। आजकल में ब्याती लग रही है। कहीं ऊंचे-नीचे फिसल पड़ेगी।"

गोपुली घोड़ापड़ाव पहुंची, तब तक धूप पेड़ों की कमर तक आ गई थी लेकिन घोड़ों पर लादी कस चुकने के बावजूद, विक्रम अभी दुकान पर ही बैठा था।

गोपुली ने घास का गट्ठर दीवार के सहारे उतारते हुए, मदन को कहा कि पूले गिन ले और विक्रम की तरफ मुड़ते हुए ऐसे घूरकर देखा, जैसे वह उसकी प्रतीक्षा में बैठा हो।

विक्रम ने झेंपकर, अपनी आंखें नीची कर लीं। उसे अचानक वह दिन याद आ गया, जब गोपुली परतिमा प्रधानी के पास गई थी और भीमसिंह को समझा देने को कह गई थी कि 'सास, बहू-बेटी सबकी बराबर होती है, कह देना भीमसिंग से। उनकी नंदिनी चौदह-पंद्रह की होती होगी। ब्याहने को हो आई बेटी के बाप का दूसरों पर बुरी नजर रखना ठीक नहीं।'

परतिमा प्रधानी के पूछने पर, गोपुली ने साफ-साफ कह दिया था कि भीमसिंह ने उसका सिर्फ हाथ ही नहीं पकड़ लिया था, मुंह भी जूठा कर दिया था।

परतिमा प्रधानी खिसियाकर रह गई थीं। एक क्षण को जैसे चेहरे पर का पानी उतर गया हो। धीमे से बोली थीं, "तू झूठ न कहती होगी ... तेरा मुझे विश्वास है।"

बस, इतने से ही गोपुली शांत हो गई थी और अपने स्वभाव के अनुसार तुरन्त परिहास करती बोली थी, "ये ठाकुर लोग, बदन से छुए को पानी छिड़केंगे, मगर थूक का परहेज नहीं इन्हें।"

"हाय, तेरे मुंह में आग लगे ! महा बदमाश है तू।" कहते हुए परतिमा प्रधानी भी हंस पड़ी थीं। फिर सयानियों की तरह बोली थीं, "गोपा, मरद की जात भौंरे की है। मुंह पर बैठी मक्खी को उड़ाकर संतोष कर लेना चाहिए। आइंदा वह खुद ही लिहाज बरतेगा।"

"अरे, सासू, आखिर-आखिर आपका दूध पिया है इन लोगों ने।" कहते हुए गोपुली ने पास में खड़े विक्रम की ओर देखा था, और तब उसे

एकाएक याद आया था कि वह भी वहीं पर खड़ा है और झेंपता हुआ, खिसक गया था।

इस बात को बीते हुए महीना-भर से ज्यादा होता होगा, लेकिन याद आते ही ऐसा लगा, जैसे अभी-अभी बीती हो।

विक्रम चाय की भट्ठी पर झुक गया।

गोपुली, साथ आई देबुली के साथ, दुकान के सामने की सीढ़ी पर बैठ गई। मदन घास के पूले गिनकर लौटा, तो विक्रम केतली का ढकना खोलकर देखते हुए बोला, "मदन रे, चाय उबल गई है। सबसे पहले गोपुली भौजी लोगों को पिला। बड़ी चढ़ाई चढ़के आई हैं बेचारियां। तब तक मैं आम के बोरों को घोड़ों पर लादता हूं।"

विक्रम सामने छान में बंधे घोड़ों की तरफ निकल गया, तो देबुली ने बीड़ी निकाली और भट्ठी के पास बैठे मदन से कोयला मांगकर, उसे सुलगाया। दो-चार कश खींचने के बाद लौटकर, गोपुली की बगल में बैठती बोली, "ये छोटा प्रधान तुझपर आशिक मालूम पड़ता है।"

गोपुली एकाएक ऐसे चौंकी, जैसे सामने की ऊंची पहाड़ी पर से लुढ़का कोई पत्थर उसके पांवों के करीब आ गिरा हो। जो चीज उसके भीतर कुहासे की तरह की कोमलता में कभी-कभी उगती रही है, देबुली ने आग के अंगारे की तरह उसके सामने कर दी है। कुछ क्षण वह चुप्पी में ही पड़ी रह गई और फिर अहसास हुआ कि चुप रहना ठीक नहीं हुआ है। बात को मजाक में उड़ाती बोली, "अपनी तोहमत मेरे मत्थे क्यों डाल रही है, देबा? मैंने तो जिस दिन से भीमसिंग को खरी-खोटी सुनाई थी, नजर उठाके नहीं देखता है ये बिक्रमवा भी।"

"हाय, गोपा, तुमसे ज्यादा कौन जानता होगा कि नजर झुकाके देखने वाला मरद और नजर उठाके देखने वाली औरत, दोनों ज्यादा खतरनाक होते हैं।"

"हट साली, तेरा ही खसम हो जाएगा ये उल्लू का पट्ठा।" कहते हुए गोपुली ने एक धौल देबुली की पीठ पर जमाई, तो मदन बोला, "आपस में कबड्डी-जैसी क्या खेल रही हो तुम दोनों जन?"

"आओ, मदन, तुम्हारे साथ खेलते हैं।" कहते हुए देबुली ने अपनी

वांहों को मदन की तरफ फैला दिया, "बड़ा भाई गोपुली के हिस्से, छोटा भाई मेरे..."

मदन तो बेचारा झेंपकर रह गया, मगर गोपुली और देबुली का हंसना, थोड़े-से फासले पर पंडित मथुरादत्त की दुकान पर बैठे लोगों तक पहुंच गया। मथुरा पंडित वहीं से चिल्लाए, "अरे जजमान, आज सुबह-सुबह मथुरा मिरासिन की जैसी बैठक क्या बैठी है तुम्हारे यहां?"

"हाय, इस लिण्डै पंडित की मुंछे पत्थर पर रह जाएं।" देबुली ने धीमी आवाज में कहा। फिर जोर से बोली, "द, नंदा मैया के थान में बलि चढ़ाएंगे आपको पंडित कका ! तुमको तो अपनी पंडिताइन भी मिरासिन ही नजर आती होगी? तभी तो लोग आपको घोड़ा पंडित कहते हैं। सारे पंडित वृत्ति करते हैं। लगन-श्राद्ध कराते हैं, जौ-तिल-कुश हाथों में पकड़ते हैं—तुम घोड़ों की पूंछ थामे घूमते हो !"

"घोड़ियों की भी, वे देबुली..." मथुरा पण्डित मूंछों पर उंगली फेरते उठ खड़े हुए, तो दोनों ने सिर पर पिछौड़ा डाल लिया।

"भीमसिंग तो, सुना है, दूध-जलेबी..." सहसा देबुली ने कहा।

"द, तू भी कहां की हांक लाई, देबा ! जलेबी तो बिना मेले के सेराघाट के बाजार में नहीं मिलती, इस घोड़ापड़ाव में कहां मिलेगी ! गए तीसरे बरस किशन के बाबू घर आए हुए थे। ये ही चौमास के दिन थे। भादों बीत चुका था। मडुवा-भादिरा लग चुके थे ! धान के खेत हमारे कपाल में कहां ! नंदा मैया का मेला पड़ा था और किशन के बाबू मिलीटरी पोशाक में थे। हाय, कैसा हवलदारों का सा रूप फूटा हुआ था उस साल मेरे रतनराम में! मिलीटरी की नौकरी। उनतीस-तीस की उमर। ये जवां-मर्दों की जैसी चाल। बूटों का बजना अभी भी कानों में है मेरे। हाय, शहर की तरफ जाती सड़क पर कैसे सरताज-जैसे आगे-आगे चल रहे होते थे—मैं फूल हो गई थी। देवा दिदी, बस, उसी बरस जलेबी-जैसी जलेबी खाई थी—नंदा मैया के कौतुक में। घी की जलेबी। मलाईवाला दूध। अब तो सब बिल्ली का सपना देखना हो गया।"

गोपूली की आंखों में पानी आ गया था। चुपके से कमर में बंधी धोती का छोर आंखों पर कर लिया।

मदन दो गिलास चाय और दो छोटे-छोटे मिसरी के कुंजे सामने रख गया था। देबुली ने धोती के छोर से गिलास पकड़कर, एक गोपूली की तरफ बढ़ाया, एक खुद लिया। बोली, "मुझे तो गुड़ की कटक के साथ ही अच्छी लगती है चाय। मैंने तो जलेबी यहीं सेराघाट में खाई है, उत्तरायणी के मेलों में, वो भी तेल की। नंदादेवी के मेले में घुमाने वाला कोई आज तक मिला नहीं। सनीमा देखने की हौस मन में ही रह गई।"

"हमने तो सनीमा भी देखा था।"

"तू कहीं मिरासिन हुई होती, तो बड़ा नाम कमाती।"

इस एकाएक की बात से गोपुली कुछ चौंक उठी। अबकी बार उसने साफ महसूस किया कि उम्र में कुछ अधेड़, दिखने में उससे कमतर उसकी यह क किया जेठानी कहीं भीतर की खिन्नता में से इस तरह की छींटाकशी करती है। दोनों बच्चे इसके सयाने होकर, सड़क बनाने और लीसा निकालने के काम में लग गए। मुक्त है।

"चालीस गए तुम्हारे, देबुली दिदी, मगर चुलबुलाट नहीं गया। लगता है, तुम भी ठाकुरगांव की परतिमा प्रधानी की तरह अपनी बहू के साथ-साथ कोने में बैठोगी—जतिकाल के कोने में!"

"द, तेरह साल से पत्थर टूट के दो नहीं हुए, अब क्या होने हैं।... मगर मैं बैठ भी गई कोने में, तेरा कहा लग भी गया, तो कोई बड़े अचरज की बात न होगी। हमारे पहाड़ में सास-बहुओं का साथ-साथ जतिकाल में होना कोई अजूबा नहीं। सत्तरा-अठारा साल की उमर में जो महतारी बनेगी, वह अड़तीस-उनचालिस-चालिस में पहुंचकर बहू के साथ-साथ कोना बैठेगी ही।...मगर कहीं तू ना आस से हो बैठना! ..."

देबुली का कहना गोपुली के भीतर तक धंस गया।

"तू, कहीं कोई दूसरा घर क्यों नहीं कर लेती? कब तक लापता रतनराम की इंतजारी करती रहेगी? बहती धारा का काठ वापस कहां लौटता है!"

"सारे घर तुमको ही मुबारक हों!" कहते-कहते गोपुली की आंखें फिर डबडबा आईं। वह काफी गरम चाय के लम्बे-लम्बे घूंट भरने लगी।

देबुली फिर कुछ कहने वाली थी कि इतने में सामने वाले मोड़ से

सद्दू मियां बिसाती आता दिख गया। 'ठाकुर साहब, राम-राम !' और 'खां साहब, सलाम-दुआ !' होते-होते सीढ़ियों पर घाम भर गया। इसी बीच शहर में आमों के भाव-ताव पर बातचीत भी हो गई और बाल-बच्चों की आसल-कुशल भी। परतिमा प्रधानी की पूछ भी हो गई और 'सलमा आपा मजे में हैं,' भी।

सआदत मियां ने लगभग अपने पूरे चेहरे से बोलते हुए कहा, "आधा बोझ तो ठाकुर, सिर्फ परतिमा चाची के धोरे कम हो जाएगा। कोई जनानी और बढ़ी कि अभी उतनी ही है ? तुम्हारी शादी की क्या खबर है, ठाकुर?"

"वही पिछले साल वाली।" कहता हुआ विक्रम घोड़ों के पुट्ठे थपथपाने लगा, तो घोड़ों का हिनहिनाना सारे वातावरण में भर गया।

सहसा देबुली ने अपना सिर सद्दू मियां की ओर किया, 'इस साल तय हो रहा है रिश्ता!' और इतने नाटकीय ढंग से गोपुली की ओर इशारा किया कि गोपुली का चेहरा लाल पड़ गया।

"और हमारी आनंदी पौणी[1] का हाल क्या है, मियां ? साथ ले आए होते, फसल के आम खा जातीं।" कहते-कहते देबुली हंस पड़ी।

"कहो, खां साहब, अबके फसल से पहले ही कैसे पहुंच गए ?" मथुरा पण्डित ने अपनी दुकान पर से पुकार लगाई, "वहीं मत बैठे रह जाना, मियां ! चूड़ियोंवालियां मेरी दुकान पर भी बैठी हैं।"

"बैठे रहने से क्या होता है, पण्डित कक्का ! लेंगी तो घर पहंचने के बाद ही..."

मियां सआदत हुसैन की इस बात पर मथुरा पण्डित की परली तरफ वाली, मंगलगांव घोड़ापड़ाव की आखिरी दुकान पर के लोगों तक के ठहाके साफ सुनाई पड़ गए। पहले कभी न देखा हो, ऐसी बात नहीं। एक-दो बार इसके हाथों चूड़ियां भी पहनी हैं। सदियों में उत्तरायणी के मेले में और चौमासे में धान की फसल कट चुकने के दिनों दोनों मियां भाई गांव आते रहे हैं।

"द, तुम दोनों चचा-भतीजों के सिर न जाए इस साल की

1. पाहुनी। बड़ी नन द।

हरियाली !" देबुली ने गाली दी।

गोपुली ने लगभग नीलगाय के से चौकन्नेपन में से घूरकर देखा—पिछले साल यह मियां बताता रहा था कि बच्चों की अम्मी का इंतकाल हो गया। इस साल नई कर ली होगी। इन मुसलमानों को शादी करते क्या देर लगती है। चेहरा चेचक का खाया हुआ है, मगर आंखें बैल की सी। कद अच्छा-खासा और भरा बदन। मूंछे बीच से कटी होने से, साफ मियां दिखता हुआ। तहमद पर लम्बा कुरता। पांवों में पेशवरी। साथ में टाट का चोला पहने डोटियाल कुली। अपने चेहरे से दूर-परदेस की लम्बी यात्रा पर निकला लगता है मियां।

"पड़ाव तो पुल-पार ही करोगे? सवेरे ही यहां तक पहुंच गए, रास्ते में बासा किया होगा?'' विक्रम ने पूछ लिया।

"हां, शौकत मियां के हियां ही डेरा करूंगा। मछली तो वहीं मिलेगी। तुम तो हमारे पहुंचते ही घोड़े हांकने लगे, ठाकुर ! रोटी-पानी को भी न पूछा ? कल रात कनालीछीने पर ही मुकाम कर लिया था और रामसिंग चचा तो मौज में हैं ? भीमा के क्या हाल हैं, बेटी ब्याह ली?"

"सब ठीक ही ठीक है, सद्दू मियां ! अब हमें चलने दो, शहर न पहुंच पाएंगे। रोटी-पानी की फिक्र न करो। रोटी-पानी करनेवालियां एक की जगह दो-दो छोड़े जा रहा हूं।" कहते हुए इस बार विक्रम खुलकर मुसकुराया और गोपुली से आंखें मिलाता, सड़क पर निकल गया।

गोपुली ने भी उसकी तरफ मुंह किया और कुछ क्षणों तक उसके जाने को देखती ही रही। लगा, गर्दन चिड़िया की सी, किंचित् लम्बी होती गई है। देबुली का खांसना सुनकर, कुछ खिसिया जाना पड़ा। सआदत मियां का कहना कानों में पानी की तरह भर गया कि 'पीठ पर साया करने वाली सबको नसीब नहीं होती।'

"सबको नहीं, करमजलों को नसीब नहीं होती कहो, सद्दू मियां ! एक तुम और दूसरे, सामने के मथुरा पण्डित—दोनों औरतखोर हो। नई कर ली कि नहीं?"

सआदत मियां ने गौर से देबुली की ओर देखा, "शहर वालों के कान काटती हो, भौजी, खुद फिक्र करो गरीब की। साल-भर से कुंवारा पड़ा हूं।"

"द, तू मियां सात जनम कंवारा ही मरे। घर वालों के सामने 'दीदी' कहता है—दुकान पर भौजी! गए पिछले बरस चूड़ियां पहनाने में बार-बार 'दीदी-दीदी' कह रहा था, नहीं तो कौन ससुरी पहनती तेरे हाथों से चूड़ियां। कलाई में चूड़ियां पहनाने को कुहनियों तक टोहता है।"

देबुली का स्वर कुछ ऐसा था कि सआदत मियां के लिए यह अंदाजा लगाना कठिन हो गया कि परिहास में कह रही है, या नाराजगी में। तभी मथुरा पण्डित ने पुकार लिया, "प्रधान के तो आमों की बगिया फली है, सद्दू मियां, तुम वहां क्यों अटके हो ? इधर चले आओ। कुछ शहर की, अपनी खैर-सल्ला सुनाओ। जर्मनी-जापान की सुनाओ। सुना है, हिटलर बड़ी तेजी से हिन्दुस्तान की तरफ आने वाला है ? अबकी अधबीच में कैसे आ गए ताम-झाम लादे ?"

सद्दू मियां का विक्रम की दुकान से उठकर, पण्डित की दुकान की तरफ जाना दोनों ने कुछ दूर तक देखा। दूसरे क्षण गोपुली तेजी से उठी। चाय का खाली गिलास धोकर, धूप में सूखने रख दिया और यह कहती सड़क पर निकल गई कि 'मदना, दुकान पर ही रहना। खेतों में बहुत कम रह गई है, इस वक्त जंगल से काटती लौटूंगी।'

हाथों में थमी रस्सी को कंधे पर डालते में चूड़ियों का न बजना गोपुली को उदास कर गया। सिर्फ एक-एक रबर की चूड़ी रह गई है हाथों में, बजती नहीं। सड़क-पार के घने जंगल में काफी दर तक चढ़ाई पार करने लेने तक में पीछे-पीछे आती देबुली से उसका कोई वार्तालाप नहीं हुआ। धार पर पहुंचकर, हिमालय की, दिशावाली घाटी में उतरने से पहले, गोपुली ने एक बार अपनी ही जगह पर रुककर, सेराघाट की तरफ पलटकर देखा। सरयू पर का लम्बा काठ का पुल साफ-साफ दिख रहा था। पुल के उत्तर में नहीं, मगर दक्षिण में सरयू दूर-दूर तक दिख रही थी।

2

गोपुली और देबुली घर वापस लौटीं, तब तक में सद्दू मियां बिसाते की पेटी लिए डोटियाल के साथ ठाकुरगांव वालों की आमों की बगिया में पहुंच गया था। दोपहर के लगभग दो बजे का वक्त। साफ था कि शिल्पकारों की इस छोटी-सी बस्ती की औरतों-लड़कियों से सद्दू मियां निबट चुके। चूड़ी-कंघी-घमेले-फुन्ने से लेकर, कनछिदाई तक का काम बिजली की सी तेजी से किया होगा। पैसे देने वालों से पैसे लिए होंगे, अनाज देने वालों से लिया अनाज इकट्ठा करके यहीं किसीके यहां छोड़ दिया होगा, लौटते में ले जाने के लिए।

आमों की बगिया के बड़े वाले चबूतरे पर लेटे सद्दू मियां को देबुली ने दूर से ही देख लिया था। दराती-रस्सी आंगन के आले में रखती, बोली, "चल, गोपुली, जरा बगीचे तक हो आवें।"

दोनों के घर आपस में जुड़े हैं।

गोपुली ने अब तक में किशन को गोद में ले लिया था और गाय की सी आकुलता में हो गई थी। देबुली ने फिर आग्रह किया, तो गोपुली ने कह दिया कि नहीं जाएगी। एक तो बच्चा दूध पी रहा है, दूसरे खुद को जोरों की भूख लगी है, तीसरे चूड़ियों से उसका दिल टूट चुका। बोली, "शाम को यहीं होते तो वापस जाएगा मियां ? तभी पहन लेना।"

"द, वापसी में मियां बबालटलाई-जैसी करेगा। छांटने नहीं देगा। चल, तुरंत लौट आएंगे। कांच की चूड़ियों ने हम घसियारिनों के हाथों में टिकना कहां है, मगर चार दिनों का बजना ही सही। चूड़ियां नहीं बजती हैं, तो लगता ही नहीं कि खसमोंवालियां हैं। झूठा ही सही, जब तक भरम पाल रखा है तूने, कांच की चूड़ियां पहन ही ले—कौन यहां रोज-रोज मणिहार आता है इस उजाड़ गांव में। फिर चूड़ियां पहनना तो तेरा ही है, हमें कहां फबती हैं।"

"नहीं, तू अकेली चली जा।" कहते हुए गोपुली ने किशन को दूसरी ओर लगा लिया। कुछ देर, आंगन की दीवार पर बैठी किशन को दूध पिलाते

हुए, देबुली को बगिया की तरफ जाते देखती रही और कुछ देर बाद घर के भीतर चली गई। सास लहसुन वाले नमक के साथ भट-काजौ-ला[1] परोसे बैठी थी। थकान और धूप से कुम्हलाए गोपुली के मुंह पर उसने स्नेह से हाथ फेरा और किशन को साथ लेकर बाहर निकल आई।

गाय का रंभाना गोपुली को खाना खाते में ही सुनाई दे गया था। थाली में बाकी बचा जौल लिए. वह सीधे गोठ में पहुंची। बिंदी की यह, शायद, सातवीं ब्यांत है, मगर ब्याने से पहले के तीन महीनों में फिर से काफी भर आई है। हरी होने से पहले इतनी कमजोर और बूढ़ी लगने लगी थी कि लगता था, सूख चली।

देबुली के लौटने तक में बिंदी ब्या चुकी थी और छोटी-सी चिट्टी सफेद बछिया ऐसी लग रही थी, जैसे पुरानी बेल पर से चमेली फूट आई हो। गोपूली, इस वक्त, बिंदी की खीस दुहने में लगी थी, ताकि पीकर बछिया बीमार न पड़े। सास किशन को लिए कहीं पड़ोस में निकल चुकी थी।

गोपुली ने देबुली को खड़ा देखा, तो योंही औपचारिकता में पूछ लिया, "देखें, कैसी पहन लाई हो। तुमने तो घंटों लगा दिए मियां के साथ बगीचे में..."

"बडे बातून हो मियां ! कहां-कहां की लेके बैठ गया कि सिगरेट पी लूं, तो चढ़ाता हूं। पान खा लू, तो चढ़ाता हं। फिर भी मेरी मनपसंद कहां पहनाई हैं हरामी ने। कहता था, चूड़ियां अपने रंग से नहीं, पहनने वाली के रंग से खिलती हैं। कहता था, वो जो तुम्हारे साथ थी, उस जनानी को हरी चूड़ियां पहना दे कोई, तो देखे। मैंने कहा, वो बेचारी तो बड़ी अभागन है। ऐन चढ़ती उमर में खसम लापता हो गया है। सुख से होती तो मेरे साथ वो भी आती पहनने को। सुनकर, मियां बड़ी टीस जता रहा था। कह रहा था, आदमी रंडुवा हो जाए तो आसरा कर ले...औरत की मुश्किल होती है। खास तौर पर ठाकुर-बामनों के। मैंने कहा कि हम लोग तो शिल्पकार हैं। कहने लगा, विपदा तो आखिर विपदा है। कुछ इनायत-फिनायत भी कह रहा था। इन मियां लोगों की तो, भैया, बोली भी निराली। एक तो शहरों के बाशिंदा, तिसपर से मियां और ऊपर से

---

1. काले सोयाबीन की पतली खिचड़ी।

बिसाती ! बातों में कौन पार पाएगा इनसे ? तुम यहां ऊंचे पर बैठी हुई थीं? तुम्हारी तरफ इशारा करके पूछ रहा था कि बच्चे को गेंदा खिला रही है, शायद। ...मैंने कहा कि द, तुझ मियां की आंखें फूट जाएं, बच्चे को दूध पिला रही है।"

देबुली का खिलखिलाना सुनकर, गोपुली खड़ी उठी। सामने, पूर्व की ओर आमों की बगिया की तरफ देखा। सआदत मियां ठाकुरगांव की तरफ जाने कब का निकल चुका होगा, मगर उसकी छाया के वहां होने का सा आभास हुआ गोपुली को। अबकी बार किंचित, रोष के साथ, आंखें तरेरती बोली, "देबुली दिदी, तुम इन मियों को बहुत मुंह मत लगाया करो। मेरे बारे में सब हाल-चाल जानता है, मगर फिर भी अनजान बनता है।"

देबुली पहले तो कुछ खिसियाई, फिर यह कहते हुए अपने घर के भीतर चली गई, "खैर, तुम ठाकुरों को मुंह लगाकर ही देख लो।"

गोपुली कुछ आहत होकर उसकी ओर घूमी, मगर सिर्फ पीठ-भर दिखकर रह गई। पड़ोस में से सास 'बछिया हुई है कि बछड़ा ?' कहती पास पहुंची, तो गोपुली ने किशन को गोद में उठा लिया और छोटी-सी बछिया के पास में जाकर, उसे छुआती बोली, "तेरे बहन आई है, रे !"

ऊपर चबूतरे पर बैठी सास ने एकाएक उसांस भरी और विषाद-भरे स्वर में कहा, "अब क्या है अभागे के भाग में। गाय ब्याएगी, तो बहन पाएगा। कुतिया जनेगी, तो भाइयों वाला बनेगा !"

सास का कहना, गोपुली को, अंदर तक बींध गया।

उसने सास को घूरकर देखा, तो वह यह कहती भीतर निकल गई कि 'गैया को ब्याई देखकर आज फिर से रतनिया की याद आ गई मुझे। जिस साल फौज में भर्ती हुआ, चौथी ब्यांत ब्याई थी यह।'

गोपुली की आंखें ज्यों-की-त्यों नीचे झुक गईं। देबुली इस बीच बाहर निकली थी, सूना था। बोली, "बेटे के साथ ही बुढ़िया भी बीत चुकी है। परतिमा प्रधानी और छोटी सास लगभग एक उम्र की होंगी। परतिमा प्रधानी के बारे में आज भी वैसी अफवाहें उड़ती हैं, मगर हमारी सास अपने हिस्से का जी चुकी दिखाई पड़ने लगी है। इस साल की पूस काटती है, या नहीं। औरत जात की जिंदगी कुछ नहीं, रे गोपा ! ढडुवे की ही जात का हो,

मगर मर्द सिर पर हो, तभी तक उसके छवि रहती है। मियां कह रहा था, बिसातखाने का इतना बड़ा कारोबार है, मगर दो रोटी पकाकर देने वाली कोई नहीं। मैंने आनंदी पौणी के बारे में आसल-कुशल पूछी थी। मियां बता रहा था, खूब चैन की छान रही हैं।"

गोपुली इस बात को तो लक्ष्य कर रही थी कि देबु ली लौटने के बाद से लगातार मियां की बात किए जा रही है, मगर उसके सिलसिले में इन बातों का क्या संदर्भ हो सकता है, समझी नहीं।

देबुली उसकी ककिया जेठानी है। जबान की तेज और मजाकिया स्वभाव वाली है। चलते में जैसे कांटे चुभ जाते हैं, आपसे की वार्ताओं में एक-दूसरे को बात लगती ही है। गरीबी और विषाद से भरे इस जीने में बोलना-बतियाना ही तो एक आसरा है।

"तू तो अपने बेआसरा होने को रात-दिन गगरी की तरह लादे रहती है सिर पर, गोपा! रतना की जिंदगी तो, शायद, खत्म हुई, मगर तेरी शुरू हुई है। कैसा रंग-रूप था तेरा, कैसा हंसना-बोलना ! कैसी तू सिंगार की शौकीन थी ! हाट-मेलों में तेरा खिलखिलाना दूर-दूर तक, के लोगों के मुहं तेरी ओर पलट देता था।"

देबुली आंगन में आ चुकी थी। सास बिस्तर को कवच बना चुकी होगी। अभी मुश्किल से साढ़े चार-पांच का वक्त होगा। नीचे, दक्षिण की ओर देखो, तो दूर-दूर तक धान के सेरे दिखाई पड़ रहे हैं और उनके बीच में सरयू। ऊपर, उत्तर की तरफ देखो, तो अंतहीन लगते हुए से घने जंगल के किनारे अलमोड़ा-बेनी बाग वाली लम्बी सड़क और उसपर कभी-कभार गुजरता यात्रियों अथवा लदू घोड़ों का काफिला।

"सातवें दिन की छाछ मुझे भी पिलाना, गोपुली!" कहते हुए आंगन के किनारे बैठी देबुली ने उसके सिर को अपने घुटनों के बीच कर लिया और जूं ढूंढ़ने लगी। गोपुली को अभी दुनिया का बड़ी-बूढ़ियों का जैसा ज्ञान तो नहीं है, मगर जाने क्यों उसे लगा कि देबुली के कपड़ों में से मियां

की सी गंध आ रही है। उसका मन हुआ कि एक बार घुटनों में से सिर निकालकर, देबुली के चेहरे को गौर से देखे। सुबह में और इस वक्त में कुछ फर्क है क्या?

यह छोटा-सा घर बाखली से हटकर है। जीतराम के दो बेटे हुए—देवराम-सदराम। तभी यह घर दो हिस्सों में बंटा। अब देवराम की बहू गोपुली है और सदराम की देबुली। एक से दूसरा न उसकी सास ने जना, न देबुली की सास ने। बाखली में तो सात-सात, आठ-आठ बच्चोंवालियां हैं। देबुली दो बेटों और एक बेटी की मां है; गोपुली के सिर्फ किशन। आगे की आस न अब देबुली की है, न उसकी।

"हमारे घर अब दूध-दही नहीं रहा। छान में सिर्फ बकरियां रह गई थीं, तुम्हारे जेठ के हाथ-पांवों के साथ वो भी खत्म हुई। घास बेचने वाली औरतों से भैंसें नहीं पल सकतीं। देख तो, कैसा चौमास आया हुआ है! ठाकुरगों के जमींदारों के यहां जाओ, तो भैंसें पसार लगाए मिलेंगी। कैसा धुआं उठ रहा है घर-घर से इस वक्त! दूध-दही-छाछ-नौनी से अघाए रहते हैं उनके बच्चे। हम शिल्पकारों के ज्यादातर बच्चे बकरियों के नीचे गिलास लगाते हैं। जानवर भी वही पोसता है, जिसके जमीन हो। हम लोगों के पास तो दोनों वक्त की दिशा जाने-भर को जमीनें रह गई हैं। बाप-दादे इन ठाकुरों की जमीन जोतते, इनके घर चिनते रह गए। आन-औलाद अब मजदूरी करके दिन काटने को परदेस जाने लगी। सुना है, गोरे लोगों की फौज समुंदर पार लौटने वाली है, कांगरेसी राज आगे आने वाला है। द, हमारे लिए तो सबका राज एक।"

"इस बार की नन्दादेबी में, सुना है, महात्मा गांधी का लिक्चर होने वाला है।"

"हां, गांधी की आंधी तो यहां से राघाट तक भी पहुंची हुई है, मगर हम लोगों ने कहां देख पाना है उस महात्मा को। सुना है, हम शिल्पकारों का छुआ चलाने का बीड़ा उठाया हुआ है, महात्मा ने। जनेऊ इस इलाके के शिल्पकारों के गले में भी डाली जाएगी। खैर, जात-पांत के भेद में क्या रखा है। जैसे हिन्दू, तैसे मुसलमान-ईसाई। खुद तेरी बहन गांगुली, सूना है, गीतामसी बनकर ठाठ से रह रही है। गोरों से अंग्रेजी झाड़ती है, सुना है।

मियां कह रहा था, आनंदी पौणी भी मौज कर रही हैं। खैर, ये मियां लोग होते तो हैं हुनर वाले ही।"

"कुछ हुनर दिखा गया क्या मियां तुमको ?" गोपुली के मुंह से एकाएक निकल पड़ा। दूसरे ही क्षण वह डरी कि देबूली कहीं बिगड़ न खड़ी हो, मगर देबुली ने अपने घुटनों के बीच उसके सिर को जरा-सा दबा दिया। बोली, "द, मियां की नजर तो तुझपर थी। कह रहा था, बच्चे को गेंदा खिला रही है। इन मियों के सामने बच्चों को इस तरह खुले बदन दूध पिलाना ठीक नहीं।"

"द, आग लग जाय तेरी बातों को। बड़ी बदमाश औरत है तू।... जरूर तेरी उस मियां से दोस्ती होगी?'

"अब ऐसे तो ये दुनिया है, गोपा! औरत तो जिसके साथ अकेले में गई, उसी पेड़ की छाया में गिनी जाने लगी। मेरा क्या वास्ता हो रहा है उस मियां से ? हर चीज वक्त और उमर से होती है। मगर है बहुत भला आदमी। आदमी की जात पर क्या जाना। भला मानुष हर जात का भला है।"

"तुझसे अपने लिए बेगम तो नहीं ढुंढवा रहा ?"

हालांकि कहा सहज भाव से था उसने, मगर देबुली चौकन्नी होती दिखाई दे गई। बोली, "अरे, गोपा, मैंने क्या इन मियों का ठेका लिया हुआ है ? हां, तुझपर नजर जरूर कर गया है।"

"आंखें तकलीफ दे रही होंगी, मियां को।"

"पूछ रहा था मियां कि इन दोनों में आशनाई तो नहीं..."

"किन दोनों में...?"

"विक्रम ठाकुर और तुझमें !"

गोपुली को लगा, जैसे कोई चील सिर पर बैठती निकल गई हो।

"इस हरामी मियां को इन सब चीजों से क्या वास्ता है ? ठहर, लौटेगा तो इसी रास्ते।"

"तू तो बिदकने लगती है, गोपा! अरे, हंसी-मजाक कौन नहीं करता है। मथुरा पण्डित को नहीं देख रही थी, कका का रिश्ता लगाके बोलने के बाद भी, कैसे बार-बार हम लोगों के पास तक आंखें लम्बी कर रहे थे? मियां है

तो मजाकिया, मगर साफदिल आदमी नजर आता है। वह बामन तो जोंक निकालता है आंखों में से।"

"लावारिस तो मैं हुई हूं, मगर संकट देखने वालों को है। मैं अपनी सासू और बच्चे में खोई हं, मगर लोगों के लिए तलैया में डूबती हो गई। वो कहता है, मैं उतारूं, ये कहता है, मैं उतारूं ! तूने मियां से कहा नहीं कि भीमसिंग झापड़ खाते-खाते बचे थे—ठाकुर गांव के प्रधान होकर भी !"

"मियां, भीमसिंग प्रधान की नहीं, बिक्रम प्रधान की बात कह रहा था। कह रहा था, शहर जाते हुए ठाकुर पीठ से देख रहा था तुम्हारी सहेली को। कह रहा था, ये कच्ची उमर के जवान..."

"लौटने दो मियां को...आज इसका चूड़ियां पहनाना न भुला दिया..."

"हाय, तू तो बिक्रम ठाकुर का नाम सुनते ही कांटेदार होने लगती है। ...अरी, मियां तेरे लिए कुछ नहीं कह रहा था ये सब—ये तो मैं मजाक कर रही थी।"

ऐसा नहीं है कि पहले कभी बाल न गूंथे हों देबुली ने, मगर आज, शायद, जरा ज्यादा जतन से गूंथे हैं। धीरे-धीरे अब संध्या होने को आ गई है। आज अभी तक घास काटने नहीं निकली है गोपुली। आनन-फानन में, दराती कमर में खोंसे गोपुली घर से लगे खेत में उतर गई। कहती गई, "बिंदी के लिए दो पूले काट लाऊं। तू देखना, कहीं अपना आंवर न खा ले गैया।"

घास काट लाने के बाद, गोपुली फिर आंगन के किनारे की दीवार पर बैठी थी। हलका अंधेरा होने को आ गया था। सेराघाट का छोटा-सा बाजार लैम्प-लालटेन-गैस के हण्डों की रोशनी में बंजारों के डेरों की सी शक्ल में दिखने लगा था। वह पच्छिम की तरफ मुंह किए बैठी थी और किशन को दूध पिला रही थी। जाने क्यों एकाएक उसे इस बात का ध्यान आया कि विक्रम ठाकुर अब तक में शहर पहुंच चुका होगा। तभी बाखली (घरों का लम्बा सिलसिला) पार करके उधर तक निकल आए सआदत मियां की 'सलाम, गोपुली !' की आवाज से वह चौंक उठी। धोती कमर में थी नहीं, कुरती को ही जल्दी में नीचे कर लिया। देबुली जाने कहां निकल गई इस

वक्त। सआदत मियां रुका नहीं। 'सलाम'-भर कहता, अपने कुली के साथ ऊपर मंगलगांव पड़ाव की ओर निकल गया। का

3

गोपुली दूसरे दिन घास काटने निकली। देबुली ने बहुत कहा और यहां तक कहा कि 'बिक्रम ठाकुर के अलावा और किसीको घास नहीं बेचेगी क्या ?'

यह ठीक है कि विक्रम ठाकुर कल गया था और आज रात किसी वक्त उसकी वापसी होगी, लेकिन घास तो मदन को भी सहेजी जा सकती है। गोपुली यह कहकर रुक गई थी कि गाय कल ही ब्याई है। दूसरे, सावन है। घर में और कोई अयाना-सयाना नहीं।

विक्रम ठाकुर को लेकर तो नहीं, था मगर यह बहाना ही।

जाने क्यों कल रात उसे ठीक से नींद आई नहीं। अचानक ही बीता वक्त बिल्ली की तरह आकर सिरहाने बैठ गया। मौसम रात के पहले पहर से ही बदलने लगा था और बादलों का गरजना बढ़ता ही गया था। गोपुली को महसूस होता रहा था, जैसे कोई कानों में कह रहा है और वह सुन रही है। पिता, उम्मेदराम, का देहांत हुआ था, तब उसे आठवां वर्ष था। नवां पूरा नहीं हुआ था कि मां दूसरे घरबार चली गई। लड़का कोई था नहीं। ताई ने अपने मामा देवराम से कहकर, यहां रतन के दे दिया उसे। छोटी बहन, गंगा, तब छः-सात वर्षों की रही होगी। बाद में कहीं दस-बारह बरस बाद सुना कि उसे बाघ नहीं ले गया था, मिशन वाले ले गए थे। जाने कहां से, कब पता लगाया होगा, पिछले साल पोस्टकार्ड आया था उसका। जवाब में अपने भाग फूटने की बात लिख भेजी थी, उसकी आसल-कुशल पूछी थी, तब से कोई जवाब आया नहीं।

कैसा, छोटे-से चारों तरफ से जंगलों से घिरे बीहड़ गांव का रहना है। कुल दस-बीस जनों की बस्ती। बाप का पेशा शादी-ब्याह में ढोल बजाना

और देवता जगाना था। गोपुली कैसे हिरन की जसी बच्ची हो गई थी। गाय-बकरियां चराने जाती थी, उसके गोरे रंग को लेकर ग्वाले बहत चिढ़ाते थे कि फौज वाले गोरों की लड़की है। बातें मिलीं नहीं कि खूब हंसना, खिलखिलाना। मौका लगा नहीं कि दूर-दूर तक दौड़ते चले जाना। बाप के मरने के साथ कुछ दिनों तक छुटा रहा, ब्याह के कुछ महीनों बाद शुरू हो गया और आज कोई नई बात नहीं हुई है। लोगों का घूरना, छेड़ना और अवसर निकालने की ताक में रहना तो तभी शुरू हो गया, जब गोपुली ठीक से औरत भी नहीं हुई थी।

वह गोपुली ही थी कि बोली-बतिआई-खिलखिलाई खूब, मगर मजाल कि कोई मक्खी बनकर, मुंह पर आ बैठे। मेले-ठेलों में ठाकुरों-ब्राह्मणों की औलादों को इतने और ऐसे चक्कर कटवा दिए कि हांफने लगे होंगे। रंगीन घाघरा-पिछौड़ा पहने, माथे पर बिंदी और बालों में रेशमी घमेला लगाए, साथ की औरतों के बीच बोलती-बतियाती और फिर एकाएक ही खिलखिलाती गोपुली जहां को निकल गई, लोगों का देखना उन्हींको भारी पड़ गया। सास तो तभी से कहा करती थी कि 'गोपा, बूढ़ों को खांसी ले जाती है, औरत को हांसी।' रतनराम के लापता होने के बाद से सास यही कहती आ रही है—'मौत तो मेरे घर में कब से हंसती चली आई है।'

बस, जंगल में की हिरनी-सी चंचल गोपुली तभी से थमी है। सास का मरती हुई गाय का सा घूरना और अकसर यह कहते हुए रोना कि 'तूने नहीं टिकना है इस घर में। मरी बुढ़िया को तो गीदड़ बाहर खींच निकालेंगे।'

रतनराम के लापता होने की खिन्नता कोठरी के भीतर के धुएं की तरह भरती गई है अस्तित्व में। रतनराम कभी नहीं टोकता था, इतना सिंगार क्यों करती है या कि इधर-उधर क्यों डोलती फिरती है, मगर बुढ़िया बेटे के पहरे पर बैठी हुई-सी घूरती है। संयोग है कि जिस दिन भीमसिंह वाली घटना हुई, गोपुली नौले में नहा रही थी। बुढ़िया ने चर्चा सुनी थी, तो सिर्फ इतना कहके मुंह गिरा लिया था कि 'मर्दों को चील इसी हरामिन ने बना लिया है!'

यों तो पहले भी, मगर कल रात गोपुली ने गहरे तक इस बात को

अनुभव किया है कि घोर गरीबी, अंधेरे भविष्य और दिन-पर-दिन बिच्छू होती जाती सास के बीच वह लगातार घुटन महसूस करती जा रही है। सास ने यह कहां देखा कि रतनराम को कितना प्यार करती रही है गोपुली।

लगभग तीन साल पहले पंद्रह दिनों की छुट्टी पर आया था, तो वापसी में गोपुली उसे पड़ाव के काफी आगे तक छोड़ने गई थी। लगभग एक मील दूर तक। रतनराम का वह रोना और यह कहना कि 'गोपा, तेरे साथ घर पर रहकर पत्थर तोड़ता होता, तो सुखी होता। पलटन में भर्ती होके झख मार दी मैंने। खैर, आगे साल-दो साल में लैंसनायक हो गया, तो तुझे भी साथ लेता जाऊंगा।'—वह सब पत्थर पर की लिखावट बना रह गया है।

जैसा ज्यादातर पहाड़ी लड़कियों के साथ होता है, सयानी होते-होते उम्र बीत गई। रतनराम फौज में भर्ती हुआ था, तब लगने को उन्नीसवां लग चुका होगा, मगर बदन इकहरा ही था। ऐसा नहीं कि गोपुली ने औरत होने को तब तक नहीं जाना, मगर वैसी औरत वह तब कहां हुई थी कि खद परतिमा प्रधानी ने मजाक में कहा था कि 'हाय, गोपा, शिल्पकारों के फूटे घरों में तू कहां आ गई इंदरलोक की अप्सरा-जैसी! कामकाज में हाथ बंटाने आती है रे, जरा मेरे बेटों को बख्शना!'

यह शरीर का चौमासे की बेल का सा फूटना, तो उसी साल शुरू हुआ, जब रतनराम फौज में गया और चिट्ठी लिखवाई बुढ़िया ने कि 'गोपुली मां बनने वाली है।'

पोस्टकार्ड चिट्ठीरसैन गंगादत्त से ही लिखवाया था बुढ़िया ने और उसीने गोपुली को बताया था कि तुम्हारी सासू ने यह भी लिखवाया था कि 'मनीऔर्डर मां के नाम पर भिजवाए।'....

...मगर पूरे बीस रुपये का मनीआर्डर फिर उसीके नाम आ गया और पोस्टकार्ड, जिसे पड़ाव से लौटता यही विक्रम ठाकुर लाया था। तब इसके ठीक से मूंछें नहीं फूटी थीं। 'प्यांरी, मनीऔर्डर फिर तेरे नाम से इसलिए भेजता हूं कि तेरे अंगूठे की निशानी मेरे पास तक पहुंचती है।' पढ़ते हए गोपुली से ज्यादा खुद यह ससुरा शरमा रहा था, मगर शरारत से आंखें भरी

हुई थीं। पूरा पोस्टकार्ड पढ़ने के बाद, यह कहता हुआ तेजी से अपने घर की तरफ निकल गया था कि 'गोपुली भौजी, इस तरह की चिट्ठियों को 'लबलेटर' कहा जाता है!'

आग लग जाय इस तरह के 'लबलेटरों' को! गोपूली कैसे और किससे लिखवाती कि इस तरह की बातें और हर तीसरी-चौथी पंक्ति में 'प्यांरी' चिट्ठी में मत लिखा करो। कैसी-कैसी और कितनी, लगभग अंतहीन लगती हुई-सी चिट्ठियां उन दिनों अपने ही मन में लिखी थीं गोपुली ने, अपने ही मन में पहुंचाई थीं। कैसा चिड़ियों का सा उड़ना था। बड़े अंतराल से और थोड़े ही रुपयों के आते थे, मगर उन मनीआर्डरों के आने से कैसा रुतबा हो गया था गोपुली का! छोटी-सी तो बस्ती-बिरादरी है—कुल मिलाकर सात कुनबों की। रतना फौज में ही था, यहां उसी साल यह किशन हुआ था, तो नामकरण में किसने नहीं खाया था गोपुली के यहां? पूरियां जो नहीं पकी थीं, हलुवा जो नहीं बना था, दही जो नहीं परसा गया था। ठकुराइनों को मात कर दिया था गोपुली ने। उसी साल जाने कितने नई उमर के लड़के भर्ती हुए थे फौज में। कुछ तो जर्मनी-जापान की लड़ाई का जमाना, कुछ ये कि भैया, दूध-दही, दाल-भात से पूरे घर में भी नून-तेल-कपड़े-जैसी चीजों ने तो ढंग से तभी आना है, जब घर का कोई फौज में हो।

मन का तोष भी कोई चीज है। किशन के पेट में रहने के वक्त से देह का बदलना शुरू हुआ था, तो गोपुली कुछ और ही होती गई। दो साल बाद पहली और आखिरी बार के लिए रतनराम घर लौटा था, तो पहचान नहीं पाया था एकाएक। बाद में, एकांत पाते ही, बोला था—'तू तो हिरोइन हो गई है!'

गोपुली क्या जानती, किसे कहते हैं और कैसी होती है हीरोइन? बाद में, रतनराम ने ही समझाया था। पहाड़ के इन गांवों में आदमी बूढ़ा हो जाता है, तोते की तरह बोलता है। विदेश गया हुआ आदमी दो-चार साल में ही कितना ज्ञान पा लेता है। इसी साल पहली बार शहर गई थी गोपुली। पहली बार बड़े-बड़े गिरजाघरों, मंदिरों और बाजारों से मायापुरी लगता हुआ-सा शहर देखा था। पहली बार साड़ी-ब्लाउज पहने थे और ब्रेसरी।

पहली बार होंठों पर लाली लगाई थी और आंखों में काजल। पहली बार रूमाल कमर में खोंसा था और पहली बार सिनेमा देखा था। रतनराम ने धीमे से चिकोटी काटते हुए पर्दे पर नाचती परीनुमा औरत की ओर इशारा करते हुए कहा था—'इसीको कहते हैं हिरोइन !'

कल रात-भर यह सारा बीता हुआ सोते के पानी की तरह गोपुली के सिरहाने झरता रहा है और सचमुच गोपुली इस जल से भारी पड़ती गई है।

खुलने को तो, अभ्यास हो गया है, विहानतारा फूटते ही आंख खुली है, मगर रात-भर किसी बियाबान में पैदल चलती हुई-सी गोपुली का बिस्तरे पर से उठना कठिन हो गया है। देबुली आई है। पहले दरवाजे भड़भड़ाए हैं। सास ने खोला है दरवाजा। मन मारकर गोपुली बिस्तर पर उठ बैठी है और बैठे-बैठे ही देबुली को टरका दिया है। देबुली थोड़ा मक्खी-जैसी भिनभिनाती बाहर निकली तो गोपुली ने फिर किशन को छाती से लगा लिया और जाने कब परलोक हो गई। दांत काटने लगा, तब दुबारा जागी।

बस्ती के सिरहाने पर की ऊंची-ऊंची पहाड़ियों पर का जंगल भी कैसा है ! हवा को चीड़ के पेड़ अपनी-अपनी टहनियों से समुद्र की तरह थाहते हैं और नीचे गांवों की तरफ हवा की लहरों की सी तेजी और उद्दामता के साथ आती है। सुबह के वक्त नींद बदन को, चारों तरफ से, गठरी की तरह बांधकर रख देती है।

रात को पड़ाव विक्रम की एवजी में, भीमसिंह गया होगा।

गोपुली गाय को योंही हरी घास पर दुह रही थी कि दूध की बाल्टी लिए मदन उधर से निकला। थोड़ा रुककर, बछिया की ओर देखता हुआ

बोला, "बड़ी सुन्दर बछिया हुई है, गोपुली भौजी, ठीक तुम जैसी गोरी-चिट्टी है। इसका नामकरण कब करोगी? न्यौता जरूर देना।"

"हाय, न्यौता क्या देना है ! नामकरण के चौके पर तो बाप को ही बैठना होता है ना? तुम्हारा दद्दा बिक्रम प्रधान चौके पर बैठेगा, तो शगुन का पीला धागा तुम्हारे हाथ में भी बंधेगा ही।"

खुद गोपुली नहीं समझ पाई कि कैसे और क्यों विक्रम ठाकुर का नाम इस तरह निकल पड़ा उसके मुंह से। अपने कह चुकने की चूक का अहसास तो उसे तब हुआ, जब मदन यह कहता हुआ तेजी से आगे निकल गया कि 'अच्छा, यानी मैंने ठीक ही कहा था, गोपुली भौजी, कि तुम खुद ब्याई हुई हो...'

गोपुली ने अचकचाकर तेजी से जाते मदन की ओर देखा। काफी आगे निकल चुकने पर, वह रुका और गोपुली को अपनी ओर टकटकी लगाए पाकर, फिर कदम तेज कर लिए।

जाने क्यों गोपुली को एकाएक हंसी आ गई। अपना, इस वक्त का हंसना रात-भर सपना देखते हुए से जागने में से फूल की तरह फूटता महसूस हुआ गोपुली को और वह कुछ क्षणों तक अपने विधवा औरतों के से विषाद में होने को बिलकुल भूल ही गई। सास ने पुकार लगाई कि किशन उठ गया है और रो रहा है, तो फिर यह छोटा-सा, पुराना मकान जैसे फिर उसकी पीठ पर लद गया।

सास का पुकारना जाने किसी खून के कैदी को पुकारना हो गया है।

देबुली रात होने पर लौटी थी। बादल दिन-भर लगे थे, मगर बरसे नहीं। आते ही पूछा था देबुली ने कि खाना खा तो नहीं लिया। गोपुली मड़ुवे का आटा गूंदने में थी, सासू लहसुन छील रही थी।

देबुली ने अपने दरवाजे पर खड़ी होके कहा, "गोपुली वे, ठहर के खाना। कांकड़ का शिकार पका रही हूं। सासू क्या लहसन छील रही हैं ? इधर दे जाना, मसाले मैं डाल दूंगी। बुढ़िया औरत नमक से मड़ुवे की

रोटी कैसे खाएगी, कांकड़ के झोल के साथ खाना दोनों।"

"कभी-कभी चहा बना देती हूं, मगर बिना दूध की क्या होती है। मांगकर कहां तक मिलता है दूध। कल से दूध जमाने लगूंगी, तो छाछनौनी का सहारा हो जाएगा। पीने के काम में तो ग्यारवें दिन से ही लाना हुआ।" कहती, गुंदे आटे को एक तरफ करती और सास के हाथों से लहसून बटोरती, गोपुली देबुली की तरफ निकल आई।

"ला, मसाले मैं पीस देती हूं। कांकड़ का शिकार कहां मिल गया ?"
"अरे, वही फौजी मथुरा पण्डित है ना। सुबह-सुबह मार लाया था। मैं जंगल में ही थी। अचानक बंदूक की फायर हुई—भड़ाम् ! हाय, मुझको तो लगा कि गोली मुझे ही लग गई क्या ! थोड़ी देर में क्या देखती हूं कि कांकड़ को कंधों पर लादे मथुरा पण्डित नीचे को चला आ रहा है। गोली तो मार दी बामन ने, मगर बोझ बाप ने भी उठाया होता। ले, खून से तर और हांफ चढ़ी हुई कहने लगा, घसीटकर ले जाता, खाल खराब हो जाएगी। क्या करती। नीचे तक अपनी पीठ पर लादकर पहुंचा गई। उतारते समय बहाने से आंगड़ी में हाथ डालने लगा और 'लौटते में शिकार लेती जाना' कहता फूट गया। ...द, तुझ बामन की गति में लग जाय यह शिकार। ज्यादा-से-ज्यादा तीन-चार छटांक का टुकड़ा होगा—ये भी मार गरदन की तरफ की हड्डी-हड्डी। दस-बारा सेर से नीचे का न रहा होगा कांकड़। कहने लगा कि 'देबुली, बहुत दिनों के बाद हाथ लगा था कांकड़, शगुन के टुकड़ों की तरह बंट गया। जो आया, वही ले गया। देख लेना, कम-से-कम आधा कांकड़ छिपाए बैठा होगा। तीन-चार दिनों तक भोग लगाएगा। बामन जाति का आदमी या तो शिकार खाएगा नहीं, खाएगा तो गीध बन जाएगा।"

"आंगड़ी में हाथ क्यों डाल रहा था, कह रही थी तू ?' गोपुली ने योंही मजाक किया।

"अपनी महतारी का दूध ढूंढ़ रहा होगा।" कहते हुए देबुली ने बसूला जोर से मारा, तो हड्डी का एक टुकड़ा छिटककर गोपुली के ऊपर आ गिरा।

"तेरे फकीरराम तो परसों लौटेंगे? अतुली चेली की ससुराल गए हैं।"

देबुली के घरवाले, फकीरराम को लकवा पड़ चुका दाईं ओर, अब वह सालों पुरानी बात हो गई।

जाने क्यों, गोपुली ने अचानक ही देबुली को बड़ी गौर से देखा। आंखों से तो नहीं देखा है, मगर कानों से बहुत सुना है कि देबुली मिलते को छोड़ती नहीं है।

जाने क्या बात है कि किशन पांचवें बरस पर आ गया, मगर दूध सूखने में नहीं आता। कम जरूर हो गया है। सिर पर का छत्र लापता है। लोगों की नजर में तो वह विधवा हो चुकी है, मगर वही है कि पक्की खबर के बिना काला भरेवा नहीं तोड़ेगी।...लेकिन ज्यों-ज्यों वक्त बीतता जाता है, हर क्षण इस बात का अहसास कि अपने को मर्दों से बचाना है, बोझ की तरह बढ़ता ही चला जा रहा है।

देबुली गोश्त के छोटे-छोटे टुकड़े करने में मगन थी। गोपुली मसाला पीसते हुए उसीके बारे में सोचती रही कि इसका ही जीना कौन बेहतर है। दो लड़के हैं, उधर दूर के सीमांत क्षेत्रों की तरफ गए रहते हैं मजदूरी करने और छठे-छमासे आते हैं, तो अपना लाया खुद ही खा-पी जाते हैं। कभी साल में एकाध कपड़ा भले दे जाते हों, बाकी का सारा जीना ता इसे खुद करना होता है। वक्त से पहले ही बूढ़ा और अधलूला हो गया फकीरराम कुछ दिन बेटियों के यहां काट आता है, बाकी देबुली के आसरे। कभी हो गया, एकाध बकरी पाल ली, इस साल वह भी नहीं। बकरियों के पीछे का दौड़ना उसके बस का कहां। खेती पूंछ बराबर है, मजदूरी मिले मौकों की। इधर, चौमासे में, जरा जंगल की हरी घास का आसरा है—मंगलगांव या सेराघाट के घोड़ापड़ाव में बिक जाती है। इतने के आसरे रही होती देबुली, तो आज तक में बुढ़िया हो गई होती। तब कहां मथुरा पण्डित पूछते होते, कहां कोई और।

औरतों का जीना, वह भी बिना खेती-बाड़ी का और फिर पहाड़ों पर। कैसी बियाबान जंगल-जैसी घनघोर अभावग्रस्तता पसरी रहती है इन शिल्पकार घरों में ! लंगोटी लगाए बूढ़े कितने दीन दिखाई देते हैं !

हां, जैसेकि कहा जाता है, देबुली की ककेरी ननद आनंदी शहर में सलमा बीबी बनी मौज करती है याकि लोगों से उसने भी सुना है, गंगा जब से

गीतामसी बनी है, सिल्कन साड़ियों में घूमती है। अण्डे-डबलरोटी खाती है। और फिर या सेराघाट कस्बे से लगे गांव में इसी बस्ती की एक-दो औरतों के बारे में सुना जाता है कि रात को फौज वाले वहां जाते हैं। थोड़े दिन ही सही, अच्छे खाने-पहनने का स्वाद गोपुली ने भी देखा है। ऐसा नहीं कि पैसा रतन उसके ही नाम भेजता रहा, तो सास को तरसाए रखा, मगर यह भी हकीकत है कि हाट-मेले में जब, जहां कहां भी गई गोपुली—ठाकुरगांव की ठकुराइनों से बीस होकर गई। बीस रहकर लोटी।

तेल नहीं था, बिना छौंके ही पकाया देबुली ने। कुछ देर बाद एक टुकड़ा दिया कि 'देख तो जरा, पका कि नहीं। कम शिकार देर से पकता है। आलू गडेरी भी खतम है। बाड़े में लौकी-तुरई-कद्दू के झाल-भर रह गए हैं। खूव पानी बरसे, तो साग खाने को मिले। साग तो, बस, सावन आखिरी से असोज की शुरुआत तक समझो।"...गोपुली वे, शिकार बिना तेल का छौंका कुछ नहीं होता। तेल एक तो अकरा हो गया, छै आने सेर हो गया है कह रहा था मथुरा पण्डित, दूसरे तुम्हारा हिसाब खतम हो गया कह रहा था। दिन ढले तो घास काटकर लौटी थी, पुल-पार कौन जाता। सूना है, कल विक्रम प्रधान तेल का कनस्तर लेके आने वाला है। चाहे कुछ हो, भैया, लड़का बहुत सलीके का है-भीमसिंग-जैसा ओछा नहीं है। जैसी तो तू रूपवान है, तेरी शादी तो किसी ऐसे ही ठाकुर घराने में हुई होती... हालांकि भाग में नहीं रहा, हमारा रतनराम कौन कम था...। फौज का खाता-पीता, यों जवांमर्द निकल आया था।..."

गोपुली के मुंह में दबा टुकड़ा, कुछ क्षणों को, ज्यों-का-त्यों रह गया।

अपने डेरे में वापस लौटी, तब तक में, आमा-नाती, दोनों सो चुके थे। गोपुली ने सास को जगाया और बड़ा हिस्सा सास के लिए करके, बाकी में खुद खाया, मड़ुवे की रोटी के कुछ टुकड़े शोरबे में डुबोकर, किशन को भी जगा लिया। गोश्त का स्वाद लगते ही, वह बिल्ली का बच्चा हो गया बुढ़िया

का चबाकर खाना कानों में चूहे के कुतरने की आवाज की तरह भरता जा रहा था।

दूसरे दिन, गोपुली, काफी तड़के ही उठ गई। आज उसे अपना शरीर कुछ खुला-खुला लगा। पहले लोटे में दूध दुहा, काठ की हांड़ी में छोड़ दिया। जमावन मांगने बाखली में निकल गई। लौटकर, चाय बनाई। सास को, किशन को जगाया। किशन की चाय में थोड़ा-सा गाय का दूध छोड़ दिया। छोटा है, मगर गुड़ की कटक लगाकर चाय पी लेता है।

गाय को घास डालकर, दराती में धार लगा, रस्सी कंधे पर डाले गोपुली देबुली के साथ, आंगन पार करने को ही थी कि उधर, ठाकुरगांव की तरफ से मदन भी आ गया। बोला, "विक्रम ददा कल रात ही वापस पहुंच गए हैं।"

"तो क्या करें, शंख-घंट बजाएं क्या ?" गोपुली ने अपनी आवाज को खीझ-भरा बनाते हुए कहा।

"क्यों रे मदनिया, अपने बिक्रम ददा का नाम गोपुली बेचारी को सुनाते हुए क्यों ले रहा है ?"

"अरे, ये गोपुली भौजी ही तो कह रही थी कि तेरे बिक्रम ददा को बछिया के नामकरण के चौके में बैठाना है ? कलजुग आ गया, देबुली भौजी, औरतों के बछिया होने लगी है।" कहता, लगभग दौड़ता-सा मदन आगे निकल गया। गोपुली ने एक पत्थर उठाया और तेजी से मदन के पीछे फेंका, "ठेर रे मदनिया ! बड़ा बदमाश निकल रहा है तू। कहूंगी आज परतिमा सासू से कि लड़का अवारा हो रहा है तुम्हारा। बड़का झापड़ खाते-खाते बचा, अब छुटका सींग निकाल रहा है। ठाकुरों से दबने वाली औरत का नाम गोपुली नहीं होता रे! ज्यादा तेज मत दौड़, परतिमा प्रधानी की दूध की बाल्टी गिर पड़ेगी। ..."

"छोकरों की बातों का क्या है। न हंसते बने, न रोते। आजकल के लौंडे तो पेट से ही बूढ़े आ रहे हैं। पहले इस उमर के बच्चे नंगे ही खेलते

-कूदते थे, मगर नंगे नहीं मालूम पड़ते थे।...मगर छोकरा तुझे बड़ा तेज नश्तर लगा गया। लगता है, बड़े भाई की और तेरी आंख-मिचौनी को ताड़ रहा है?"

"हाय, देबुली दिदी, तुम तो, बस, सुई का सब्बल करने में ही लगी रहती हो। मेरी तरफ से आग लगे इसके बिक्रम ददा की जवानी को। हरामी तो, खैर, यह मदनिया ज्यादा है। बुढ़ापे की औलाद है ना परतिमा प्रधानी का—पका-पकाया पैदा हुआ है।"

"तु कुछ कह, तेरी तरफ से कुछ हो ना हो—मगर उसकी चोर-नजर तुझपर है। मियां कह रहा था कि तेरी देवरानी की बिसमिल्ला' यही छोटा ठाकुर करेगा। मैंने पूछा कि 'मियां, ये तुम्हारी 'बिसमिल्ला क्या होती है?' तो हाय, कैसी कूडबुद्धी बात बताने लगा। शरम से मर गई। डांटते हुए मैंने कहा कि 'मियां, शहूर से बोलो। खसम लापता है। एक बच्चे की मां है।' महादुष्ट है मियां! कहता था कि फिर से कंवारी हो चुकी है। बुरा मानने का क्या है, गोपा, बुरा मानते रहो। खुद को भी कुढ़ाओ, दूसरों को भी। नहीं तो चार दिनों की जिंदगानी है—हाड़-मांस की देही। एक तू ही वह गोपुली थी, जिसकी पूंछ हवा में उठी रहती थी। आज तेरा हाल ये है, पानी में पड़ा कोयला बनती जा रही है। दो-चार बरस की बात हो, काट ले औरत। सारी जिंदगी सामने पड़ी है तेरे। पानी रे पानी, इकट्ठा होगा, तो या सूखेगा या बांध तोड़ेगा। तू सोचती होगी—ये देबुली दिदी मेरे पीछे क्यों पड़ी रहती है—मेरा ये है कि तुझसे ज्यादा वक्त देखा हुआ है।"

ऐसा नहीं कि गोपुली को बातें लगी नहीं, मगर जाने क्यों, कुछ भी कहने को जुटा नहीं पाई।

पड़ाव तक पहुंचे दोनों, तो देबुली कुछ देर को प्रधान की दुकान की पीढ़ियों पर बैठना चाहती थी, मगर गोपुली बिलकुल रुकी नहीं। प्रधान या मथुरा पंडित की दुकानों की तरफ झांके बिना ही, सीधे सड़क पार करती,

ऊपर जंगल की ओर निकल गई वह।

घर से निकल आती हैं, तो मंगलगांव घोड़ापड़ाव की दुकानों की सीढ़ियों पर का कुछ देर का बैठना अच्छा लगता है। खास तौर पर देवुली को। दो फूंक बीड़ी-सिगरेट की लगाकर दो-चार लोगों से बतिया लिए। दो घूंट चाय की मार ली, तो सुस्ती जाती रही।

विक्रम, अब तक में खुल आए आकाश को देखता, धूप में मिसरी का कट्टा उलट रहा था, ताकि सीलन जाती रहे। पहले तेजी से जाती गोपुली और फिर थोड़ा-सा थककर, लगभग अनिच्छापूर्वक जंगल की ओर बढ़ती देबुली को उसने देख लिया था। वह अभी एकटक उसी ओर देखता रहता कि मथुरा पंडित ने जैसे चिमटे से कान पकड़ लिए हों।

"गोपुली पधानी तुमसे नाराज हो गई है क्या ?"

कहने को तो हुआ कि 'मेरा क्या वास्ता हो रहा है गोपुली से?' मगर आज सिर्फ ख़िसियाकर रह गया। थोड़ा संभलकर बोला, "मदन बता रहा था, कल भी घास नहीं लाई थी। कुछ बीमार मालूम पड़ती है।"

"बीमार या बीनार[1] ?"

मथुरा पण्डित और उसकी दुकान पर बैठे लोगों के ठहाके कटखने कुत्तों की तरह अपने इर्द-गिर्द महसूस हुए विक्रम को, लेकिन करता क्या, खुद भी हंसने की कोशिश करता रह गया।

कुछ देर बाद मदन कुछ कहने को हुआ, मगर फिर थम गया। इस तरह का हंसी-ठट्ठा तो रोज की बात है और फिर बीस साल फौज में रहकर, ईरान-तूरान-जर्मनी-जापान जाने कहां-कहां घूमकर लौटे मथुरा पण्डित से विक्रम-जैसा संकोची, अनुभवहीन युवक बातों में कहां पार पावेगा।

अपने बड़े भाई का मनोबल बढ़ाने के से इरादे से, धीमे स्वर में, मदन ने कहा, "कल देबुली ने भी हमारे यहां घास नहीं दी थी, ददा ! मथुरा कका कल सुबह कांकड़ मार के लाए थे। वहीं से शिकार भी ले गई, घास भी वहीं दे आई।"

बताने को तो उसका मन यह भी हुआ कि उसने एक बार पिछवाड़े

1. गर्भ वती।

मथुरा पण्डित को देबुली को आलिंगन में लेते भी देखा था, मगर कहता कैसे। अपने समवयस्क छोकरों को तो वह रात को गांव लौटते ही बता आया था। उसके लिए यह सब कौतुक-भरा था कि औरतों को लेकर ढेर सारी बातें ये लोग करते रहते हैं। खास तौर पर सौदा-सुलफ लेने दुकानों पर आकर बैठने वाले लोग, जो अकसर ताश-जुआ भी खेलते हैं। छोटा-सा, सिर्फ तीन दुकानों वाला पड़ाव है यह, मगर खाली कभी नहीं रहता। रात कोई-न-कोई काफिला ठहरता ही है। दूर बेनीनाग, थल, धारचूला और जौलजीवी तक के सीमांत क्षेत्रों तक के घोड़िए यहां ठहरा करते हैं और इन्हींपर इस पड़ाव की दुकानें भी टिकी हुई हैं।

शाम होते तक में दोनों पातल (हरी घास से भरे जंगल) से लौट रही थीं, तो दोनों को मथुरा पण्डित दिख गए। कंधे पर एकनाल भरवां बंदूक लिए। छोटे-छोटे बालों के बीच लटकती लम्बी-सी चुटिया और घुटनों तक की मैली धोती। आगे के दो दांत टूटे और कपाल में गहरा घाव, जिसे पण्डित जर्मनी-जापान से लड़ाई के वक्त के बम के टुकड़ों का घाव बताते हैं।

"क्यों हो पण्डित, तुम तो कंधे पर बंदूक लिए ऐसे चले आ रहे हो, जैसे घुरड-कांकड़ों ने न्यौते पर बुलाया हो! कल सुबह ही तो शिकार मारा था, अब इस वक्त..."

"देबुली पधानी, कल जिसे 'सूट' किया था, वह नर हिरन था। शिकारी बहुत दूर तक की सोचकर आता है। मादा अपने नर की तलाश में होगी, तो जरूर दिखाई पड़ेगी।"

देबुली गट्ठर सिर पर लिए-लिए रुक गई थी बतियाने, मगर गोपुली नहीं रुकी। उसे नीचे उतरते-उतरते मथुरा पण्डित की आवाज जरूर सुनाई दे गई कि 'गोपुली से भी कह देगा कि घास हमारे ही यहां डाल जाए।"

साथ पहुंचकर देबुली कुछ कहती, इससे पहले ही गोपुली बोली, "अब

एक जगह लगा रखी है, तो वहीं देना ठीक है। मुझे तो इस शिकारी बामन की नीयत भी खोटी मालूम पड़ती है।"

मैंने तो ये सोच के फिर देनी शुरू कर दी है कि बिक्रम की तो चार भौजियां हैं, उसे घास की उतनी गरज नहीं। अभी घास ठीक से तैयार नहीं हुई, मगर जल्दी ही इस बिक्रम प्रधान की दुकान पर घर के खेतों से आने लगेगी। मथुरा पण्डित घसियारिनों के आसरे हैं, छोड़ेंगे नहीं। जैसी तेरी मर्जी।"

सड़क पर पहुंचकर, देबुली मथुरा पण्डित की दुकान की तरफ बढ़ गई।

गोपुली एक पल को ठिठकी खड़ी रही, दूसरे पल विक्रम ठाकुर की दुकान की तरफ चल पड़ी। घोड़ों के अस्तबल के पास, छान के दरवाजे पर गट्ठर गिराकर, वह मदन की प्रतीक्षा में खड़ी हो गई। मदन आया, पूले गिनकर वापस जाने लगा, तो धीमी आवाज में कहा कि 'पाव-भर मिसरी, दो पत्ती चाय की और दो पैसे का तमाखू दे जाय।'

विक्रम ने उसे छान के पास खड़ी देखा है, यह जानकर भी, वह अपनी ही जगह पर खड़ी रही। मदन आया और सौदा दे गया। सौदा धोती के छोर से बांधकर, गोपुली देबुली को आवाज लगाते हुए लौटने ही लगी थी कि तभी विक्रम ठाकुर का कहना कानों तक आ गया, "मदन, गोपुली भौजी से कह देना कि शहर में तेरी बहन गीता मास्टरनी से मुलाकात हुई थी।"

गंगा का नाम सुनकर, गोपुली के पांवों की तलियों तक सिहरन दौड़ गई। एक क्षण में तबकी याद हो आई, जब गंगा सिर्फ छै-सात वर्ष की रही होगी। धुंधली-सी आकृति आकर जैसे आंखों से लग गई। अनायास ही आंसू उमड़ आए और मन हुआ कि विक्रम ठाकुर के निकट जाकर उसका हाल-चाल पूछे। कहां देखी मास्टरनी, कहां रहती है ? शादी कर ली ? बच्चे कितने हैं ? या अभी वैसे ही बैठी है ?

उसने सुन रखा था, मास्टरनियां बननेवालियों में से बहुत कमऔरतें शादी करती हैं। ...मगर जाने क्यों उसका आज विक्रम के समीप जाने को मन हो नहीं पाया। सुने का नासुना करती-सी, देबुली को पुकारती वह

तेजी से मथुरा पण्डित की दुकान की तरफ चली आई।

4

आज सुबह, गोपुली, फिर देर से उठी।

रात-भर के सोच में उसने इतना तो तय पा लिया कि बाधक सिर्फ उसके मन का चोर है। देबुली—या किसी और—के कहने से क्या फर्क पड़ता। मजाक तक की बातों को बातों में टाल देती। विक्रम की तरफ से पहल होती, तो जैसे उसके बड़े भैया को, तैसे उसे चार बातें सुनाती, खुद ही रास्ता छोड़ देता। यह तो, खैर, अपने भाइयों में भी बहुत शर्मीले स्वभाव का लड़का है, गोपुली एक बार को सिर्फ आंखें सख्त करके ही देख. ले, तो बहुत है। ...लेकिन इस तरह की कोई भी बात है किस तरफ से ? न तो उसने अभी तक कभी विक्रम को ललचाई औरतों की सी आंख से देखा है, कोई नाजायज किस्म की छेड़खानी की है और ना उसने इतने निकट आने की कोशिश की है कि रोकने की जरूरत हो।

तब यह जो सिर्फ देबुली, मथुरा पण्डित याकि मियां के कहने-भर से इतना बिदक उठने, जंगली हिरनों के से चौकन्नेपन में हो आने याकि अकेले में छेड़ दी गई पनिहारिन की सी उत्तेजना है—यह क्या सारी उसके अपने ही चित्त की हलचल है, जो दिन-भर साथ-साथ चलती है और रात सिरहाने पालथी मार लेती है !

कल जब मदन घास के पूले गिन रहा था या सौदा दे रहा था, तव वह कैसा चोर का जैसा बच्चा दूर ही खड़ा रह गया था ?

उस वक्त तो अनमनेपन में थी गोपुली, अब इस वक्त हंसी छूटने को हो रही है कि गंगा से मुलाकात होने की सूचना भी मदन के बहाने दे रहा था। गोपुली की बेरुखी का क्या असर पड़ा होगा उसपर? कौन जानता है, उसके मन में क्या भाव है ? मगर गोपुली अपने जी के इस चोर को कहां छिपाए कि हां, वह प्रधान का बच्चा उसे अच्छा लगता है। हम उम्र होते भी, औरत

जात के नाते, उससे बड़ी लगती होगी, इसीसे शायद, ज्यादा खुलकर नहीं बोलता। कौन जाने, उसके मन में कुछ न हो, वह खुद ही माने बैठे रहना चाहती हो कि हां, उसके देखने में भी चोर है।

गोपुली ने योंही घोड़ापड़ाव की ओर, उत्तर दिशा में देखा। यहां से, बहुत गौर से देखने पर भी, सिर्फ छत ही दिखाई पड़ती है, दुकान नहीं। बेड़ों से घिरे पड़ाव से उठता धुआं, अलबत्ता, साफ-साफ दिखाई दे रहा है।

गोपुली जानबूझकर जंगल नहीं गई है। दिन के वक्त किसी बहाने अकेले जाना चाहती है। गंगा के बारे में विस्तार से जानना चाहती है। एकांत मिल गया, तो इसी बहाने अपने बारे में भी जान लेगी। झाड़ी के भीतर हिलता खरगोश है कि नेवला, किसने देखा है। आंखों के आगे से गुजरे, तो पहचान में आए।

सोचते-सोचते, गोपुली को, तेज हवा में खड़े होने की सी अनुभूति हुई। दुधारू गायें पहाड़ में कम ही होती हैं, फिर भी, तीन वक्तों का दुहा बिलोने-भर को तो हो ही गया है। गोपुली, आंगन में से उठकर, भीतर दही बिलोने बैठ गई, तो अच्छा-सा लगा। रई की आवाज अपने को राहत देती लगी। काश कि किसी बड़ी खेती-बाड़ी वाले घर की बहू बनने को मिला होता ! डकौले-भर दही बिलो रही होती, चार-पांच बच्चे सामने नौनी को हाथ फैलाए खड़े होते !

अभावों के मारे चित्त का यह कैसा अनुराग है कि पहली नौनी उतारते हुए एकाएक रतनराम की याद आई है। फिर गंगा और पिता-माता की। और, न चाहते भी, विक्रम ठाकुर की कि ज्यादा होती, तो कटोराभर दे आने में क्या बुराई थी। औरत-मर्द को कोई भला लग गया, इसमें कौन-सा पाप है।

ठीक-ठीक अनुमान लगाकर कि यह वक्त सन्नाटे का होगा, लगभग ढाई-तीन बजे गोपुली पड़ाव की तरफ निकली। इधर का जरा घाम वाला इलाका है। दोपहर-दोपहर कुछ सन्नाटा रहता है। आंव-गांव या पुल-पार से

आए कुछ लोग ताश-जुए में न जुटे रहे, तो दुकानदार लोग भी सो जाते हैं। फिर वही, शाम के आसपास हलचल शुरू होती है।

सावधानी बरतने के नाम पर, गोपुली ने तेल के लिए शीशी रख ली थी। थोड़ा-सा गेहूं का आटा भी ले आएगी। अबकी मन-सवा मन भी मुश्किल से हुआ होगा खाद की खेती से। कुछ ठाकुरों के यहां मजदूरी का आया होगा।

गोपुली ने देखा, नवयुवकों का एक झुण्ड शहर की दिशा में चला जा रहा था। जरूर रंगरूट होंगे। लड़ाई में जाने पर कौन वापस लौटेगा, कौन नहीं। जर्मनी-जापान का, खास तौर पर हिटलर का, कैसा आदमखोर शेर का सा आतंक हो गया है! कभी-कभी लोग रात के सन्नाटे में हिटलर की बातें चलाते हैं, तो लगता है जैसे आसपास की झाड़ियों में छिपा हुआ है। 'हिटलर' आ गया है, सुनते हुए रोता बच्चा कम डरता है, कहने वाली मां ज्यादा डरती है।

गोपुली के रतनराम को क्या हिटलर ने अपने हाथों से गोली मारी होगी?

जैसीकि गोपुली को उम्मीद थी, मदन दुकान पर नहीं ही था। सुना है, दूध देने आता है, दोपहर के खाने पर लौट जाता है। अच्छा-खासा धान का सेरा है इन लोगों का। इतना बड़ा कुनबा खाने वाला, ऊपर से चार-पांच मन बेच ही लेते हैं। पहाड़ों की खेती में तो जिसका खुद की खेती से खाने-भर को हो गया, वही राजा किसान। भीमसिंह खेतों का कीड़ा है, दुकान पर कभी-कभार ही आता है। आजकल तो धान के खेत तेजी से सयाने हो रहे हैं और मड़ुवा-मादिरा जोड़ने के दिन करीब आ गए। बस, एक पानी और गिरने की देर है।

पड़ाव पहुंचने तक भी गोपुली डर ही रही थी कि जाने बतियाने-भर को एकांत मिले या नहीं। पुल-पार से आकर, शहर की तरफ आते रंगरूटों को गोपुली एकटक देख रही थी कि कहीं विक्रम की दुकान पर ही चाय पीने न बैठ जाएं। उन्हें पड़ाव से आगे को निकलते देखकर, उसे तोष मिला।

कैसा असमंजस है! न हां कहने को है, न 'ना'। सिर्फ टोह-भर लेना

है और इस प्रसंग को यहीं पर समाप्त कर देना है या कि सोते ने फूटना है और बहते जाना है ? दूसरों की तो बात दूर, खुद से भी कैसे कह सकती है कि आखिर-आखिर क्या और कैसा है उसके मन में ? पीठ पर का रेंगता कीड़ा है, महसूस होता है, दिखता नहीं।

नौ साल की थी, तब शादी हुई थी। घाघरा-पिछौड़ा संभालना मुश्किल। किशन का बाबू, रतन, ग्यारह-बारह सालों का रहा होगा। नीचे, घाटी के इलाकों में लोगों के साथ गाय-भैंस चराने, मछली मारने जाता था, तो पायजामा उतारकर, नदी के किनारे छोड़ देता था।।

घर में भी क्या था, भाई-बहन का जैसा संग का रहना, खाना, खेलना-सोना। निहायत मरगिल्ला-सा। टल्लेवाले कपड़ों में मायके के देखे गरीब छोकरों से अलग उसमें कुछ भी तो नहीं था। कहां किसी तरह का रोमांच अनुभव करती वह। पास-पड़ोस की कमउम्र ब्याहता लड़कियों की देखादेखी, सयानियों का कहा सुनते-सुनते जैसे सब दिन बीतते गए, वैसे ही कपड़ों से होने के बाद के भी बीतते गए। ससुर, देवराम, का मरना खाने-पहनने में और कंगाल कर गया। कहो कि औरत होने का ठीक-ठीक अहसास तो तब शुरू हआ, जब रतना फौज में भर्ती हो गया और या फिर छुट्टियों में लौटा। उसी साल ढंग का पहना, खाया। उसी साल वह न रहने वाली पेट में आई थी। उसी साल शिल्पकारों के सांवलेपन के बीच में अपने गोरे रंग से अलग दिखने के बावजूद, मरियल-सी गोपुली का वह वक्त शुरू हआ कि आते-जाते लोगों की नजर पड़ती मालूम होने लगी। मेले-ठेलों में गई, तो पता चला कि हुड़का बजाते, गीत गाते नौजवानों का रेला उसपर भी फब्तियां कस रहा है।

जिसे औरत का इंतजार करना कहते हैं, वो तो, बस पिछली बार की छुट्टियों पर रतनिया के आने से पहले-पहले किया था। उन्हीं दिनों ठाकुरगांव की परतिमा प्रधानी ने भी कहा था कि मेरे बेटों को बख्शना। अब कौन है और किसका इन्तजार है गोपुली को। हवा की सी आवाज और कोहरे की सी मूर्ति है। लापता रतनराम छल हो गया है।

पिछले कुछ अरसे से यह कैसा असमंजस शुरू हुआ है। रास्ता न पाती गाभिन नागिन की जैसी व्याकुलता क्यों और किसलिए है। औरत

होना, पत्थर बने रहने की जगह काठ क्यों होता जाता है। कौन-सी चोरीजारी करनी है उसे इसी भरी दोपहर में, जो डरे ? तेल-नमक खत्म है। मडु वे की रोटी खाते-खाते सास और किशना को ही नहीं, उसको भी ऊब हो चुकी है। बस, ये है कि गंगा की आसल-कुशल पूछ लेनी है। जब जिएमरे की खबर नहीं थी, नहीं थी, अब है कहने को तो हो गई है। खून का रिश्ता लेने-देने से ही थोड़े रहता है। पीठ-पीछे की बहन है, आकृति तो याद आती ही है। और इसमें भी कौन-सी बुराई है कि कहने-सुनने वाले जाने क्या-क्या कहते हैं। भरम में मन जाने क्या-क्या गुनता है। बीज को मिट्टी खोदकर क्याप हचानना है। अंकुर तो जैसा मडु वे का, तैसा मादिरे का। पत्ते फूट निकलते हैं, तब पौधा कहता है कि हां, मैं ये हूं।

गोपुली अभी क्या कहे कि कहां क्या है। दूर, बहुत दूर का दिखता धुआं है, सो जाने घर में है, जंगल में है। अभी तो, खैर, यही पता नहीं कि विक्रम दुकान पर है, अकेले में है और है भी या नहीं, या किसी तरफ निकल गया है ? लेकिन फिर भी कल शाम का शुरू हुआ असमंजस इस वक्त तक छाया की तरह साथ है, पकड़ने को हाथ बढ़ाओ, तो इसकी भी सिर्फ छाया ही दिखाई देती है। कितनी बार, कितनी तरह से गोपुली ने तय करने की कोशिश की है कि बात को कैसे शुरू करेगी, गंगा के बारे में क्या-क्या पूछेगी ? कहीं पर बात टूटने लगी, तो आगे कैसे बढ़ाएगी ? बोलकर टोहेगी या चुप रहकर ? हर बार सिर्फ अन्त में यही छट जाता है कि उस वक्त की तभी देखी जाएगी, यार, अभी से जी संकट में करने से क्या लाभ !

दोनों दुकानों के बीच का फासला ऐसा है कि लोग बैठे हों, तो दिखाई भी दे जाते हैं, और जोर का बोलना-बतियाना भी सुनाई दे जाता है। लोग न हों, तो हर दुकान थोड़ा ओट में लगती है।

गोपुली ने मनौती मानने की सी मुद्रा में, तेजी से मथुरा पण्डित की दुकान की ओर देखा। तेल की शीशी और सौदे की थैली को ऐसे पकड़ा कि दूर से ही साफ दिख जाए, सौदा खरीदने आई है। न सिर्फ यह कि मथुरा

पण्डित की दुकान पर कोई नहीं था, बल्कि लकड़ी के तख्तों पर पड़ा बड़ा-सा ताला साफ-साफ दिख रहा था। जरूर पुल-पार निकल गया होगा या शिकार खेलने। हालांकि यह शिकार खेलने का वक्त नहीं, मगर घसियारिनों के विश्राम का वक्त तो है। बंदूक कंधे पर रखे, घुटनों तक की धोती और लम्बी चुटिया फटकारते घसियारिनों के बीच घूम आना मथुरा पण्डित का अपनी तंदुरुस्ती ठीक-ठाक रखना है। ...लेकिन कहीं विक्रम की दुकान पर भी तो ताला नहीं?

गोपुली को लगा, जैसे अपनी ही जगह पर गोल-गोल घूम गई है। सांस कैसी, सीढ़ियां फलांगती बिल्ली हो गई है।

टीन के टपरे के नीचे पहुंचते-पहुंचते गोपुली को अपना हांफ उठना सुनाई पड़ने लगा। गले में जैसे कुछ अटक रहा हो। लोगों के देखने-सुनने की तो अब बाद की बात है, कहीं विक्रम ने ही यों जता दिया कि अपनी ही गलतफहमियों में क्यों मारी जा रही है गोपुली, तो ? आकाश में की उड़ती-सी जमीन पर आ गिरेगी कि, बस, सिर्फ काठ होकर, अपना नंगा हो पड़ना ढांक लेगी? यह इस तरह के सन्नाटे में, ऐसे चोरों के से पांवों से, बंद दरवाजों पर ऐसे हाहाकार-भरे मन से दस्तक देना—चोरी-जारी और क्या होती है ? वो तो सब, गोपुली का मन भरमाने की बातें थीं कि टोहकर देख लेगी। कांटे का दिख जाना ही अच्छा है, अपना रास्ता अलग करने में आसानी होती है। अब खड़ी है टपरे के नीचे, तो जैसे भीतर तक नंगी खड़ी है। कहीं सचमुच विक्रम ने हाथ पकड़कर खींच लिया, तो कहां होगी गोपुली ? नदी की तरह नीचे, उतार में को बहेगी कि ऊपर को चढ़ेगी? जो वह कहती थी कि आते-जाते मजाक-भर को नाता रखेगी, तो ये गत होने को क्यों आई है ?

हड़बड़ाहट में ही गोपुली ने तख्ते पर अपना दायां हाथ रखा। ठक-ठका नहीं पाई। लगा, थक गई है। चढ़ाई चढ़कर आते हुए ऐसी थकान सिर्फ तब होती थी, जब यह किशना आखिरी महीने में था।

'कौन है ?' की आवाज तख्ते पर से नुकीली कील की तरह निकलकर, गोपुली की हथेली में गड़ गई। पहचानना कठिन हो गया कि जाने विक्रम की आवाज है, या भीमसिंह की। कहीं विक्रम ही हुआ, लेकिन किसी

घसियारिन के साथ हुआ ?

गोपुली को लगा, लगभग रो पड़ने को ही आई है वह। हे परमात्मा, ऐसा कठिन वक्त भी क्यों दिया तूने ! बड़ी तेजी से गोपुली को रतनराम की याद हो आई और जाने भीतर से क्या उमड़ा कि गोपुली को बाढ़ के वेग की तरह हिला गया। तेजी से वह पलटी। मन में हुआ कि बस, दौड़ती निकल जाए घर तक...मगर टीन का टपरा उसने ठीक से पार भी नहीं किया था कि तख्ते के सरकाए जाने की आवाज पांवों से लिपट गई और विक्रम का यह कहना कि 'गोपुली भौजी, आके वापस क्यों चली जा रही हो?'

गोपुली क्या करती, खिसियाई-सी पीछे पलटी। सामर्थ्य-भर अपने को संतुलित करने की कोशिश करती बोली, "सासू के पेट में वायुगोला उठता है, बिक्रमसिंग ! मैं सोच रही थी, दुकान खली होगी तो तेल लेती जाऊंगी। सासू की तबीयत खराब होने से आज जंगल भी नहीं गई... ।"

"तो वापस क्यों भागी जा रही थी ?"

"तख्ते लगे पड़े थे । मैंने सोचा, सोए होंगे । जगाऊंगी, तो बुरा मानोगे।"

"धन्य हो, गोपुली भौजी, तुम्हारे जगाने का भी भला कोई बुरा मानेगा? फिर उतनी चढ़ाई चढ़कर यहां तक आई हो। ...वैसे मैं सोचता भी था कि कल जाने क्यों तुम अनमनी हो रही थीं, बाद में गीता मास्टरनी का हालचाल पूछने आओगी जरूर।"

विक्रम दुकान के भीतर चला गया, गोपुली दरवाजे से लगी, खड़ी हो गई। धोती का छोर यों ही दांतों के नीचे आ गया। विक्रम जैसी आत्मीयता में भरा बोल रहा था, डर की जगह संकोच से मन भर आया।

बोली, "शीशी-भर कड़ू तेल, एक सेर नमक दे देना, बिक्रमसिंग ! चार-पांच सेर गेहूं का आटा हो या गेहूं ही... । जितने मेरी तरफ बाकी निकलेंगे, कल-परसों में कटवा लूंगी। जल्दी लौट चलूंगी, नहीं तो सासू गाली देंगी..."

जब तक में गोपुली को याद आता कि उतावलेपन में गंगा के बारे में तो पूछना ही भूल गई है तब तक में तख्ते से सटा उसका दायां हाथ विक्रम

ने थाम लिया था। गोपुली, लगभग शिला हो गई।

"बाहर ही क्यों खड़ी हो, भीतर बैठ जा।"

"बस, यहीं ठीक हूं। इससे ज्यादा औकात नहीं..."

"दूसरों के लिए तेरी औकात कुछ नहीं होगी, मेरे लिए तो तू रतनदा की घरवाली है। हमारे भीमा दाज्यू ने तेरे साथ जो सलूक किया, मुझसे तो नाराज नहीं है ?"

"तुम कल बता रहे थे, गंगा से भेंट हुई थी ? कैसी है अभागन..."

"अरे, वह कहां अभागन है, अब। गिरजे के पास के लड़कियों के स्कूल में पढ़ती है। कह रही थी..."

"हां, अभागन तो सिर्फ मैं हूं, लला !"

गोपुली की आंखें तो भर आईं, मगर अपना हाथ हटा नहीं पाई। साफ था कि बहुत हलके ही पकड़ रखा है।

'हर समय और हमेशा ही शोग में नहीं रहते, गोपुली भौजी !' कहते-कहते विक्रम ने अपना हाथ खुद ही हटा लिया। गोपुली समझ गई कि उसके दुखी दिखाई देने ने उसमें हिचक भर दी है।

"भीतर नहीं आती हो, तो बाहर ही बैठ जाओ। खड़ी कब तक रहोगी, सौदा देने में भी तो वक्त लगेगा।"

गोपुली ने अनुभव किया कि वह अपंग-सी हो आई है। न आगे बढ़कर बातें कर सकती है, न पीछे हटकर। ऐसे, अंततः, होगा भी क्या ? जहां-का-तहां रहना।

उसने एक बार हलके अंधेरे से भरी-सी दिखती दुकान की ओर देखा। विक्रम गल्ले की दरी पर बैठा था। गोपुली सौदे से भरे कौलों की दाईं तरफ पड़े बोरे पर बैठ गई। बैठने में घाघरा काफी ऊंचे तक उठ गया। उतावली और हड़बड़ी में जो हो गया, उसे कहीं वह जानबूझकर किया गया न समझे।

विक्रम के चेहरे को एकटक देख सकने, अपने प्रति उसके भीतरी मनोभावों को टोह सकने की मनःस्थिति में वह बिलकुल नहीं रह गई थी। बस, खुद अपने भीतर तक उघड़ा हो बैठने की प्रतीति जरूर हो रही थी।

विक्रम ने तेल निकाला, पल्ली से, शीशी में भरा। शीशी के बाहर बिखरे तेल को हाथ से पोंछकर, शीशी गोपुली की तरफ बढ़ा दी। तेल से चुपड़ा हो आया हाथ पहले अपने माथे की तरफ ले गया, फिर एकाएक ही गोपुली के सिर पर ले आया, "कितने सूखे हो रहे हैं तेरे बाल— कब से नहीं नहाई है ?"

गोपुली क्या कहे ? कैसे कहे कि 'पंचोला नहाए आज चार-पांच दिन हो गए, लला !'

"गंगा कुछ कह रही थी ?" उसके हाथ को धीरे से हटाकर, हाथों से अपने बालों में तेल मलने लगी गोपुली। अब समझ लिया कि सामने बैठे का मनोभाव वैसा ही है, जैसा वह अपने मन में गुनती रही थी। बल्कि सिर्फ गुनती ही क्यों, शायद, चाहती भी रही थी।

"हां, बहुत बातें कह रही थी। वह तो अपने डेरे तक ले जाना चाहती थी..."

"किसलिए?" गोपुली ने खुद अनुभव किया कि एकाएक ही कह बैठी है और अपने-आपमें बहुत अटपटा-सा हो गया है यह पूछना, मगर विक्रम सहज भाव से कहता गया, "तेरी तरह सिर में तेल मलवाना चाहती होगी, शायद ! ... खैर, मजाक छोड़। कह रही थी कि 'डेरा देखते जाओ, भैया, कभी गोपा दीदी को लेते आना।' मैं वापसी पर था। उसने डेरा मीराडुंगरी की तरफ बताया था, मैं पत्थरधारा के रास्ते पर। कह दिया कि लिखकर दे दो। अगली खेप में देख लूंगा। बता रही थी कि तेरी चिट्ठी बहुत दिनों तक यहां पड़ी रही। कहीं स्कूल की ट्रेनिंग में गई बता रही थी।..."

"कैसा हाल-चाल है उसका ? शादी हुई ? हाय, मैंने तो छै-सात बरसों की देखी होगी— अब तो जवान हो चुकी होगी?"

"बड़े ठाठ से है। बाल कटाए हुए है। हाथ में घड़ी पहनी थी, गले में लौकेट। साड़ी-ब्लाउज में सचमुच की मास्टरनी लग रही थी। मैंने उससे पूछा नहीं—पूछता भी कैसे—मगर उसकी साथ वाली किसी मास्टरनी ने उसे पुकारा था, तो 'मिस मसी' करके आवाज लगाई थी। गंगा के नाम से, शायद, वहां नहीं जानते उसे..."

"हां, आनन्दी पौणी भी बताती थी कि गीतामसी रख लिया है।"

"आनन्दी ने तो अपना नाम सलमा बीबी रख लिया था, शायद ?"

"हां, मुसलमानी हो गई ना !"

"गरीब शिल्पकारिनें ईसाई-मुसलमानों में बहुत जा रही हैं..."

"क्या करें अभागिनें, कहीं तो आसरा खोजना है।" कहते हुए गोपुली को यह अन्दाजा बिलकुल नहीं था कि विक्रम पूछ बैठेगा कि 'क्यों, तुम भी क्रिस्तान या मुसलमानी बनोगी, गोपुली भौजी ?'

जाने कैसे हुआ कि गोपुली सिर्फ शरमाकर रह गई और, इतनी देर में, पहली बार उसके होंठों पर हलकी-सी मुसकुराहट आई, "द, मुझ रांड को कौन ले जाता है ! मुझे तो बस, काल ही ले जाएगा..."

क्या यह उसके कहने और मुसकुराने का परिणाम होगा?

गोपुली को—और, शायद, हर घसियारिन को—अपनी कमर पर का यही हिस्सा सबसे ज्यादा स्पंदनशील लगता है, जहां पर अपनी तेज धार वाली दराती खोंसा करती है। शायद, कमर में तलवार लटकाने वाले पुरुषों को भी ऐसा ही महसूस होता हो ? कहो कि गोपुली, सिर्फ सौदा लेने निकली थी, दराती घर पर ही छोड़ आई है, नहीं तो, गोपुली के साथ जो नादानी हुई, सो हुई—विक्रम ठाकुर की अंगुलियां जरूर कट जातीं।

ऐसा कतई नहीं है कि विक्रम ठाकुर कोई बाघ हो गया हो। अभी-अभी एक झलक चेहरा देखा है, खुद गोपुली से भी ज्यादा शरमाया हुआ-सा लग रहा है। जाने कैसी तो यह परास्तता है, मीलों लम्बी, सरयू से भी गहरी महसूस हो रही है।

"गंगा ने शादी की या नहीं, तुमने बताया नहीं ? क्या कहती थी, फिर कभी गोपा दिदी की याद ..."

"तुमने जोगनों का जैसा भेस कर लिया है। फिर भी, जंगल में की 'फूल हो। ...शहर की रंगीन औरतों को तो सिर्फ तुम्हारे चेहरे पर का रंग ही मात कर देगा। गंगा को तुम्हारे, तुमको गंगा के कपड़ों में कर दिया जाए, तो तुम्हारी नौकरानी मालूम पड़ने लगे। तुम सोचोगी, परतिमा प्रधानी का लड़का कितमा बदमाश हो गया है, मगर मुझे कहां इतनी अक्ल आती। सुना

है, वो जो चूड़ियां बेचने वाला मियां आया था, तुम्हारी तरफ देखता मथुरा पंडित से कह रहा था कि 'खस्सियों का सा सीना निकला हुआ है इसे।' ... भगवान कसम, मैंने कोई बात नहीं कही थी।..."

द, तू उल्लू का पट्ठा इस समय भी कहां कोई बात कहता ? तुझमें कहां इतनी हिम्मत थी? खुद गोपुली है, अपना ही उपजाया सुन रही है। सो अब तक भी, शायद, कुछ रही हो, मगर इस वक्त गोपुली नादान नहीं है। पच्चीस की औरत मर्द के पैंतीस को पार कर चुकी होती है। आंखों की अंधी, कानों की बहरी नहीं है। अपने मायके से लेकर, यहां तक की सारी धरती देखी हुई है। मायके में गाय-बकरियां चराने जाती थी, तो कितना घना जंगल था वहां? कितनी पतली, लेकिन कैसी तेज धारा थी ऊंचे-ऊंचे शिखरों पर से आती उस छोटी-सी नदी की, जो उनके गांव को ठीक बीच से चीरती निकल जाती थी ! चैत-वैशाख में कैसा का फल और बुरांश के फूलों से लाल-लाल हो आता था वहां का जंगल ! कैसी जंगल में के वानरों की जैसी खिलंडरी टोली हुआ करती थी ग्वालों की ! जाने कैसे-कैसे खेल खेला करते थे ! तब कहां इतनी अक्ल थी ? किशन का पेट में होना तब जाना था, जब रतनराम फौज में भर्ती हो चुका।

दस-बीस कदम के फासले पर ही सड़क है। सोचो, तो यह भी एक नदी है। नदी में के बहते तख्तों-जैसे यात्री गुजर जाते हैं आंखों के सामने से। कठपुलिया के पार, उत्तर-पूरब में कस्बा है, दक्षिण-पश्चिम की तरफ शहर को निकल गई है सड़क। कल्पना करो, तो लगता है कि हमारे ही साथ-साथ चलती है। सड़क के नीचे की ओर गोपुली का नैलागांव है। फिर ठाकुरगांव के आमों के बगीचे हैं और फिर उधर ठाकुरगांव है, करीब डेढ़ मील के फासले पर। इधर दूर दक्षिण-पश्चिम की तरफ ठाकुरों के दूसरे गांव हैं। शिल्पकारों की बस्तियां तो, बस, ऐसे ही हैं सब जगह—दो-चार-पांच घरों की छोटी-छोटी बाखलियां या टीलों पर के इक्के-दुक्के मकान।

आजकल लगता सावन है। वर्षा कुछ दिनों से नहीं हुई। घाम बहुत तेज हो गए, मगर खेतों में हरियाली भर गई है। अभी गांवों की जमीन और खेतों पर हरी घास पूले बांधने लायक नहीं हुई, मगर घने पातलों की तरफ

कैसी धान के पौधों-जैसी गहरे हरे रंग की घास है। जगह-जगह तो चौमासे के सोते फूट निकले हैं। कैसा पारदर्शी जल है इन सोतों का, मुंह धोने को हाथों में उठाओ, तो जैसे आईना हो जाता है!

सड़क पार करते ही, मालू की चौड़े-गोल पत्तों वाली लताओं का विस्तार। भरी दोपहरी में वनवासियों के झोंपड़े हो जाते हैं छोटे-छोटे पेड़। तीतर सर्दियों में ज्यादा बोलते हैं, मगर आजकल टिटहरियां और तोतों के झुंडों का उड़ना और न जाने कितने रंगों, कितने नस्लों की छोटी-छोटी चिड़ियों से लबालब भरे हैं ये चौमासे के पातल! चिड़ियों की फसल वाले खेत हो गए हैं।

अब सौदा साथ में लिए घर को लौट रही है गोपुली, कि कहीं समुद्र की तरफ को बही चली जा रही है। लौटते वक्त अपनी दुकान की तख्तों पर, ताले की जगह, खुद मथुरा पंडित लगा हुआ मालूम पड़ रहा था। विक्रम की दुकान का टीन का टपरा पार करते वक्त, जैसे एकटक घूर रहा हो कि—ठहर, गोपुली, ठहर! छान में बंधे घोड़े हिनहिनाए थे, तब निकली थी। बाहर घाम अभी भी तेज है। पांव के तलुवों में जलन अनुभव हो रही है। विक्रम ठाकुर की दुकान के पीछे वाले कमरे में आमों की ढेरियां रखी हुई हैं। सुगंध से नथुने भर रहे थे।

सास और किशन, दोनों सोए होंगे, सिर्फ गोठ में बंधी बिंदी जागती होगी। बछिया भी पूंछ आंखों पर किए सोई रहती है अकसर। इसके नामकरण के दिन भूमिया देवता को दूध चढ़ाने जाना है, तो थोड़ी-सी पूरियां और हलुवा जरूर बनाना है। त्योहार तो अभी सभी दूर-दूर हैं।

सुना तो तभी होगा, लेकिन अब याद आ रहा है कि गंगा मास्टरनी ने अब के साल की नंदादेवी में आकर भेंट कर जाने को कहा है। आमों की फसल तो तब तक कहां रहती है, मगर तब विक्रम ठाकुर, शायद, बासमती की खेपें ले जाने लगेगा।

महीने में एक बार तो शहर जरूर जाया करता है। गोपुली ने अपने हाथों से पानी भरके दिया था, तो चुपचाप पी गया था। औरत-मर्द की कौन अलग-अलग जात है, भैया, ये तो लोगों की लगाई आग है। तू इस पार, हम उस पार।

5

दाहिने हो जाना—भूमिया देवता—इस हरी-भरी फसल के लिए!

दाहिने हो जाना, पशुओं के देवता—दूध देती गाय-भैसों,

दुहती, छाछ बिलोती बहुओं के लिए!

सात भाई बफौल हए—बफौल वीर!

चम्पावत की गढी में—बफौल वीर !

रूप के रुपहले, वचन के पक्के—बफौल वीर!

माई के पूत, धरती के लाल—बफौल वीर !

न आते, न आते गोपुली भी चली आई है। परतिमा प्रधानी के खेतों में हुड़का-बौल लगा हुआ है। लोकसंगीत के सहारे सामूहिक श्रम की उपासना का पर्व। जिस खेत का गोड़ना शुरू होता है—पूर्व की तरफ से एक किनारे बौल लगाने वाले लोकनायक खड़े हो जा रहे हैं। भूमि-देवता, पशु-देवता और अन्य लोक-देवताओं की आराधना के बाद, अब बफौलों की वीरगाथा शुरू कर दी गई है। सारे पुरुषों और औरतों को एक लय में कर दिया है संगीत-भरी गाथा ने। कमर के सहारे खेतों पर झुकी औरतें, दूर से, तालाब में तैरती बतखें हो गई हैं।

बुलाहट परसों हो गई थी, मगर गोपुली जाने से बचना चाहती थी। देबुली अपनी बड़ी बेटी की ससुराल चली गई है। फकीरराम का वहीं देहांत हो गया है। जाना बाखली की दूसरी घसियारिनों के साथ चाहिए था। घने पातल में बाघ खा जाए, तो खबर भी नहीं लग सकती। कैसी परायेवश की सी हो गई है, अकेले ही तड़के निकल गई थी। कौन जानता था, दियासलाई मांगने के लिए खुद मथुरा पंडित दरवाजा खटखटाएंगे। देख तो नहीं पाए, सूंघ जरूर गए होंगे ! देबुली, इन दिनों, यहां नहीं है। जरूर किसी दूसरी ने ही अफवाहें फैलाई हैं। कल शाम खुद परतिमा प्रधानी बौलियों को न्योतने आई थीं। हो सकता है, गोपुली का अपना वहम हो, मगर बुढ़िया बार-बार

गौर से देख रही थी। इन बूढ़ी औरतों की नजर तेज चाहे ज्यादा न हो, नुकीली बहुत हुआ करती है। सास ने कैसे बिना बात कह डाला था कि 'गोपुली, तेरे पांव ठीक नहीं पड़ रहे आजकल। पछतावेगी।'

सास ने क्या देखा-सुना है ? सिर्फ गोपुली का चलना-फिरना ही तो ? गोपुली को जो अपना रोम-रोम बोलता सुनाई पड़ता है, क्या सबको सुनाई दे जाता होगा?

परतिमा प्रधानी की मंझली बहू, सरोसती, गोपुली के साथ हो गई है। धीमे से कहती है, "गोपा, तू सबसे अलग ही दिख रही है, रे ! बड़ी आंखें लगी हैं तुझपर !"

गोपुली सिर्फ शरमाते, हंस पड़ने के अलावा और क्या करे ? कौन-से वस्त्र-आभूषण सजा लिए हैं उसने। पीले रंग के नाम पर सिर्फ नाक में की छोटी-सी कील है। ठाकुरों की बहुएं तो आज पांच-पांच तोले के गुलोबंद, भरी-भरी, चंदकों वाली नथें और कानों में मुंदरियां पहने आई हैं खेतों में, जैसे बौल (श्रम) में नहीं, उत्सव में आई हों। नई-नई सुहागिनों ने शादी वाला रंगीन जोडा भी पहन रखा है।

गोपुली विपन्न अभागन औरत का दूसरा नाम है। गोपुली में क्या रखा है ? .. और उसने कहा था कि 'तू जंगल में की फूल है !'

हां, बिना लत्ते-जेवरों के भी शरीर का यह वनफूल का सा खिलना ही तो होगा, जो गोपुली शिल्पकारिन ठकुरानियों में भी बीस ही दिखती है सबको।

अच्छा है कि विक्रम ठाकूर पड़ाव पर ही रह गया है। नहीं तो कौन जानता है, कहीं गोपु ली का धरती में का सा गड़ा होना देख ही लेती सयानी औरतें।

दो घड़ी के बाद कलेवा हुआ सामूहिक। ठाकुर-ठकुरानियों की कतारें अलग हो गईं, शिल्पकारों की अलग। कलेवे के बाद, डिगरराम ने अब बफौलों की कहानी का नया मोड़ शुरू कर दिया है और बफौलों की विधवा, गाथा के नायक अजित बफौल की मां लली दूधकेला का प्रसंग जैसे सिर्फ बौलियों पर ही नहीं, पूरी धरती पर छा गया है।

हंसों में की रानी हंसिनी तू, लली दूधकेला!

फूलों की फुलवारी,

गहरे पातलों में की हिरनी—

लताओं-जैसी फैलती,

झरनों-जैसी झरती तू, लली दूधकेला!

माथे की सूनी, किन्तु आंचल की हरी-भरी, वीर-प्रसवा तू...

लली दूधकेला!

गोपुली जिस सुबह, उस दिन, सौदा लेने गई थी—पंचोला नहाए कितने दिन हुए थे—चार दिन ? अब कितने हुए ग्यारह-चार ? पंद्रह दिन। आधा पक्ष बीत गया है।

हुड़के की दुंङ-दुंङ घाटी के इन खेतों में आर-पार, जाने कहां-कहां तक प्रतिध्वनित हो रही है। दिशाओं में, जहां देखिए—ऊंची-ऊंची पर्वतश्रेणियां हैं। लगता है, दुनिया का विस्तार इतने से आगे कहां होगा। सामने, ठेठ पूरब में बहती सरयू कहां तक बहती होगी?

भीमसिंह की घरवाली, सरोसती, अपने पति जैसी बीहड़ नहीं है। एक बार चुपके से कह गई कि मेरे शीमा के बापू का हाथ झटक तो दिया तूने, गोपा, मगर होना चाहिए था तुझे हम ठाकुरों के ही घर की बहू !'

अब गोपुली कैसे कहे ?

भीतर-ही-भीतर वह किसी दूसरे लोक में है। जंगल में कहना चाहिए, जहां मुक्त पंछियों-जैसी बहकती, आर-पार तक उड़ानें भरती चली जाने को व्याकुल है उसकी आत्मा। सचमुच, जागते में का सपना देखना हो गया है। काश, सचमुच किसी ठाकुर घर में पैदा हुई होती और सिर्फ गोड़ने में ही नहीं, खाने-पहनने में भी परतिमा प्रधानी की बहओं की कतार में होती!

अच्छा ही हो गया, सासू यह दिन देखने से पहले ही विदा हो गई। योंही कैसा खून-सा झरने लगा था बुढ़िया की आंखों से, अब जाने क्या करती ! लोगों

से भी कितने दिन बचा लेगी अपने को? यही महीना, दो महीना। हर महीने, गांव-किनारे की पतली धारा में कपड़े धोने जाना ही कब तक ढांके रखेगा ? फिर देबुली का साथ है। औरतों के साथ का जंगलखेतों में जाना है। कोशिश करने पर भी, अब वह पहले की तरह का स्वच्छंद पांवों का चलना कहां हो पावेगा? चौथा महीना लगते-लगते तक में पेट में का 'मैं हूं, मैं हूं' बताने लगेगा।

देबुली, दुबारा, अपनी बेटी लछिमा की ससुराल चली गई है। चार पांच दिनों में लौटने को कह गई है। बड़े बेटे का रिश्ता तय करना है।

बिंदी, बाखली वालों की गायों के साथ, अब फिर जंगल चरने जाने लगी है। घर पर बछिया रहती है—काजली। बाखली के नरराम ने उसका काजली नाम रखने को कहा था। गोपुली इधर-उधर, कहीं से भी पुकारती है, तो 'बां' करती है। पशुओं को भी कितना प्यार दिया है देने वाले ने ! ऐसा लगता है, जो बेटी विदा की गई थी, तीसरे ही महीने ...दूसरा जनम लेके लौट आई है, यह याद आते-आते ही, मजाक-मजाक में अपना कहा भी याद आता है कि मदन से कहा था, 'तुम्हारे ददा को ही तो नामकरण के चौके पर बैठना है।'... और मदन का कहा भी...

सासू ठीक कहती थी कि औरत को हांसी ले जाती है।

घास काटने पातल जाते वक्त चाय पीने बैठ गई गोपुली, तो विक्रम ने काम निकालकर पुल-पार भेज दिया। गोपुली से बोला, "अकेली निकली हो ?"

"देबुली भौंरा चली गई है। बड़ी बेटी के गांव। चार-पांच दिनों में लौटेगी।"

"अच्छा।"

"संसार की नेकी-बदी, सब है। निभाने वाला हो।..."

"ठीक कह रही हो। बहुत प्यारी, समझदार औरत हो। शिल्पकारों के बीच का रत्न हो तुम। छोटी भौजी कल मजाक में कह रही थी कि, 'भीमा जेठ जी के हाथों से फिसली मछली तुम्हारे जाल में तो नहीं आ गई ?' सचमुच किसी दिन बात फूट गई, तो सबसे ज्यादा जलन हमारे भीमा ददा को ही होगी। बड़ा मलाल है उनको तेरा..."

"गाय को बाघ ने खाया, तो क्या बड़े बाघ ने और क्या छोटे बाघ ने !"

"बाघ को तो तू खा गई है...तेरे बिना समय काटना कठिन हो गया।"

"समय काटने के ही मतलब की हो ही गई मैं ..."

"इधर कुछ दिनों से तू कुछ रूखी होती जाती है। आ, चुपके से भीतर चली आ। मैंने तेरे लिए मछली रखी हुई है। कल मुसाफिरों ने पकाई थी। मदन घंटे-भर से पहले क्या लौटेगा।"

"तुम तो आंखों के अंधे हो गए हो। जानवरों की जैसी खाल हो गई है तुम्हारी। रात-दिन का चैन ही जाता रहा तुम्हारा। गाय-भैंस की जिंदगी कर दी है तुमने मेरी। लग गए, अलग हो गए। औरत जात का दुख-दर्द देखने वाला कौन है !"

विक्रम खिसियाकर, कुछ कहना ही चाहता था कि गोपुली उठी। सीढ़ियां पार करती सड़क पर, सड़क पार करती जंगल को निकल गई।

घास का गट्ठर घुड़साल में गिराकर, शाम के वक्त भी चुपचाप चली आई गोपुली। मदन से कह दिया कि पूले गिन लेना। आजकल अब पहले का जैसा हिसाब-किताब तो नहीं ही रह गया है। चार पूले कम ले आए, ज्यादा ले आए।

घर पहुंचकर, बाखली के बच्चों में निकल गए किशन को ले आई। कंधे पर उठाने लगी, तो फर्क मालूम पड़ा। चस पड़ गई। घास काटने से लौटने की थकान नई तो नहीं। किशन को चबूतरे पर बिठाकर, गाय दुहने गोठ चली गई। नरराम का बेटा बहादुर चराने ले जाता है—वापसी में बांध जाता है। कभी थोड़ा दूध, कभी थोड़ी छाछ-नौनी दे आती है। लोटे में भी अब नीचे उतरने लगा है दूध। लगता है, यह आखिरी ब्यांत है इसकी। पुट्ठे की हड्डियां एकदम नुकीली हो चली हैं।

रतनराम के साथ ही गोपुली भी लापता हो गई होती दुनिया से, किस्सा खत्म हुआ होता।

बाखली के घरों से अलग, एकांत में का मकान है। देबुली के दरवाजे पर ताला पड़ा है। फकीरा कहीं यहीं आंखों के सामने मरा होता, तो स्मृति

से उतारना कठिन हो जाता। सास तो जीते-जी जैसी हो गई थी, मर भी गई, तो खास अंतर नहीं पड़ा। किशन की समस्या जरूर बढ़ गई, मगर नरराम के बच्चों के साथ हिल-मिल गया है।

आंगन नीचे के खेत में, लौकी, तुरई, कद्दू फलने लगे हैं। सावन बीत गया, तो भादों लगते ही हरियाली अपने तारुण्य में आ गई है। खेतों में, जंगलों में—सब जगह। चौमासे के हिसाब से, अषाढ़ शुरुआत का हुआ, सावन बढ़ोतरी का और भादों तरुणाई, असोज उतार का।

गोपुली को भी भादों लगा है।

जल्दी ही खा-पीकर, गोपुली सो गई थी। घोड़ापड़ाव से ठाकुरगांव या उससे लगे दूसरे गांवों में जाने के लिए रास्ता गोपुली के आंगन से होता भी निकल गया है। किनारे से पगडण्डी चली गई है। भीमसिंह तो आजकल कभी-कभार पड़ाव या पुल-पार कस्बे की ओर आता-जाता है, तो पगडण्डी के ही रास्ते निकल जाता है। नैलागांव की शिल्पकारिनों की शरारत-भरी हंसी उसे खिसियाना कर देती है।

विक्रमसिंह यहीं से आता-जाता है। रोज तो नहीं, क्योंकि जहां मुसाफिर ज्यादा हुए, या ज्यादा शाम ढले आए, दुकानदारी में ही आधी रात हो जाती है।

कुल चार कोठरियों का तो यह मकान है। नीचे दो छोटे-छोटे गोठ, ऊपर अपेक्षाकृत बड़े कमरे—रसोई, बैठक, सोने के लिए। आधा मकान देबुली के हिस्से, आधा उसके। जब तक भैंस का गोश्त खाते थे, घर, घर एक खास तरह की गंदगी और चरम दरिद्रता महसूस होती रहती थी। अब कुछ साफ-सुथरापन है। खास तौर पर, छोटे परिवार होने से यह मकान तो लगता ही नहीं कि शिल्पकारों का घर है। जब से महात्मा गांधी का हरिजन आंदोलन चला, पड़ाव के हरिजनों में एक नई चेतनासी आई है। गले में जनेऊ डालने लगे हैं, घर-आंगन साफ-सुथरा रखने का चलन हो गया है।...

खिड़की, नीचे, धानों के सेरे की तरफ खुलती है। घाटी की ओर। ठेठ दक्षिण में बहुत छोटी-सी नदी है। कुल दस-ग्यारह मील लम्बी, आगे पूर्व की तरफ बहती, सरयू में समा जाती है। वैशाख-जेठ में जाने है कि नहीं, मगर

भादों आते-आते किनारे के खेतों तक चढ़ आती है।

गोपुली भी तो खुद ऊपर, घोड़ापड़ाव तक गई थी। औरत की तो मति मारी गई, तभी ऐसी चूक करती है। शुक्ल पक्ष चल रहा है। चंद्रमा रोज दिन से घड़ी-भर देर से निकलता और रोज पहले दिन से कुछ बड़ा दिखाई देता है।

गोपुली का हाथ अनायास ही अपने पेट पर चला गया और वह कांप गई। कैसी हो चली है उसकी जिंदगी ! पहले पीठ-पीछे की छाया लगती थी, अब मुंह-सामने की चुड़ैल हो जा रही है। रात बिल्ली खिड़की से भीतर कूदती है, तो चीख निकलते-निकलते रुकती है। गोपुली तो खिड़की बंद करके सो जाती, मगर बिल्ली का साथ सोना भी एक सहारा-सा लगता है। चोरी से दूध-दही चाटने या चूहे मारने के फिराक में बाहर गई, कभी-कभी आधी रात के बाद लौटती है।

दस-साढ़े दस का वक्त हो ही गया होगा। चंद्रमा निकले दो घड़ी से कम नहीं बीता। रात के सन्नाटे में दोनों नदियों का बहना कानों तक आने लगा है। दो दिन पहले लगातार चार-पांच दिन जमकर पानी बरसा था, बाढ़ चढ़ी हुई है।

पहले तो लगा, सपने में सुन रही है। धीरे-धीरे नींद उचटनी शुरू हुई तो सबसे पहले ध्यान खिड़की की तरफ गया। बंद रहती है, तो बिल्ली दरवाजा खटखटाती है और धीरे-धीरे, लम्बी यात्रा पर से घर लौटे आदमी की तरह थपथपाती है।

बिल्ली किशन की बगल में सोई पड़ी थी और इसीलिए खिड़की बंद थी। तब क्या अचानक आधी रात देबुली लौट आई है ? लेकिन इस तरह, चोरों का सा खटका वह क्यों लगाती? सीधे सांकल खड़काती होती? आंधी-पानी का ठेलना भी कतई नहीं है।

गोपूली ने सांस थाम ली। देखें, दरवाजे पर फिर ठक-ठक होती है या नहीं।

कुछ क्षणों के अंतराल में दरवाजे पर फिर दस्तक हुई। सधी हुई-सी और जैसे हवा बोली हो, ऐसी आवाज—'गोपा...'

गोपुली को जैसे इलहाम-सा हुआ कि यह आधी रात का छल विक्रम

के अलावा कोई नहीं, मगर फिर भी उसके मुंह से निहायत दबी हुई, मगर तीर-जैसी नुकीली आवाज निकल गई—'चोर।'

दूसरे ही क्षण, सिरहाने रखी धोती का पल्ला सिर पर कर लिया गोपुली ने और एक छोर दांतों में दबा लिया। दरवाजा खोलने की जगह, खिड़की का सिर्फ एक पल्ला खोला। कुछ देर, चुपचाप, दरवाजे के पास छुपने की जगह तलाशते हुए-से विक्रम को देखती रही। चांदनी में साफ-साफ दिख रहा था।

"क्यों आए हो इस वक्त यहां? बाखली में से किसीने देख लिया तो? जाओ, चले जाओ।"

कह तो गई गोपुली, मगर लगा कि उसकी अंतरात्मा का बुलाया हुआ-सा आ गया है। वहां दुकान पर की झस्-झस् में बातें नहीं हो पाती हैं। विक्रम तो विक्रम, खुद वह खिड़की के रास्ते कमरे में कूदी हुई बिल्ली की सी जल्दबाजी में रहती है।

वह इतनी उतावली और हड़बड़ी में दिख रहा था कि खिड़की में सलाखें न होतीं, तो शायद, वहीं से कमरे में घुस आता।

"मुझे अपनी बिरादरी वालों से पकड़वाना चाहती है क्या?"

"तुम वापस क्यों नहीं चले जाते हो..."

"आज तेरे साथ रात काटनी है..."

"मेरे किशन की तबीयत ठीक नहीं है। मैं भी अलग हो रही हूं..."

'अलग हो रही हूं' कहते-कहते, थोड़ी-सी जीभ कट गई। आज जब प्राणों पर बीती सुनाने का अवसर मिल गया, तब अहंकार जाग रहा है। ब्याहता ठकुराइनों का सा दर्प दिखाना चाहती है कि इस होने वाले बच्चे की जिम्मेदारी संभालने वाला कौन है। कल यही विक्रम साफ मुंह फेर लेगा, तो दुर्गति को कौन ढोएगा, खुद गोपुली ही तो?

दरवाजा खुलते ही, वह पांवों की धूल झाड़ता भीतर आ गया। गोपुली आज उसको साफ-साफ बता देना चाहती थी कि बात कहां तक पहुंच चुकी है, मगर लगभग विहानतारा उगने तक उसने गोपुली को कुछ नहीं कहने दिया।

गोपुली कहां है और वह कहां है?

उसके सामने सिर्फ इतना है कि तारुण्य से, स्नेह से लबालब भरी गोपुली है। वह पुरुष है, वह भी अरण्य में के बाघ की सी निर्द्वन्द्वता से भरा हुआ। गोपुली स्त्री है। भविष्य की प्रताड़नाओं से आतंकित। उसको किसने दोष देना है ? कहने-सुनने वालों की लाठियां सांड को नहीं, रांड को पड़ती है। विक्रम ठाकुरों का बेटा है, बेदाग हो जाएगा। वह गरीब लावारिस शिल्पकारिन है—सारी थू-थू-थू यहीं पड़नी है।

किशन नहीं जागा था, सिर्फ बिल्ली खिड़की से कूदकर बाहर निकल गई थी।

वह अपने कपड़े समेटने लगा था। ठीक से उजाला हो, इससे पहले ही निकल जावेगा। कहने को कह रहा था कि जब तक देबुली नहीं आती है, रोज आ जाया करेगा, मगर देखना है कि इसके बाद क्या करता है। गोपुली देख चुकी है। सिर्फ तरुणाई की ऊष्मा है इसमें, अनुभवों की गहराई नहीं है। गोपुली आकाश में से टपकी हुई-सी मिल गई है, खेल लगा हुआ है।

"सुनो, विक्रमसिंग..." गोपुली ने एकाएक उसकी कलाई को कसकर थाम लिया, "मेरे लिए तुम रतन राम की जगह पर हो गए हो। मेरे पांव भारी हो चुके हैं..."

विक्रम तो ज्यों-का-त्यों अधलेटा था, मगर उसे लगा कि वह कमरे में के अंधेरे में बाघ की तरह उछला है और छत से लग गया है।

"तुम तो ऐसे चुप हो गए, जैसे हाथ नहीं, गला पकड़ लिया हो मैंने ?"

"ऐसी कोई बात नहीं है। मैं डरपोक आदमी नहीं हूं। ...मगर दरवाजा खोलने से पहले तो 'अलग' होने की बात कर रही थी तू ? गोपुली, कहीं तू मेरा भेद तो नहीं ले रही है ? खैर, मैं तो अपने में मस्त था। मैं कैसे कहूं कि तू मुझे अच्छी नहीं लगती थी। खास तौर पर तेरी तरफ मेरा ध्यान तब गया था, जब तू हमारे भीमा दाज्यू का उलाहना ले के आई थी...मां के पास 'हकीकत यों है कि मेरा देखना मेले-ठेले में देखने वालों का सा देखना था. ये नौबत तो, शायद, सात जन्मों तक भी नहीं आती, अगर उस दिन दोपहर को तू दुकान में खुद न चली आई होती। उस दिन मैंने तो यों

ही मजाक में हाथ पकड़ा था..."

"हां, भैया, बैद हो। नाड़ी देखना चाहते होगे ? हाय, मैं तो सोचती थी, परतिमा सासू के बछड़े के मुंह का जाला नहीं निकला है, मगर तुम तो मियां से भी तेज मालूम पड़ते हो। साफ क्यों नहीं कहते हो कि तुम्हें मौज लेनी थी, ले चुके हो। पाप का घड़ा अकेली गोपुली हरामजादी को ढोना है। द, तुम हरामखोर मर्दों का नाश हो जाय..."

गोपुली ने उसका हाथ छोड़ दिया। सिर घुटनों के बीच में करके लेट गई। उसका रोना तुरत लम्बी सिसकारियों में बदल गया। थोड़े फासले पर सोए किशन ने हलकी-सी चीख मारी, जैसे कोई दुःस्वप्न देखा हो, और उसका रोना कुछ देर तक कमरे में पानी की तरह इकट्ठा होने के बाद, बाहर तक फैल गया।

गोपूली की सिसकारियां कम हो चुकी थीं, लेकिन किशन को चुप कराने की उसने कोई कोशिश नहीं की। घुटनों के बीच सिर दिए-दिए, जैसे वह पत्थर की शिला हो गई। आंगड़ी उसने अभी तक नहीं पहनी थी। जैसे वीरान जंगल में की निर्वस्त्र देवी प्रतिमा हो। अपनी स्तब्धता में वह भीतर तक नंगी औरत का सा आतंक उत्पन्न कर रही थी।

गोपुली, शायद, जानबूझकर रोते बच्चे को चुप नहीं करा रही है— इस बात का अहसास होते ही वह, लगभग रेंगता हुआ-सा आगे को खिसका और जब तक में गोपुली ने अपना सिर घुटनों पर से ऊपर उठाया, वह दरवाजा पार कर चुका था। गोपुली खिड़की पर आ गई। चांदनी रात में वह उसे पनचक्की के भीतर का आटा फांककर, तेजी से जंगल की तरफ भागते भालू-जैसा दिखाई दिया। अपने खुले स्तनों की तरफ बढ़ते किशन को उसने जोर से झटक दिया। नीचे, फर्श पर गिरकर वह और ज्यादा जोर से रोने लगा था, लेकिन गोपुली को लगा, उसे कुछ सुनाई नहीं दे रहा है।

सुबह फिर काफी देर से उठी वह। महसूस किया कि हां, उस वक्त,

हाहाकार-भरे मन में विजली-सी कौंधी थी कि बच्चे का जोर-जोर का रोना सुनकर बाखली में से कोई औरत निकल आए, तो अच्छा हो। कोई आंखों से देख जाए, तो कल कहने का आसरा रहे कि हां, यही था।

कैसी चुड़ैल-सी आ गई थी सिर पर। एक मन तो हुआ था कि सामने ही आले में दराती रखी है, लेके दरवाजे पर खड़ी हो जाए कि 'खबरदार, बिक्रमसिंग ! जब तक 'हां' कहकर जिम्मेदारी नहीं लेता है, दरवाजे से बाहर पांव मत रखना।'

मगर कुछ नहीं हुआ। न कुछ होगा। बात अपनी जगह पर सही है। 'ले बाघ, मुझे खा !' कहने वह खुद गई थी। नहीं तो, भीमसिंह ने तो सिर्फ हाथ पकड़कर, अपनी तरफ खींचा-भर था और गोपुली थी कि ठकुरानियों से भी शेर बन गई थी। परतिमा प्रधानी को तब कहना पड़ा था कि 'गोपूली बहू, अपने बेटे के किए की मैं माफी मांगती हूं तुमसे, इज्जत रख ले।'

... लेकिन अपनी इज्जत अपने ही हाथों गंवा बैठने के बाद, अब कैसे लोगों के सामने तनकर खड़ी हो ? वही परतिमा प्रधानी अगर नाक सिकोड़ती इतना कहके मुंह फेर ले कि 'द, जाने किसका हुआ, जाने किसका नहीं।'...तो?

कुछ नहीं, यह सब अपने कर्मों की मार है। फांसी लगाकर मरना है, बाढ़ चढ़ी सरयू में छलांग लगा लेनी है, या पर्वत से कूदके मरना है—जो करना है, सो खुद करना है। जिंदगी, रे जिंदगी, तू दूपरदू लड़ने को तैयार खड़ी है, तो आ—जो भाग में है, भुगतना है। जो तय करना है, अकेली गोपुली को तय करना है।

कहां ज्योतिष विद्या, कहां गोपुली शिल्पकारिन, मगर इतना तो साफ-साफ महसूस करने लगी है कि जिंदा रहना है, तो जाने कितना भोगना है।

गोपुली उठी। गाय दुही। दूध गरम करके, खुद के लिए चाय बनाई, किशन को दूध पिलाया। धूप में रखे पानी से किशन को नहलाया, खुद नहाई। घाघरा-आंगड़ी पहनने की जगह धोती-ब्लाउज पहना। पहले से दोहरा हो चला है बदन। दो बदन बिना लगाए छोड़ देने पड़े। चबूतरे पर

बैठकर, अपने बाल धूप की तरफ करके बैठ गई और किशन के बालों में तेल डालकर, कंघी से बालों को संवार दिया। आंखों में काजल लगा दिया।

आंखों के सामने खड़ा हुआ किशन तो नंगा था। बेसाख्ता रतनराम की याद आई और गोपुली को रुलाई आ गई, मगर इस बार के रोने ने उसे दग्ध नहीं किया, हलका किया। नहीं, इस पौने दो साल के बच्चे को लावारिस छोड़ जाना उसके वश में नहीं।

किशन को आंखों के सामने से खींचकर, अपने वक्ष में लगा लिया, उसने।

सब जूते सह लेने हैं, मगर इस नादान की परवरिश करनी है। और, गोपूली, यह काम तुनकमिजाजी से नहीं होगा, धीरज धरने से, सहने से होगा।

हुड़का बौल, जाने किसके सेरे में, आज भी लगा हुआ है। गाने की तो नहीं, मगर हुड़के की दुंङ् -दुंङ् की आवाजें साफ-साफ सुनाई दे रही हैं। जब तक जा सकेगी, घास काटने तो उसे जंगल जाना ही है। चौमासे के सिर्फ दो ही महीने तो हाथों में रह गए हैं।

6

जब तक में गीता ने अण्डे फेंटकर आमलेट तैयार किया, माइकेल लगातार बैंजो बजाता रहा। इस वक्त वह सिर्फ पैंट-बनियान में था, बुश्शर्ट खूंटी पर टांग दी थी और लगभग वीभत्स लग रहा था।

उम्र, माइकेल की, ज्यादा नहीं हुई, मगर थुलथुल लगने लगा है। सूना है, बम्बई का पानी ही ऐसा है, बहुत जल्दी तोंद निकल आती है। ... लेकिन गीता ने जो महसूस किया है, वह यह कि इस आदमी की सिर्फ तोंद ही नहीं, शक्ल भी निकल आई है। एक खास तरह की शक्ल, जैसी अकसर शराबी और औरतखोर किस्म के लोगों की निकल आती है। अभी दो-तीन साल

पहले तक यह बड़ी-बड़ी लंतरानियां हांकता था कि हुसनलाल भगतराम की आर्केस्ट्रा पार्टी में है। सी० रामचंद और नौशाद भी कभी-कभी बुला लेते हैं। ...मगर अब नहीं। अब, शायद, यह भीतर से महसूस कर चुका है कि गीता इसके हत्थे नहीं चढ़नी है और बदतमीजी से इसने पेश आना है, तो फादर ने इसे अपने घर में नहीं घुसने देना है।

फादर एम० सिंह कौन किसी चर्च के पादरी हैं या सम्पन्न ईसाई हैं, मिशन स्कूल के तीस-पैंतीस साल पुराने अध्यापक-भर हैं। ...मगर चेहरे पर, माथे की गहरी सलवटों और आंखों में कैसी प्रशांतता है ! बाप-बेटे, दोनों, साथ-साथ बैठते हैं तो बेटा 'क्रिमिनल' दिखाई पड़ने लगता है।

मगर कल शाम, जब माइकेल बाजार की तरफ निकल गया था, फादर ने कितनी कोमलता से उसका हाथ अपने हाथों में लिया था, "गीता बेटी, अपराधी मैं हूं। किसी भी बाप को अपनी संतति को अपराधी कहने का हक नहीं है। प्रभु यीशू के सामने मर्सीलेस कातिल भी जाएगा, तो वो कुछ बोल नहीं सकता। देख सकता है, खून के आंसू रो सकता है; मगर तू कातिल है, तुझे हमारे पास में आने का कोई हक नहीं—ये लफ्ज नहीं बोल सकता है।"

"मगर आपने, फादर, कहा तो था ?"

'गीता बेटे, हम इंसान लोग बहुत कमजोर प्राणी होते हैं। वेरी वीक !"

"मेरा खयाल है, फादर, अगर माइकेल ब्रदर की शादी हो गई होती..."

"हमको ऐसी गलतफहमी नहीं। उसका कोई 'मॉरल' नहीं।"

उसे ताज्जुब होता है कि कोई आदमी अपनी संतान के बारे में भी इतना दो टूक हो सकता है।

गीता को जब गोद लिया था, माइकेल की मां मर चुकी थी। माइकेल तब घर पर नहीं था। उन दिनों ध्यान नहीं दिया होगा, मगर अब बहुत अच्छी तरह याद है कि वह खुद सात-आठ साल की रही होगी। अब इक्कीसवां,

या बाईसवां, या तेईसवां होगा।

माइकेल को वम्बई से आए शायद हफ्ता-भर हो गया। इस बार उसने पुराना प्रसंग नहीं छेड़ा है। रात का खाना खाकर, सीधे एनिस आंटी के यहां चल जाता है। कभी-कभी वहीं खा-पी लेता है। यहां शराब पीने की सख्त मनाही है।

इस हफ्ते, गीता ने, फादर के साथ अपने व्यतीत किए हुए को फिर से जिया है। उस सारे वक्त, उन सारी घटनाओं को स्मृति में उतरने दिया है। कैसा अद्भुत साथ रहा है दोनों का !

लोग ही नहीं बताते हैं, उसे खुद भी याद है कि वह निहायत गरीब, लगभग कंगालघर की कन्या थी। लोग ही नहीं कहते, वह खुद भी महसूस करती है कि उसका कायाकल्प हुआ है। यहां की मिशन बिरादरी में उसकी एक सभ्य और अच्छी लड़की के रूप में चर्चा है। उसमें इतना स्वत्व है कि वह धार्मिक चर्चाओं में फादर पाल और मिसेज जोजेफ भट्ट-जैसे लोगों के साथ बातचीत कर लेती है। ...और यह सब फादर एम० सिंह का दिया हुआ है।

कद कुछ ठिंगना-सा, इसीलिए अभी झुका नहीं है। खुद बता रहे थे कि पैंसठ हुए। रंग गहरा सांवला। चेहरे पर, अभी भी, जीवन को बड़े कौतूहल भाव से देखने वाले आदमी की सी जिजीविषा। बहुत ज्यादा पढ़े-लिखे नहीं, मगर यहां की मिशन बिरादरी में बाइबल के गहरे जानकार की हैसियत है। अंग्रेजी ऐसी धाराप्रवाह कि लोग काला अंग्रेज कहते हैं। हिंदी जब कभी 'मूड' में होंगे—चाहे गुस्से में या प्यार में—खांटी क्रिस्तानों की तरह बोलेंगे। अभी कल ही तो मिसेज भट्ट से मिशन कम्पाउण्ड में ही कह रहे थे, "ये हमारा बिल्ली का बच्चा !"

इसमें क्या शक है कि बिल्ली के बच्चे की तरह ही पाला-पोसा गया है उसे। उसे बूढ़े की अपना इंतजार करती आंखें भूलती नहीं हैं। कंगाल, लावारिस हरिजन लड़की के रूप में क्या होता उसका भविष्य ? मिशन में ही आ जाने वाले सबका भाग्य एक नहीं है। जाने कितनी लड़कियां साहबों के यहां अण्डे पहुंचाकर, झाड़ू लगाकर जिंदगी बिता रही हैं।

लगभग पंद्रह वर्ष—पूरे पंद्रह वर्षों का एक लम्बा सिलसिला है, स्नेह

और लगाव का। बूढ़े ने अपने-आपको सारी दुनिया से काटकर, जैसे अकेले उसको दे दिया है। ऐसा नहीं है कि उसे माइकेल कहीं से भी अच्छा लगता है, मगर वह बहुत अच्छी तरह पहचानती है कि बेटे के नालायक निकल जाने की कितनी पीड़ा है फादर सिंह को।

यही वजह है। सिर्फ यही वजह है कि वह सहानुभूति अनुभव करती है। माइकेल के प्रति नहीं, बल्कि अपने इस बूढ़े धर्मपिता के प्रति, क्योंकि वह जानती है कि माइकेल की वापसी का इंतजार बूढ़े को हमेशा रहता है, हालांकि जब कभी माइकेल घर आता है, फादर सिर्फ एक बार गौर से देखते हैं। कुछ ही क्षणों में उनका चेहरा गहरे विषाद से भर जाता है और माइकेल के वापस चले जाने के बाद भी अपनी स्वाभाविकता में लौटते-लौटते, उन्हें एक वक्त लग जाता है।

उसे याद है कि दो वर्ष पहले जब माइकेल आया था और उससे कहा था कि वह उसके साथ बम्बई चली चले, नहीं तो वह या तो इस बूढ़े तोते को खत्म कर देगा और या खुद 'सुसाइड' कर लेगा।

कितने भयावह क्षण थे वे !

पूर्व की तरफ, मुश्किल से बीस गज के फासले पर, कब्रिस्तान है। देवदार-चीड़ के विशाल वृक्षों और कब्रगाहों से भरा हुआ। रात गहरी होने के साथ ही, कब्रिस्तान का सांय-सांय करता सन्नाटा इस छोटे-से घर के दरवाजों और खिड़कियों पर दस्तक देता महसूस होता है।

ऐसा कतई नहीं था कि उसने बम्बई शहर और खुद के बारे में जो लंतरानियां हांकी थीं और वहां के धनाढ्य क्रिश्चियन समाज के बीच अपनी जो हैसियत बताई थी, उससे कहीं वह कुछ प्रभावित हो गई थी—याकि प्रस्ताव को सख्ती से नामंजूर करने के बाद, प्रतिहिंसा से लगभग शैतान हो आए माइकेल को देखकर वह घबरा गई थी, क्योंकि आखिर-आखिर वह व्यावहारिक तौर पर एक लावारिस लड़की थी और अपने सारे दोषों के बावजूद माइकेल फादर सिंह का बेटा था। ...बल्कि जाने क्यों और कैसे उसके दिमाग में आया था कि उसे बलिदान करना चाहिए। जिसने अपना सम्पूर्ण प्यार उसके ऊपर बिखेर दिया है, हो सके तो, उसको अपना बेटा

लौटा देना है। और नहीं, तो कम-से-कम उसकी वंश-रक्षा कर देनी है।

वह तब भी जानती थी, आज भी महसूस करती है कि कदाचित् उसके बच्चा—या बच्ची हो—और उसे वह फादर सिंह को सौंप दे, तो शायद, बूढ़ा खुशी के मारे पागलों की तरह नाच उठेगा—'मेरा बच्चामेरा बिल्ली का बच्चा !'

बिल्ली पालने का शौक आज भी है फादर को, हालांकि मुर्गियां पालने वाले के लिए यह एक निहायत प्रतिकूल बात है।

अरे बाप रे ! सारे प्रसंग के बारे में जानते ही बूढ़ा कैसी आग-सी उगलने लगा था– –यू रास्केल ! तुम इसी वक्त हमारा घर से 'गेटआउट' होना। इसी वक्त ! अदरवाइज, हम तुमको सीधा पुलिस को 'हैंडओवर' करेगा। इसी वक्त !

कई दिनों के अंतराल के बाद फादर सिंह नार्मल हुए थे और तब, उनकी गोद में सिर छिपाए हुए, उसने स्वीकार किया था कि—हां, वह 'सैक्रीफाइस' करना चाहती थी ! वह फादर को उनकी खोई हुई प्रसन्नता लौटाना चाहती थी!

वह दिन, शायद, मरने के बाद भी न भूले। थादर सिंह उसके सिर पर लगातार हाथ फेरते और धाराप्रवाह बोलते चले गए थे। उन्होंने अत्यन्त प्रगाढ़ स्नेह के साथ उसके माथे को चूम लिया था और कहा था कि नहीं, उनकी प्रसन्नता इस वक्त भी उनके पास है।

उन्होंने कहा था कि 'बेटी, प्रसन्नता कहीं खोती नहीं है, अपने ही भीतर डूब जाती है और उसे डूबे हुए की ही तरह बचाना होता है—और कि प्रसन्नता अगर हमारे अस्तित्व का हिस्सा नहीं है, तो उसे दूसरा कोई दे नही सकता। चेहरा आईने में दिखता है, मगर आईने के टूट जाने पर उसके साथ खत्म नहीं होता।'

सैक्रीफाइस—उनका कहना था—अगर वह सुपात्र के लिए नहीं है, बहुत तकलीफदेह, बहुत भयानक चीज है।

उन्होंने बताया था कि जिंदगी के बीस वर्ष सिर्फ 'सैक्रीफाइस' में ही बीत गए, मगर माइकेल की मां के लिए, माइकेल के लिए इसका कोई नतीजा नहीं निकला। हां करुणा—प्रभु के समीप करने वाली करुणा का

साक्षात्कार उन्होंने किया। ...और उस करुणा की साक्षी खुद वह है। गंगा नाम की लावारिस डोमिन कन्या से गीता मसी तक की यात्रा उसी करुणा के सहारे हुई है।

फादर सिंह, गाजीपुर के किसी गांव के रहने वाले हैं। गोरखपुर में रेलवे में नौकरी करते थे, वहीं सिविल अस्पताल की नर्स, रूबी, माइकेल की मां से मुलाकात हुई। शादी हुई। ठाकुर महिपाल सिंह, एम० सिंह बने। कोशिश करके, रूबी ने अपना ट्रांसफर अपने जिले, इस पहाड़ी शहर में करवा लिया। यहां गोरा साहबों तक से उसने अपने संबंध बनाए और फादर सिंह की हैसियत सिर्फ एक छतरी की रह गई।

"हम उस बदमाश औरत को छोड़कर भाग सकते थे—वापस जा सकते थे, मगर वह हमारे लिए एक चुनौती बन गया था। हमने उसको बर्दाश्त करना शुरू किया। हमने तय किया कि इस औरत के 'इविल' को हराएगा। ...और, बेटे, चाहे आखिरी वक्त में, मगर हमने उस 'इविल को हराया। वो औरत रोया। फूट-फूटकर रोया कि अभी उसका बुरा वक्त में कोई उसको मर्सी देने वाला नहीं है। वो छाती का 'कैंसर' से मर गया। उसको हमने अपने हाथों से दफनाया। बहुत मुहब्बत से दफनाया कि हे प्रभु, इसे माफ कर ! माफ कर !'...मगर इस डेविल का सामना हम नहीं करेगा। इसको इंसान की शक्ल में देख सकने का लम्बा वक्त अब हमारे पास नहीं।"

फादर सिंह जब तैश में बोलते हैं, उनकी व्याकुलता जैसे चारों तरफ के वातावरण को भारी कर देती है। माइकेल, उनकी दृष्टि में, प्रकृति का कोप है और उससे सिर्फ प्रकृति ही निपट सकती है।

औरत भी तो प्रकृति है ? खुद फादर सिंह ही तो कहते थे कि 'वूमन, दाई नेम इज नेचर ! तुझको बदलना बहुत मुश्किल !'

लेकिन इसके बावजूद, उन्होंने गीता को माइकेल के साथ प्रकृति की तरह निबटने नहीं दिया और इस वक्त माइकेल सामने बैठा बैंजो बजा रहा है और आमलेट तैयार करती गीता के भीतर अजीब-सा द्वन्द्व चल रहा है।

क्या गोपा दीदी इस शख्स के साथ पुनर्विवाह नहीं कर सकती ?

गोपुली को बेआसरा हुए अब तो बरसों हुए। गरीबी और वह भी बेसहारा हरिजन औरत का जीवन कैसा हो सकता है, कल्पना करना कठिन नहीं है।

इस बार भाइकेल में वह बात नहीं। अपेक्षाकृत उदास और बुझा हुआ है। बम्बई की जिंदगी से ऊब कर, यहीं कहीं पहाड़ पर रहने की बात भी कर रहा था। पिछले वर्ष मुक्तेश्वर से कोई औरत इसके साथ गई थी, ऐसा उसने एनिस आंटी—रूबी की बहन—से सुना था, मगर या तो वह मर चुकी है या इसे छोड़ चुकी है। अपनी उदासी और हताशा में यह शख्स कुछ भदेस जरूर दिखाता है, मगर डरावना नहीं रह जाता। उसे खुद सुबहा था कि यह फादर सिंह से नहीं, मगर फादर सिंह ने इससे इन्कार किया है। स्वीकार किया है कि उन्हींका बेटा है।

"माइकेल ब्रदर..."

"येस, गीता !"

"बैंजों दीवार पर टांग दो, तो तुम्हारे लिए नाश्ता लगा दूं। आज कई दिनों के बाद तुम सुबह, इतनी जल्दी आए हो। कल, शायद, मिली नहीं..."

"ओ, डियर ! काय को हमारा खिल्ली उड़ाता। दरअसल बात ये है—तुम बुरा मत मानना—आज सुबू-सुबू हमको तुम्हारा वो लग गया, वो..."

"वो क्या ?" गीता को लगा, पूछते हुए थोड़ा-सा सहमी है।

"अरे, मैन ! तुम्हारे तरफ़ की पहाड़ी में उसको क्या बोलता—नराई !"

"नराई तो भाई को लगती है न..."

"ओ, तो क्या तुम हमारा सिस्टर नहीं है ?"

आदमी जितना बुरा हो, कोमलता उसमें उतनी ही अद्भुत लगती है

"माइकेल ब्रदर..."

"यस, माई डियर..."

"अब तुम शादी कर लो और यहीं रहो। मैं अगले साल शायद किसी

दूसरे स्कूल में पढ़ाने लगूंगी। हो सकता है, पिथौड़ागढ़ या रानीखेत की तरफ निकल जाऊं। यह घर बिलकुल खाली हो जाएगा। फादर बिलकुल अकेले..."

"अब हम बूढ़ा हो गया, मैन ! अब हमसे शादी कौन करेगा..." माइकेल उठा और बैंजों, दीवार पर ठुंकी बड़ी कील पर टांग दिया। गीता को एकाएक याद आया, माइकेल जब बम्बई में होता है —और खास तौर पर उसका बम्बई-वापसी के शुरू के दिनों में—फादर सिंह खुद बरामदे में बैठ जाते हैं और रात, या दोपहर के सन्नाटे में, बड़ी देर तक बजाते रहते हैं। लेकिन माइकेल की तरह फिल्मी तरीके से नहीं, बहुत धीमे। इतने धीमे कि नीचे—कब्रिस्तान और इस घर के बीच—सड़क पर चलता आदमी भी शायद ही सुन पाता हो। चुरुट की राख झड़ती है तो नीचे जमीन पर नहीं गिरती। जब, खत्म करके, एकाएक उठते हैं और बैंजों को दीवार पर टांगने लगते हैं, तो ढेर सारी राख इकट्ठे ही गिरती है।

"किसी गरीब औरत से शादी करनी पड़ी, तो...?"

गीता ने अभी बहुत जिंदगी नहीं देखी है, मगर इस शख्स की हर वक्त औरत की तलाश में रहने वाली-सी आंखों को वह पहचानती है।

'हम खुद बहुत गरीब हैं, मैन..."

मन हुआ कि मजाक करे, 'बम्बई फिल्म इण्डस्ट्री का दिवाला पिट गया क्या ?'... लेकिन बात जीभ पर ही रोक ली।

''अगर वह औरत 'विडो' किस्म की हो..."

"तुम किस औरत का बात करती हो, डियर ? क्या उम्र है उसका ? कोई बच्चा-वच्चा तो नहीं? देखने में कैसा है ? 'विडो' किस्म का से तुम्हारा मतलब क्या है ?"

यानी विधवा भी होने से इसे कोई एतराज नहीं होगा ?

गीता ने नाश्ता माइकेल के आगे की मेज पर लगा दिया। 'तुम बहुत थके मालूम पड़ते हो, रात क्या ठीक से सोए नहीं ?' कहते हुए, इसी बहाने, गौर से उसके चेहरे और आंखों में उभर आई उत्सुकता को तोलने की कोशिश की और फिर यह कहती चाय बनाने निकल आई कि 'इस बारे में अब बाकी

बातें तुमसे ने कल सुबह के नाश्ते पर करूंगी, माइकेल ब्रदर ! देखा मैंने भी नहीं है उस औरत को, बहुत दिनों से, मगर सुना है, देखने में हमसे बीस है। उम्र होगी—यही कोई चौबीस-पचीस। शायद, एकाध बच्चा हो...'

इन सारी बातों को कहते हए, गीता माइकेल की तरफ पीठ किए थी, लेकिन उसने अनुभव किया कि माइकेल के चेहरे पर की त्वचा गीले हाथ के छापे की तरह उसकी पीठ पर प्रतिविम्बित हो गई है। माइकेल के छुरी-कांटे से आमलेट काटने की आवाज उसे अपने कानों को स्पर्श करती लगी। अभी माइकेल चला जाएगा। सामने वाले छोटे-से खेत में बने मुर्गी के बाड़े के पास माइकेल के जाने तक का समय बिता लेने के बाद फादर आएंगे। दुबारा चाय पिएंगे। मांसाहारी हैं, मगर अण्डा नहीं खाते।

चाय की प्याली लेकर गई, तो माइकेल गहरे सोच में डूबा दिखाई दिया।

"तुम इस फैसले में कितना वक्त लोगी, गीता डियर? अगर विधवा औरत है, तो 'सेरीमोनियल' शादी का तो कोई सवाल नहीं हो सकता।"

"एनिस आंटी कभी बता रही थीं किसी को—उस मुक्तेश्वर वाली से तुम्हारी शादी कैसे हुई थी, कोर्ट-मैरेज ? भाभी को दिखाने तुम यहां तक लाए नहीं?"

"ओ, नानसेंस ! औरत जब बुढ़ा जाती है, तो हमेशा नानसेंस टॉक करता है।" आज की वार्ता में पहली बार माइकेल अपने स्वाभाविक आक्रोश में बोला था और उसकी आवाज निहायत कर्कश थी।

गीता कहना चाहती थी कि 'तुम्हें शायद, फादर का खयाल होगा, मगर शायद तुम्हें भी यह मालूम ही होगा कि वो अंतिम रूप से तुम्हें माफ कर चुके हैं। यानी उनके लिए असहनीय तुम कुछ न करो, तो अपने लिए तुम चाहे जो-कुछ करो।'... 'मगर तभी माइकेल यह कहता उठ खड़ा हुआ कि गीता डियर, बाई गॉड, उस औरत से हमारा कोई रिश्ता नहीं था। हम एक फ्रैण्ड का साथ उसके गांव लमगोड़ा तक गया था। वापसी में डेनियल देहरादून की तरफ निकल गया —अपना वाइफ को हमारे साथ बम्बई को भेज दिया। ये जरूर कि उसका बम्बई वापसी तक भाभी हमारे साथ हमारी

खोली में रहा। बाद में चिंचपोकली, डेनियल का खोली में...'

"बम्बई में, शायद, 'टू रूम फ्लैट्स' को खोली कहते..."

"वो...दिस...बोले तो, खोली मराठी-कोंकणी लफ़्ज़ है, गीता डियर! एक कमरे से लेके मकान तक होता है। हम आज एनिस आंटी को हिदायत दूंगा। हमारे बारे में 'रयूमर्स' न फैलाया करें।" कहता, माइकेल उठ खड़ा हुआ, "हम आज रात का खाना तुम्हारे साथ खा सकता हूं, गीता डियर?"

"जरूर खा सकते हो। इसमें पूछना क्या है ! यह तुम्हारा घर ..."

"नहीं, डियर, ये फादर का घर है तुम्हारा घर है। हम यहां 'होमली' फील नहीं करता हूं अपने को। बस, मम्मी का 'मेमोरी' खींच लाता है। अलबत्ता तुम...तुम हमको माफ करता है। हमसे सिम्पैथी रखता है। ...हम बहुत 'अनफार्च्यू नेट' आदमी है, गीता डियर...''

वह माइकेल के टूटे हुए आदमी की तरह सीढ़ियां उतरने को देखती रही। सीढ़ियां उतर चुकने पर, माइकेल ने उसे पलटकर देखा और 'टा-टा' कहता, नीचे सड़क पर उतर गया।

ढलवां सड़क पर, पाकर के पेड़ों के बीच से गुजरता माइकेल गीता को सचमुच करुणा का हकदार-सा लगा। गहरे लाल रंग का बुशर्ट और चौड़ी, पायजामानुमा मोरी की पैण्ट में वह किसी दुखांत अंग्रेजी उपन्यास का पात्र प्रतीत हो रहा था।

फादर सिंह के आने तक में ही गीता ने यह तय कर लिया कि उनके साथ बिलकुल दूसरी तरह बातचीत करनी होगी।

फादर सिंह आए। टोप उतारकर, बैंजो वाली खूंटी पर टांग दिया। मिट्टी में सने हाथ धोए और चुपचाप कुर्सी पर बैठ गए। गीता चाय की प्याली उनके सामने रखने के बाद, पीठ पर झुक गई। बाल, फादर सिंह के, अभी भी बहुत कम सफेद हुए हैं। पहले कहते थे, जब आखिरी बाल सफेद होगा, उसी दिन मरेंगे। अब कहते हैं, ज्यादा लम्बी उम्र शैतान की होती है।

"फादर, चाय ठीक बनी है ?"

''बहुत खतरनाक बनी है, माई डियर—बूढ़ों को जिंदा रहने को

लाचार करने वाली।"

"आप और हम, दोनों साथ-साथ मरेंगे..." गीता विनोद में ही कह गई थी, मगर फादर के अपनी ओर उठे चेहरे पर उसने देखा कि गहरी यातना की छाया उभर आई है।

"माइकेल ने आज फिर तुमको कुछ कहा ? उसको साफ कह दो कि फादर ने इस घर में आने को मना कर दिया है। ही नोज़ मी। ही विल स्टॉप टू कम हियर !"

गीता ने उनके सिर पर अंगुलियां फिरानी शुरू कर दीं। फादर आक्रोश में आ गए, तो बात बिगड़ जाएगी। गीता को कहते हैं, फादर, खुद मना क्यों नही करते हैं ? बाहर दिखती भयानक वितृष्णा के पार, भीतर वह कौन-सा कोमल तंतु है, जो इस बूढ़े को माइकेल के आने को सहने के लिए मजबूर करता है ?

"माइकेल का रूप, फादर, इस बार कुछ बदला दिखता है। पहले से कुछ 'सोबर'...."

"आई डोण्ट थिक सो...हमको ऐसा कोई उम्मीद नहीं।"

"फादर, मुझको उम्मीद दिखती है। आदमी कुछ बिना औरत के भी वीरान हो जाता है।"

"हम तो वीरान नहीं है...?" गीता की ओर मुहं उठाकर झांकने में फादर सिंह के माथे पर की सलवटें बैंजो के तारों की सी शक्ल में हो गईं।

"आपके साथ मैं हूं..."

"ओ, माई स्वीट कैट !" फादर सिंह ने चाय की प्याली परे हटाकर, अपने दोनों हाथों से गीता के सिर को अपने सिर पर झुका लिया। पहली बार, उनकी उन्मुक्त और निर्मल हंसी वातावरण को अत्यंत कोमल बना गई। गीता ने कुछ नहीं कहा, चुपचाप अपना सिर फादर सिंह के माथे पर टिकाए रही।

"हम दोनों को कोई देखेगा—सामने से नहीं, पीछे से—तो 'लवर्स' समझ बैठेगा, क्यों ? सामने से बूढ़ा खूसट दिखाई देगा, मगर सिर्फ इंसान को। परमेश्वर देखेगा—हमने तुमको अपना सम्पूर्ण मुहब्बत दिया। पिता का

माफिक ही नहीं, परमेश्वर का माफिक, क्योंकि हमने तुमको उसकी तरफ से प्यार किया। ...पचीस साल, लगातार पचीस साल, हम रेत में पानी डालता रहा। ...मगर पौदा उगा। माइकेल रूबी का बेटा है, मगर तू हमारा बच्ची। तुझको हम उगाए हैं। गॉड ब्लेस यू, तूने हमको सब लौटाया है। हमारा दिया सब और दैट्स ह्वाई, बुड्ढा अभी तक जवान है!"

पवित्रता—यह खास तरह की पवित्रता—यह क्या आदमी में बुढ़ापे से पहले आने की चीज ही नहीं है? फादर सिंह का, इस वक्त का, खिलखिलाना माइकेल के जोर-जोर से बैंजो पर फिल्मी धुन बजाने की तुलना में कितना मोहक है!

"फादर, मेरी एक दीदी है..."

"तुमने, शायद, बताया था। ...मगर उसको तुम ज्यादा याद नहीं रखती हो। ये ठीक नहीं। कहां शादी हुई है उसकी?"

"हुई थी....अब वह लगभग विधवा है, फादर! उसका खाबिंद लापता है। फौज में था। ...और उसका एक छोटा बच्चा है। शादी उसकी बचपन में ही हो गई थी। ...अभी परसों हमको उसके गांव की तरफ का घोड़ेवाला मिला था। किसी टीचर ने यों ही पूछ लिया था, कि उसके घोड़ों का अस्तबल कहां है, तो उसने मंगलगांव का नाम लिया था। वो बेचारा सीधा, गांव का लड़का, वो शरारती टीचरों को क्या जवाब देता। मुझको याद आया अचानक और मैंने उससे पूछा। उसने बताया। वो बोला कि वहीं है। छोटा, खूबसूरत-सा बच्चा है। हमने सोचा। सोचा कि क्या ये हो सकता? यहां पहाड़ के गरीब औरत लोग की जिंदगी। वो तो, फादर, आप सब जानते। हमने माइकेल ब्रदर से कहा।..."

"तुम तो 'कमांडमेंट्स' पढ़ने की माफिक बोलती हो, डियर! ... तुमको टेलीग्राफ-गर्ल होना मांगता था। बहुत दूर-दूर तक का तार जोड़ता है।..."

गीता ने खुद भी अनुभव किया था कि अचानक ही उसके वाक्य निहायत छोटे-छोटे होते चले गए थे। इस बार वह हंस पड़ी और फिर

एकाएक फादर सिंह का माथा चूम लिया।

'ओ, तुम शरारती छोकरी—तुम बुड्ढे को पटाना मांगता?" कहते-कहते ही फादर सिंह का हंसना एक पल में जाने कहां गायब हो गया। आंखों में रह गया सिर्फ विषाद और होंठों पर यह कहना कि, 'पवित्रता नष्ट करने का चीज नहीं, माई डॉल !'

थोड़ी देर और बातें करने के बाद, फादर सिंह गिरजे की ओर निकल गए।

गीता ने इतना तो जान लिया कि उनका रुख पूरे निषेध का नहीं, लेकिन किसी भी तरह की सहमति उनसे मिली नहीं। इसकी गुंजाइश भी नहीं, इतना गीता जानती है।

उठते हुए, उन्होंने सिर्फ इतना ही कहा था, 'आई थिंक, नाउ ही इज़ ए टोटली डिमोरलाइज्ड परसन !"

बीच में, एक बार, उन्होंने फिर यह दोहराया था कि 'निगेटिव सैक्रीफाइस' के कोई मायने नहीं। ऐसी कोई भी कोशिश प्यासे मर चुके आदमी को पानी पिलाना है। जो नैतिक रूप से मर चुका है, वह दूसरे के बलिदान को उसकी बेवकू फी समझता है। ...और फिर, किसी दूसरे की जिंदगी को दांव पर लगाना, यह और भी ज्यादा गलत है।

उसने समझाने की कोशिश की। उसके तर्क निस्सार नहीं थे। एक ने अपनी दुष्टताओं के मारे अपने को नष्ट कर रखा है, तो दूसरी को दुर्भाग्य की मार ने। दांव पर लगाने को किसीके पास कुछ नहीं है। खोने को अब गोपुली के पास भी क्या होगा? वह लड़का बतला तो रहा था कि ज़मीन-जायदाद नाम की चीज कुछ नहीं है, सिर्फ सिर छुपाने और थोड़ी सब्जी बोने-भर को जमीन है और एक अदद बूढ़ी गाय ! ... और अब गई, तब गई के बीच पड़ी सास।

चूल्हे पर दाल चढ़ा देने के बाद गीता ने एक छोटा-सा पत्र लिखा

और नारायण तेवाड़ी देवाल के डाकघर की तरफ निकल गई। लिफाफा लिया, गोपुली का पता लिखा। जाने कैसे उस लड़के का नाम याद रह गया—विक्रम सिंह। एक एम० ओ० फार्म लिया, उसपर भी केयर ऑफ श्री विक्रम सिंह दुकानदार घोड़े वाले' लिखा। लौटी, तो देखा कि माइकेल

घर के बाहर चहलकदमी कर रहा है।

वह कुछ पूछती कि, इससे पहले ही, माइकेल ने अपने हाथ में थमे रूमाल को हिलाया, "नीचे धार-में-की-तूनी तक निकल गया था उस वक्त। रफीक की दुकान पर गोश्त बहुत बढ़िया दिख गया। हम सोचा; मीट तो फादर भी खा सकते हैं। हम इस वक्त रुकेगा नहीं। रात को आएगा।"

और, सचमुच, गोश्त बांधे रूमाल को वहीं, निचली सीढ़ी पर छोड़ता हुआ माइकेल तेजी से सड़क की तरफ मुड़ गया। एक बार मन हुआ कि आवाज देकर रोक ले और सुबह वाले प्रसंग को लेकर, कुछ और बात कर ले, मगर जाने क्यों आवाज देते बना नहीं। सीढ़ी पर से रूमाल उठाकर, ऊपर कमरे में चली आई। रूमाल खोलकर गोश्त, जस्ते की प्लेट में आलमारी में रख दिया। शाम को, स्कूल से लौटने पर बनाएगी। अभी तो ज़ल्दी चूल्हा समेट लेना है।

स्कूल गई, तब भी, सारा प्रसंग लगातार याद रहा।

माइकेल की उम्र कितनी होगी? लगभग पैंतीस-छत्तीस ? गोपुली को चौबीसवां या पच्चीसवां ? कद-काठी-चेहरे से, माइकेल के, कुल मिलाकर जो झलक मिलती है, किसी बेरोजगार, आवारागर्द, शराबखोर या गैरजिम्मेदार आदमी से भी ज्यादा, एक बद और सख्त आदमी का अहसास कराती है। वह यों अपने चेहरे और आंखों पर की सख्ती—जितना बदसूरत नहीं है, कुछ बेडौल जरूर हो चला है।...जाने क्यो, उसका मन यही मानते-चलने का प्रेरित हो रहा है कि माइकेल की जिंदगी और उसके चेहरे में से प्रतिबिम्बित होती ये सारी अप्रियताएं स्त्री-वंचना की उपज हैं।

गीता अनुभवी औरतों की श्रेणी में नहीं आएगी, मगर फादर सिंह की संगति में वह मानना चाहती है कि उसे गहरी, दूर तक देखने वाली लड़की बनाया है और शायद, यही किसी लड़की का औरत होना है। वह जानती है कि आदमी का औरतखोर होना एक चीज़ है—औरतवाला होना बिलकुल दूसरी चीज। हो सकता है, गोपुली से माइकेल औरतवाला बन जाए, और इसकी यह भयावह किस्म की भटकन खत्म हो ?

माइकेल से, शायद, इतना तो वह कह ही चुकी है—नहीं, तो कह देगी

कि बच्चे से उसे कोई एतराज हो, तो गीता अपने साथ रख लेगी। फिर जब कभी, गोपुली से, माइकेल का अपना बच्चा होगा।...

दूसरा कोई न जानता हो, वह जानती है कि फादर सिंह की संतों की सी सदाबहार प्रसन्नता के पीछे विषाद और उदासीनता का एक गहर अंधा कुआं मौजूद है। अपनी परम्परा, जाति और धर्म में से उखड़कर इस मिशन बिरादरी में आने और यहां भी निरन्तर एक अभिशप्त जीवन जीने के लम्बे सिलसिले ने ही तो उन्हें माइकेल के प्रति इतना बेरुखा बना दिया है। ...लेकिन कदाचित् कभी उनका खुद का पोता—खासतौर पर पोती—उनकी आंखों के सामने उनका अपना वंशवृत्त हुआ, तो?

रात माइकेल लगभग साढ़े आठ बजे आया। खाना खाते समय ही उसने प्रस्ताव रखा कि एनिस आंटी भी जा रही हैं, वह भी सिनेमा देखने चले—नाइट शो। उसने निहायत विनम्रता के साथ माइकेल का प्रस्ताव अस्वीकार कर दिया। इतना वह जानती थी कि माइकेल अब उसकी उम्मीद अंतिम रूप से छोड़ चुका है, और गोपुली वाले प्रसंग को भी वह आपस के लम्बे वार्तालापों के द्वारा और मानवीय बना देने की बात भी उसके मन में थी, मगर फादर सिंह अभी घर पर नहीं हैं। माइकेल भोजन करके वापस चला गया होगा, इसका इतमीनान हो जाने पर ही घर लौटेंगे। गीता को भी अनुपस्थित पाकर, उनका चित्त कतई प्रसन्न न होगा और, शायद, वो बिना खाए सो जाएं।

आदमी को जानवर तक समझ लेता है, माइकेल आदमी है। खाकर वह चुपचाप चला गया था।

गीता के मन में लगातार यह वेदना बनी हुई थी कि कैसा है यह आदमी के जीवन का हाहाकार ! पिता और पुत्र की मनोवृत्ति में इतना फासला कि आमने-सामने होना कठिन है। ...लेकिन कदाचित् बहू होती, कोई संतति होती माइकेल की...

फादर सिंह, भोजन करके, चुपचाप पिछवाड़े, बरामदे में चले गए थे।

कब्रिस्तान में देवदास और चीड़ के विशाल वृक्ष जैसे उन्हींका इंतजार कर रहे हों।

गीता बरामदे से लगे कमरे में, चारपाई पर लेट गई थी। माइकेल, सिनेमा से लौटकर यहां, नहीं आएगा—एनिस आंटी के घर ही सो जाएगा, लेकिन फिर भी नींद नहीं आ रही है। अब तक तो बस नदी का सा बहना हुआ है। पहली बार इतनी सघनता से अतीत की स्मृतियों ने मन को व्याकुल किया है। पिता का आंखों के सामने देहान्त हो गया था। पुरानी, टल्ले लगी कमीज और लंगोटी में ही शव नदी में बहा दिया गया था। कैसा था वह भूख और दरिद्रता से भरा जीवन ! मां उन दोनों को जानवरों के जने हुए की तरह छोड़कर, दूसरे घर चली गई थी। अब, स्मृति के लिए, बच गई है सिर्फ गोपुली—फटी झगुली पहने सिर में के जूं ढूंढ़ती या जौले की कड़ाही में से अपनी-अपनी तरफ को ज्यादा खींच लेने के द्वन्द्व में उलझी गोपुली ! .. और उसका बच्चा...वह घोड़ेवाला कह रहा था कि बच्चा बहुत सुंदर है।

बड़ी देर तक बरामदे में फादर सिंह का चुरुट पीना और बैंजो बजाना गीता के कानों तक आता रहा। धीरे-धीरे उसकी आंखें बोझिल होने लगीं। फादर सिंह का लघुशंका के लिए बाहर निकलना, और फिर बरामदे में वापस जाते समय माथे को स्नेहपूर्वक थपथपाना उसे स्वप्न में हुआ-सा प्रतीत हुआ। मेज पर रखी लालटेन की मद्धिम रोशनी में फादर सिंह का मत्ती रचित सुसमाचार में से प्रभु ईसा के वंशवृत्त का पाठ, इसे भी क्या वह सपने में सुन रही है ?

इब्राहीम से इशहाक उत्पन्न हुआ।
इशहाक से याकूब उत्पन्न हुआ। और याकूब से यहूदा
और उसके भाई उत्पन्न हुए।
यहूदा से फिरिस
और यहूदा और तामार से जोरह उत्पन्न हुए
और फिरिस से हिलोन

और हिलोन से एराम उत्पन्न हुआ...और...

और ठाकुर राजनारायण सिंह भूमिहार से ठाकुर महिपाल सिंह उत्पन्न हुए और फादर एम० सिंह से माइकेल मसी और माइकेल मसी से...?

... और माइकेल मसी से ?

7

अब तो भादों भी बीतने को है।

गोपुली, शायद, न जाती, मगर दोपहर को घर वापस जाते में मदन कहता गया था कि 'बिक्रम दाज्यू के पास शहर से तेरे नाम चिट्ठी आई है।'

गंगा के सिवा और कौन है शहर में ?

विक्रम के हाथ उसीने तो संदेश भिजवाया था कि कभी शहर जाकर भेंट कर जाए। असोज में फसलकटाई के बाद जाने की बात सोच ली थी, अब क्या मुंह दिखाने जाए ? अभी से चलने में असुविधा अनुभव होने लगी, असोज तक तो न जानने वाला भी जान लेगा।

दोपहर बाद का लगभग वही वक्त था और गहरे काले बादलों से ढंका आकाश। लगातार दो दिन वर्षा हो चुकी, फिर भी खुला नहीं है। कल सुबह जंगल जाने को मिला, तो घास खुब घनी और लम्बी हई मिलेगी। गोपुली ने, जरूरत न होते भी, दराती को कमर में खोंस लिया। अकेले जाने की जगह, किशन को साथ लगा लिया। भरम, जितने दिन भी रह जाए, अच्छा है।

वह पहुंची, विक्रम इंतजार में बैठा था। मथुरा पण्डित की दुकान बंद पड़ी थी। दो दिनों से ऐसी अनवरत वर्षा हो रही है कि सड़क सुनसान हो गई

है। आज भी तो दो घड़ी पहले तक पानी गिर रहा था।

"आज पहरेदार को साथ लेती आई है क्या...?"

गोपुली को देखते ही उसकी आंखों में एक गहरी चमक आ गई।

"मेरे यहां तूने घास देनी क्यों बंद कर दी ? बहुत नाराज है ?"

"मदन बता रहा था, कोई चिट्ठी आई है मेरी—यह चिट्ठीरसैन, कानी का बेटा, बहुत कामचोर है। किसकी चिट्ठी, कहां दे आता है।"

वह चाहती नहीं थी, मगर रोष उसकी जीभ पर तीती ककड़ी खाने के बाद के थूक की तरह इकट्ठा हो गया था।

"चिट्ठी तेरे नाम पर नहीं, गोपुली, मेरे केयर औफ आई हुई है। कभी पूछ लेना धनिया पोस्टमैन से। साफ लिखा हुआ है—'केयर औफ श्री विक्रमसिंह दुकानदार घोड़ेवाले, मंगलगांव पड़ाव। ...ले जा चिट्ठी, गांव में किसीसे पढ़वा लेना। और ये ले..."

गोपुली ने चिट्ठी तो तुरंत थाम ली, मगर दस रुपये के नोट की तरफ थोड़ी देर एकटक देखने के बाद, हिकारत के साथ बोली, "क्या, मेरा लदौ[1] चुका रहे हो क्या ? पैसे का इतना ही गरूर था, तो कहीं पेशेवालियों में गए होते। थू है तुम मर्दों की जात पर !"

अपना कहना खत्म करने के साथ ही, गोपुली तेजी से मुड़ी, मगर विक्रम ने कसकर कलाई पकड़ ली थी।

"छोड़ दे मेरा हाथ...नहीं तो आज दराती से ही चीथ दूंगी।"

गोपुली ने शायद देखा नहीं, बल्कि सिर्फ महसूस भर किया कि उसने गोपुली की कलाई छोड़ी नहीं है। बायें हाथ से, मिसरी के कोठे में से, जाने दो-तीन कि चार-पांच मिसरी के कुंजे उठाए हैं और घाघरे का छोर पकड़कर कमर से लगे किशन को दिए हैं कि 'जा रे, तू अपना खेल-कूद, यहां मां की पूंछ पकड़े क्यों खड़ा है ?' और बच्चे की जात, किशन सचमुच मिसरी के कुंजे दोनों हाथों में भींचे, नीचे गांव की तरफ को दौड़ गया है।

गोपुली ने योंही ऊपर सड़क की ओर देखा। जंगल की ऊंची चोटियों

1. दावा।

पर से चौमासे के सोते छोटे खिलंडरे बच्चों की तरह दौड़ते आते दिखाई देते हैं। जमीन पर की घास, झाड़ियों पर की लताओं और पेड़ों पर—सर्वत्र और सबमें कैसी अंतहीन हरियाली है।

क्या हो गया है उसे ? क्यों उतने जोर से चीखकर बोली थी वह और क्यों यों जड़ीभूत-सी हो गई है ?

गोपुली ने एकाएक पलट कर देखा। विक्रम के चेहरे पर कहीं भय या दहशत का कोई चिह्न नहीं था।

हाय, कैसा बाघ के बच्चे-सा घूर रहा है !

गोपुली के मन में कोमलता के झोंके के साथ ही क्रोध की एक लहरसी उठी। लेकिन दूसरे ही क्षण उसने काफी जोर से विक्रम का हाथ झटक दिया।

औरत मर्द का यही तो फर्क है। गोपुली को कमजोर औरत नहीं कहा जा सकता, मगर उसने पाया कि लगभग पूरी ताकत से झटकने के बाद भी, उसका हाथ, सिर्फ चील के पंजे की तरह उझककर रह गया है।

"तुम लोग तो जमींदारों के लाल हए। दूध-नौनी में पले ठहरे। सांड़ों का सा जोर हुआ। मैं गरीब विधवा शिल्पकारिन हुई...'

"तू इस तरह रोना मचा के, उलटी-सीधी बातें सुनाके क्या कहना चाहती है ? नादान समझकर डराना चाहती है क्या ? क्या करूं मैं ? तेरे दरवाजे पर बारात ले के और पांच साल के बेटे को दहेज में ले जाऊं ? कौन घुसने देगा मुझे घर में ? कौन पिएगा मेरा छआ पानी ? भीमसिंग ददा तो मेरी हड्डी-पसली तोड़ देंगे। ...अपने पागलपन में मुझे क्यों कुत्ते की मौत मारना चाहती है ? मैं गया था तुझे बुलाने कि 'आ, गोपली, मुझको औलाद दे' कहने को ?"

"हाय राम, दूध-दही चाटने वाले ढडुवे की सी जीभ निकल आई तुम्हें तो। मेरी जिंदगी को नरक बनाकर, मुझे दस रुपये का नोट दिखा रहे हो ! मैं तो तुम्हें बहुत सीधा, दुनिया की चार सौ बीसियों से बेखबर लड़का समझती थी। तुम बदफेलियों के आदी ना होते, तो ये औरतों को नोट दिखाने की आदत..."

"तू तो निरी उल्लू की पट्ठी है। यह नोट मैं कोई तुझे पटाने या चुप

कराने की घूस नहीं दे रहा था। शहर से तेरी बहन ने मनीऔर्डर से भेजा था यह नोट। केयर औफ मेरे होने और चिट्ठीरसैन का यकीनी होने से, वास्ते मुसम्मात गोपुली देवी, नैलागांव करके मैंने छुड़ा लिया तेरा मनी-और्डर। न यकीन हो, अभी यहीं से पुल-पार चली जा। वहीं कहीं चाय की दुकान पर बैठा होगा धनिया पोस्टमैन ..."

सामान्य, पहले की सी स्थिति होती, तो गोपुली कल्पना करती। कल्पना करती कि अभी भी, रतनराम के लापता हो चुकने के बाद भी, कोई है मनीआर्डर भेजने वाला। पहाड़ के पिछड़े और विपन्न गांव की औरत है वह। मगर कोई है, वह भी शहर में, जो उसको याद रखता है, उसकी चिंता करता है—इतना भर उसको व्याकुल कर देने को काफी है। अबकी फसल में ठाकुरों के घर प्राणपण से मजदूरी करेगी गोपुली। दस-पांच सेर बासमती किसीके हाथ ...

मगर किसके हाथों ? 'चल, अबकी नंदादेवी में तेरी भेंट-मुलाकात तेरी बहन गंगा से करवा लाऊंगा।'...कहने वाला हितैषी तो यह बैठा है चील की तरह पंजा गड़ाए हुए। ...कहां कहता था कि 'तेरे किशन को घोड़े की पीठ पर, बासमती के किटों के ऊपर बिठाकर ले जाऊंगा।'... और कहां खुद गोपुली की पीठ पर बैठ गया।

गोपुली के भीतर चौमासे के जैसे सोते फूटते हैं, तो फूटते ही चले जाते हैं। कैसा वीरान था जीवन ! किसीके प्रेम-भरे स्पर्श के लिए कितना तरसना था ! बेआसरा होना कैसे गिद्ध-जैसा बैठ गया था माथे पर, सच्चाई यही है, यह मर्दों की जात का मर्द-जैसा जो सामने बैठा हुआ है—यह बुलाने नहीं गया था, अपने ही भीतर की व्याकुलता थी, खींचती ले गई थी इसकी तरफ। दिन और, रात और। होनी को होना था, हुई है। इस हरामी से लड़-झगड़कर अब क्या मिलना है। कुछ पिछले जन्मों का देना-चुकाना इसका भी रह गया होगा, पा गया है। गोपुली के हिस्से का भोगना बाकी है, सो भोगना है।

गोपुली कुछ नहीं समझ पाई कि क्या हुआ है उसे। रस्सी कहीं बाहर से नहीं लाया है, गोपुली के गले में पहले से ही बंधी थी, खींच ले गया है। यह तो, भैया, मर्द है और वह भी ठाकुरगांव का। इसको बेदाग छूटना ही है।

खुद परतिमा प्रधानी का जैसा स्वभाव है, साफ कह देगी कि 'मैंने तो पहले ही कहा था तुझे कि मेरे बेटों को बख्शना।'

"तू जो कह रही थी कि महीनों से अलग नहीं हो रही है, क्या सच्ची?"

द, तेरा नाश हो, गोपुली क्या झूठ बोल रही थी?

"तू खुद सोच सकती है कि मैं क्या कर सकता हूं। हां, तू मेरी जात की होती, तो मैं जरूर तुझसे शादी कर लेता। ज्यादा-से-ज्यादा नौली कहलाती तू। ये जो जात-पांत है, तेरी-मेरी बनाई नहीं है। फिर भी मैं . कहता हूं कि तू मुंह खोलकर एक बार बोल तो सही कि तू मुझसे क्या चाहती है?"

गोपुली क्या कहे कि वह क्या चाहती है?

"मैं कहता हूं, तू धीरज रखकर चल। जितना हो सकता है, खर्चेपानी से मदद मैं करता रहूंगा। अभी घर वालों का हाथ ऊपर है। दो-चार साल में खुद मुख्तार हो जाऊंगा। मेरे हिस्से की जमीन-जायदाद अलग हो गई, तो दस-पांच नाली जमीन तेरे नाम करूंगा..."

"राम-राम, तुम तो रजवाड़े वाले बेटों की सी रईसी झाड़ने लगे हो! मैं कहां जानती थी कि तुम ऊपर से ज्यादा नीचे हो। ...यह सब मेरे पिछले जन्मों का पाप फला है, लला, नहीं तो यह अनहोनी क्यों होनी थी। ...मेरा किसीसे कुछ कहने का हक कहां रह गया। गरीब औरत का क्या है, गाभिन गैया है..."

"तू अपनी गरीबी दूर करने तो आई नहीं थी गोपुली?"

"तुम क्या जानो, लला, गरीब के घर का हाहाकार कैसा होता है। कैसी होती है यह जिंदगी, जिसमें जंगल का सा जलना है—दो बूंद पानी को तरसना है। मेरे घर में सुख नाम की चीज होती, तो मैं पराये को क्यों डोलती? वहीं बुढ़िया सासू का झींकना, कोसना। वहीं बिना आसरे के बच्चे की हाय भूख, हाय भूख! कैसा भागा है मिसरी के कुंजे पाते ही छोकरा! छोड़ गया मां को तुम्हारे आगे...हे भगवान, छोटे बच्चों की महतारी या तो बेआसरा न हो, हो तो जिए नहीं।"

"रोने से दिन नहीं कटेंगे..."

"दिन तो तुम्हारी बांहों में घोंसला लगाने से भी नहीं कटने हैं।"

"ये नौबत आएगी, मैंने भी कहां सोचा था। चौमासे की नदी जैसी तू ऊपर आई थी, डुबो ले गई..."

"द, डुबोया तो मैंने सिर्फ अपने धरम को।"

"गिरा नहीं सकेगी?"

"लो, तुम्हीं पेट में लात मार दो...'

'बडी-बूढी औरतें, शायद, कुछ जड़ी-बूटियां जानती हैं। देबुली से मदद ..."

"तुम तो पेट से दाढ़ ले के निकले हो। वैसे देबुली दिदी को शक हो गया लगता है। कह रही थी, 'तू बीमार भैंस-जैसी क्यों हो गई है। घास का गट्ठर उठानेलगती है, तो कमर सीधे रखती है। ज्यादा झकती नहीं।' खैर, जब भी बात फूटेगी, छाछ बिलौना तुम्हारा भी जरूर होगा। खास करके तुम्हारे भीमसिंग ददा..."

"मैं कुछ और ही सोचने लगा हूं..."

"क्या ?"

"फिर कभी बताऊंगा तुझको। यों समझ ले, तेरे लगाए रोग में ही बूढ़ों का सा चित्त हो गया है। हर वक्त अफसोस में डूबा रहता हूं।"

"तुम्हारा क्या है, तुम मर्द हो। जाने किसका है, कहकर एक तरफ हो लेना..."

"आदमी सब तरफ से एक तरफ हो सकता है, गोपुली, भगवान की नजर से नहीं। तुझ गरीब, अभागन औरत पर जैसा वक्त आ गिरा है, यह ना समझ कि मेरे चित्त में कलपना नहीं है। अपनी निगाह में गुनहगार मैं भी हूं, मगर तू ठीक कह रही है कि लोग जब थू-थू करने पर उतरेंगे, तो अपना मुंह सामने, शायद, नहीं ही कर पाऊंगा।"

"करके भी क्या कर लोगे। छोड़ो, आज से मैंने कसम खाई। मेरी तृषा थी, मुझे ले डूबी, तुम्हारी जिंदगी हराम करके क्या मिलना है मुझे। आज मैं समझ गई, मेरी आंखों ने धोखा नहीं खाया था। हो तुम नेक। तुम्हारे मन में कपट नहीं है।"

"तूने कहां तक हिम्मत करने की सोची है ? पाल लेगी बच्चों को? काट लेगी दांतों के बीच का जीना ? ...कहीं, सरयू में डूब तो नहीं मरेगी तू?"

"किशना न होता, तो शायद डूब मरती। छोरे ने मेरा यह रास्ता भी रोक दिया है। अब देबुली से कहकर देखती हूं, यदि कुछ दवा-दारू हो सके तो। तीसरा लग चुका है। फिकरना मत तुम—तुम्हारा नाम नहीं लूंगी। किसीका नाम नहीं लूंगी।"

गोपुली फिर रो पड़ी। उसने भरपूर आलिंगन में बांध लिया था। अपना सिसकना अपने में ही जज्ब होता चला गया।

कितना वक्त हो गया होगा ? किशन गांव में पहुंचा होगा, तो किसी सयाने के हाथ तो न पड़ा होगा ? देबुली...हां, वह पूछेगी जरूर कि तेरी मां कहां गई है। किशन ने कहीं इशारे से बता दिया कि उधर, ऊपर बिक्रम कका की दुकान पर है। ...बिक्रम कका ने मिसरी के कुंजे दिए थे...

"क्यों हो, बिक्रम, सोए हुए हो क्या ?"

साफ था कि दरवाजे के तख्ते को दराती या कूटल से ठकठकाया गया था।

नहीं, यह देबुली की आवाज नहीं है। अपरिचित आवाज भी नहीं है।

"कहीं तुम्हारी मंझली भौजी की आवाज तो नहीं ?" गोपुली को अपना फुसफुसाना भागने को व्याकुल सांप का सा सरसराता महसूस हुआ।

"कितना कहा था तुम उल्लू के पट्ठों से कि चोरी-जारी छिपती नहीं। अब भोगो अपने कर्मों को। यहां पीछे की तरफ से दरवाजा खोलकर, तुम आगे दुकान की तरफ निकल जाओ। मैं यहां से चुपचाप चल दूंगी।"

विक्रम, सचमुच, बहुत सकपका गया था। कल्पना उसने जरूर की थी कभी, कहीं ऐसा न हो, मगर यों इतनी जल्दी संकट आ जाएगा, यह कहां सोचा था।

वह जल्दी से संभला। पीछे की तरफ की सांकल को यथासम्भव बिना आवाज किए खोलकर, दुकान की तरफ निकल गया। गनीमत हुई कि पीछे की तरफ सरकाने वाले तख्ते नहीं लगे हैं, किवाड़ लगा है। गहरी नींद

में से उठकर आने का सा नाटक करता, वह दुकान के सामने वाले दरवाजे की तरफ पहुंचा और कौन है रे, क्या चाहिए ?' की आवाज लगाता, तख्ते हटाने लगा, तो देखा, कोई नहीं है। तभी पिछवाड़े की तरफ से किसीके बोलने की आवाज आई। पलटकर पीछे आया, तो मंझली भौजी खड़ी मुसकुरा रही थी।

"हाय, गोपुली , तू कहां से ? मैंने तो सोचा, हमारे लला गहरी नींद में हैं। सामने का खटखटाया नहीं सुन पा रहे हैं, जरा पीछे के किवाड़ ठकठकाऊं...तू अकेली थी भीतर, या हमारे कुंवर भी हैं ?"

शरारत से, पद्मा ठकुरानी का, पूरा चेहरा छलछला रहा था।

गोपुली को लगा, उसके पैरों के तलुवे कांप रहे हैं। एक बार कहने को हुई कि 'आम पकने को रखे हुए हैं, पलटा देने को कहा था।...या कह दे कि 'सौदा लेना था, भीतर ही बुला लिया उसने।'...मगर चोरों की तरह किवाड़ खोलकर, बाहर निकलते हुए इसने अपनी आंखों से देखा है। और सौदा कहां है, बेतरतीब हो गई धोती है और घाघरा। सामने के सारे बाल खुले रह गए हैं...

"दिदी, कसूरवार मैं हूं। बिक्रम का नाम न लगाना। तुम्हीं लोगों की बदनामी होगी।" कहते-कहते गोपुली ने पद्मा ठकुरानी के पांव पकड़ लिए। पदमा ने तुरत ऊपर उठा लिया। बोली, 'गोपुली, पागल हो गई है क्या? ऐसे तो न जानने वाला भी जानेगा। चल, चुपचाप घर की तरफ निकल जा। मदन ने घर में तुम लोगों की शिकायत लगा रखी है। ये छोकरे बड़े चुप्पे, मगर बदमाश होते हैं। मैं खेतों में थी, जल्दी से चली आई कि कहीं सासू न पहुंच जाएं दराती लिए। मदन कह रहा था कि आज गोपुली की चिट्ठी आई है, जरूर गोपुली दुकान में जाएगी। ...जा, तू जल्दी से चली जा। बदहवासी मत दिखाना। न मैं विक्रम के बारे में कुछ कहूंगी, न तेरे ही बारे में..."

गोपुली अजगर से छूटी हुई-सी घर पहुंची।

घर का दरवाजा खुला पड़ा था। अंदर गई, तो देखा, किशन, शायद, बाखली के बच्चों में खेलने गया नहीं, सो गया था। उसकी जेब में पड़ी मिसरी साफ दिख रही थी और ढेर सारी मक्खियां बैठी थीं, मगर इसके

बावजूद वह अत्यंत कोमल लग रहा था। गोपुली ने पास में रखे घड़े में से पानी लेकर, उसका जूठा मुंह पोंछ दिया।

मक्खियां भिनभिनाती, उड़कर, इधर-उधर बैठ गईं। गोपुली को अब साफ-साफ अनुभव हुआ कि अनियमित गति से आने के कारण कहीं पेट या कमर में भसक पड़ गई है और दर्द हो रहा है।

अपना हांफना, अब उसे साफ-साफ सुनाई पड़ रहा था। उसने जल्दी से आगे बढ़कर दरवाजा बन्द किया और किशन की बगल में लेट गई।

8

रात-भर वर्षा होती रही थी। गहरे, काले बादलों से ढंका आकाश दशों दिशाओं में पथ्वी को लीलने को व्याकुल महासमुद्र की तरह गरज रहा था, लेकिन सुबह होते-होते, बादल छंट चुके थे और आकाश एकाएक दिगम्बर हो आया लग रहा था।

कल, पड़ाव पर से वापसी के बाद गोपुली को निरंतर लग रहा था कि जाने उसने कपड़े पहन भी रखे हैं कि नहीं। रात खाना नहीं बनाया। सुबह की बासी कुछ रोटियां पड़ी थीं। किशन को एक रोटी दूध के साथ देकर खुद दो दिन बासी छाछ के साथ पेट में उतारकर, सोने जा रही थी कि देबुली आ गई। न जाने कहां-कहां की बातें होती रहीं, मगर बीता प्रसंग गोपुली ने कतई नहीं आने दिया, हालांकि बार-बार यही लगता था कि जाने कब सारा-का-सारा पलटकर, बाहर निकल आएगा। अंत में, देबुली यह कहती लौट गई थी कि 'आजकल जाने तुझे क्या हो गया है, कुछ समझ में नहीं आता।'

गोपुली वापस जाती देबुली को देखती रही थी। सुहाग का कोई चिह्न अब उसकी देह पर नहीं है, लेकिन वह सयाने हो चुके बेटों की मां है।

रात-भर गोपुली की कल्पना में पद् मा ठकुरानी आती रही थी। औरत जात का कौन ठिकाना? सास से न सही, जेठानी-देवरानी से कह सकती है।

सुबह होते-होते में आसपास के जंगलों में बहती हवा तक में गोपुली की चर्चा होगी।.. और जबकि अभी उसे यह कहां पता होगा कि बात कहां तक पहुंच गई।

आंख जल्दी ही खुल गई थी, मगर जल्दी से गाय दुहने के बाद भीतर, चली आई। ठाकुरगांव से दूध की बाल्टी लिए दोनों भाई आज भी उसके आंगन पर से होते पड़ाव की तरफ जाएंगे या पगडंडी पकड़ते एक किनारे से निकल जाएंगे ? कौन जाने, कल रात वह गांव आया भी हो, या नहीं ? क्या बातचीत हुई होगी दोनों देवर-भाभी में ? कहीं ऐसा तो नहीं कि इन दोनों में भी कहीं कुछ ऐसा ही हो? पद्मा का पति भी तो पलटन में है। दो-तीन साल में कभी छुट्टी पर आता है। इसलिए वह भी मां बनने पर आ गई, तो?

कह रही थी कि किसीकी बात किसीसे नहीं कहंगी। ...लेकिन उसके न कहने में भी गोपुली का निस्तार कहां है ? कहने वाला तो खुद उसके भीतर मौजूद है।

गोपुली उन दोनों के पावों की आहट को अपने तन पर महसूस करती बड़ी देर घर के भीतर ही बैठी रही, मगर कोई नहीं दिखा। आंगन में होके जाता कोई भी, खिड़की से साफ दिख जाता है। गोपुली चूल्हे में आग जलाने बैठ गई।

"गोपुली 'गोपुली वे..."

यह फिर पदमा ठकुरानी की जैसी आवाज किसकी है ? क्यों इतना सहमने लगी है वह ? बाहर से भी कोई पुकारता है, अपने ही भीतर गुफाओं में पुकार लगाता-सा मालूम पड़ता है। खिड़की तक आई, माथा झुकाकर देखा—आंगन में, सीढ़ियों के पास पद्मा ठकुरानी ही खड़ी थी।

जैसे काठ हो गई हो, गोपुली अपनी ही जगह पर रह गई। यों सुबह-सुबह यहां पद्मा ठकरानी क्यों आई होगी? खेतों पर काम करने और कल के प्रसंग को लेकर बतियाने को बुलाने आई होती, तो इसके चेहरे पर इतनी उद्विग्नता क्यों होती ?

पद्मा ठकुरानी ने कुछ कहा नहीं, सिर्फ हाथ से इशारा किया कि उसके पीछे चली आए।

चलते-चलते, दोनों आमों की बगिया से लगे धान के खेतों पर पहुंच गईं, तो पद्मा ठकुरानी एक किनारे, ओट की जगह पर बैठ गई।

"आ, यहीं बैठ जा गोपुली!"

वह गूंगी-सी, चुपचाप, थोड़ा हटकर बैठ गई।

"तू हैरत में होगी कि मैं सुबह-सुबह, यों परेशान-सी तेरे पास क्यों चल आई ? तुझे कुछ पता है कि हमारे बिक्रमसिंग कहां गए हैं ?"

गोपुली इतनी अप्रत्याशित बात की कल्पना में कहां थी? कुछ देर तो वह योंही जड़ीभूत-सी रह गई। कुछ ही क्षणों में उसका चेहरा अज्ञता और हतप्रभता से भर गया।

"क्यों, तुझे कुछ पता नहीं ?"

नकार में सिर हिलाते हुए, जाने क्यों, गोपुली की आंखें डबडबा आईं।

"कल लाला घर नहीं आए। फिकर की कोई बात नहीं थी, मसाफिरी ज्यादा हुई या शहर जाना हुआ—अकसर रुक जाया करते हैं दुकान पर ही। ...मगर आज सुबह जब मदन दूध लेकर गए, तो दरवाजे बंद ही पड़े थे और भीतर की जगह, बाहर से बंद थे। पड़ाव पर ठहरे घोड़ियों ने बताया कि वो लोग मुंह-अंधेरे के जगे थे और चाय पीना चाहते थे, मगर बिक्रम का कहीं कोई पता न था।"

दुकान पर के मुसाफिरों तक को पता नहीं, तो और कौन जानेगा ?

"कहीं आसपास ही—पुल-पार न निकले हों किसी जरूरी काम से..." किसी तरह सिर्फ इतने ही शब्द वह जुटा पाई।

"नहीं, गोपुली, ऐसी कोई उम्मीद नहीं। इंतजार करने की बात ही नहीं। गल्ले पर बिक्रमसिंग एक पुर्जा लिखकर छोड़ गए हैं..."

उसके होंठ तिल-भर नहीं हिले, मगर लगा, रोम-रोम से यही आवाज फूटी है कि 'क्या लिखकर छोड़ गया...'

"उसमें सिर्फ इतना लिखा था—घर से जा रहा हूं। मेरी वापसी का इंतजार न करना। दुकान को ठीक से चलाना। घोड़ियों ने घास-चने और सौदे के पैसे कल रात ही दे दिए थे, मैं ले जा रहा हूं, इनसे न मांगना। मेरी किसी तरह की चिंता करने की कोई जरूरत नहीं है।'... बस। ...भागे तो

हैं लला कल वाली बातों को ही लेकर। ...मैंने तो उनसे भी यही कहा था कि किसीसे कुछ नहीं कहूंगी। बल्कि मैंने तो मजाक भी किया था कि घर में हम चार-चार के रहते एक बच्चे वाली औरत से इश्क लड़ाने की क्या जरूरत थी? मैं चाहती थी, उसकी झिझक कम हो। बहुत ही शर्मीला, मगर अभिमानी लड़का है। झूठ और चालाकी से तो उसका कोई वास्ता ही नहीं। तू ही सोच, दूसरा कौन उल्लू का पट्ठा तड़ाक से यह बता देता कि 'भौजी, बात बहुत दूर तक चली गई है। गोपुली को बच्चा होने वाला है।'...कुछ देर तो मैं हक्की-बक्की ही रह गई... यह क्या सत्यानाश हो गया। ...मैंने कहा कि 'द, तुम भी किसके चक्कर में पड़े हो। बच्चा होने वाला है, तो कोई तुम्हारा ही नाम लिखा हुआ है? पचास मर्दों के बीच की जवान विधवा, जाने किसका हुआ ?'... मगर उसका तो मुंह तमतमा गया। कहने लगा, 'भौजी, तुम औरत होके ऐसी बात कहती हो ?'...इस पगले की जिद ही के कारण तो बरसों पहले का लगा पिठां अभी तक लगा पड़ा है। बड़ी मुश्किल से तैयार हुआ था कि इस साल की सर्दियों के लगनों में शादी कर लेगा। ...मगर उसके पीछे तो काल लगा था, नहीं तो आज ये नौबत न आती! जाने कहां गया पागल... मैं तो तेरे पास यों चली आई थी कि शायद, रात में तेरे पास आया हो, तुझे कुछ बताकर गया हो कि कहां और क्यों जा रहा है। ..."

बोल नहीं पाई। उसकी आंखों से आंसू झरते रहे।

"तुझे पता न होगा। मुझसे कह रहा था कि 'सारी फजीहत औरत जात की है।' अनहोनी होनी थी, हुई। तुझमें भी हरे काठ को जलाने वाला रूप-रंग फूटा है। कल से तो खैर केले का कटा गाछ हो रही है, मगर पहले प्यासों की प्यास बढ़ाती घूम रही थी। खुद मैंने देखा है कि हमारे बिक्रम लला से बातें करते तेरी आंखों में जोंकें लपलपाती थीं।—बिक्रम तो नातजुर्बा था, तू सयानी औरत थी। तुझे तो नहीं भूलना चाहिए था कि नदी बाढ़ में आती है, तो दूसरों को बहाती है, मगर औरत बाढ़ पर आती है तो खुद को डुबोती है। कंगाल के घर की बहू को तो अपनी इज्जत सात तालों में रखनी होती है, तब जिंदगी कटती है..."

"कह लो। कहने की हकदार हो तुम, दिदी! गू खा बैठी हूं तो बास

कहां छिपाऊंगी !"

अब तक अपने-आपको बांधती-सी गोपूली अब फूट-फूटकर रो पड़ी। उसे अपने भीतर अब एक नया डर जन्म लेता महसूस हुआ—परतिमा ठकुरानी और भीमसिंह को जहां यह मालूम हुआ कि विक्रम गोपुली के कारण घर छोड़कर गया है, तो खाल खींच लेंगे। और अब यह बात छिपनी कहां है?

सामने ठाकुरगांव की दिशा से कुछ लोग आते दिखाई दे रहे थे।

पद्मा ठकुरानी यह कहती खेत में काम करने लग गई, "अब तू जा, गोपा ! अपना जतन कर। कुछ दवा-दारू कर सकती है, तो कर ले। यह पाप का बोझ तेरा जीना हराम कर देगा। ...बिक्रम का जहां तक सवाल है, मैं तो यही सोचती हूं कि लोगों से आंखें मिलाने की ताब नहीं रही होगी। खास तौर पर परतिमा सास से।.. अपने दाज्यू की तरह पलटन में भरती होने की बातें अकसर करता था...हो सकता है, अब यही करे। हो सकता है, कुछ दिनों के बाद चिट्ठी-पत्री भेजे...।"

लौटते में गोपुली को लगा, उसके पांव पत्थर के हो गए हैं। ऐसा पहले सिर्फ तब हुआ था, जब एकाएक अहसास हुआ था कि पूरी तरह लावारिस हो गई है।

आंगन में पहुंचने पहुंचने तक यही लगता रहा कि चारों तरफ से औरतों-मर्दों, यहां तक कि पेड़-पौधों तक की आंखें उसीका पीछा कर रही हैं। वह तेज कदमों से सीढ़ियां चढ़ गई। किशन कमरे में नहीं था। नींद खुली होगी, मां को न पाकर, कहीं बाखली में निकल गया होगा। लौटते भी नहीं देखा होगा मां को, नहीं तो पुकारता। दौड़ता, साथ लग जाता।

गोपुली को फिर, कल पड़ाव पर से वापसी की सी हांफ महसूस हुई। लगा, कहीं बहुत भीतर, आंतों में मरोड़ें-सी उठ रही हैं। वह फर्श पर बिछी कथरी पर कटी हुई-सी ढह गई। दरवाजा खुला था, खिड़की भी, मगर इसके बावजूद उस कम ऊंचाई वाले कमरे में काफी धुआं भर गया था। गोपुली को धुआं लगा, खांसी भी आई, मगर कुछ देर वह अपने को समेट नहीं सकी। पहली बार उसने महसूस किया कि मन-ही-मन इस वक्त वह ठीक वैसे ही मौत मांग रही है, जैसे कोई प्यास से दम तोड़ने को

व्याकुल पानी मांगे।

'इतने धुंवें में मच्छर लगे भैंस-जैसी क्या पड़ी हुई है, गोपुली ?' कहती, देबुली भीतर आई, तो उठकर बैठी और देबुली के गले में बांहें डालकर रोती चली गई।

काल कहां रुकता है। पत्थर है, मगर पानी की तरह बहता जाता है।

देबुली का उस दिन का कहना याद है, 'अब यह दवा-दारू से विदा होने वाला नहीं रहा।' जाएगा, तो उसकी जान लेकर ही। तितपाती के काढ़े को पचा गया है। अपना वक्त पूरा करके आएगा, तब भी यही होना है।

गाय का दूध अब सूखता जाता है। असोज बीतते-बीतते जंगल में की घास भी सूखने को आ जाएगी। खेती-बारी की मजदूरी रोज कहां मिलनी है। जब तक धान के खेतों में कटाई नहीं लग जाती, तब तक सिर्फ जंगल की घास का आसरा है। गीता के भेजे दस में से भी सात खर्च हो गए हैं।

शाम को जंगल से घास लेकर लौटी, तो मदन की आंख बचाकर, सीधे मथुरा पण्डित की दुकान पर निकल गई। देखा, बिसाती सआदत मियां बैठा चाय पी रहा था। सीढ़ी पर बिसाते के सामानों का गट्ठर, संदूक लिए वही डोटियाल कुली सीढ़ी पर बैठा, चाय पीते हुए ऐसा लग रहा था, जैसे लद्दू घोड़ा पानी पी रहा हो। लगभग वही कपड़े, वैसी ही दाढ़ी, वैसा ही किसी खोए हुए को ढूंढ़ते हुए का सा मनोभाव।

"गोपुली भौजी को चाय नहीं पिलाएंगे, पण्डितजी ?' कहते हुए उसने अपना मुंह ठीक गोपुली की सीध में किया, "सलाम कहता हूं। कहो, कैसी हो ? छोटा बच्चा ठीक है ? अम्मा मजे में हैं ?"

गोपुली ने कोई उत्तर नहीं दिया। मथुरा पण्डित से पूले गिन लेने को कहती, तेज कदमों से चलती घर की तरफ निकल गई। तेजी से हटने के

बावजूद उसे लगा कि दुकान पर के लोग आपस में उसीको लेकर बातें कर रहे हैं और वे सारी बातें पीठ पर दूर से फेंके गए कंकरों की तरह लग रहे हैं

इन कुछ ही दिनों में इतना सुन चुकी है कि अभ्यास-सा हो गया है। लोग सामने न हों, तो भी कहते सुनाई पड़ते हैं। हर क्षण की व्याकुलता किस आकाश में उड़ चला जाए ? धरती में कहां गड़ जाए ? कौन-सी नदी में बह जाए गोपुली?

घर पहुंचते-पहुंचते आज फिर वही हुआ। तेज धार की तरह पेट की भीतरी परतों का चीरता-सा दर्द। कुछ क्षणों तक को असहाय मरोड़ें, जैसे पेट उलट जाने को हो।

देबुली ने, शायद, देख लिया था। आते भी और कमरे में कैद होते भी।

पहुंची भीतर, तब गोपुली के चेहरे पर ऐंठन साफ दिख रही थी। आले में रखी शीशी में से थोड़ा-सा तेल हथेली में डालकर धीमे सधे हुए हाथों से वह गोपुली के पेट में मालिश करती रही। थोड़ी देर में बिजली की सी चमकारें छोड़ती मरोड़ों का उठना बंद हुआ, तो वह फिर फफक-फफककर रो पड़ी।

"तेरे नक्षत्र बिगड़ गए हैं, गोपा ! चारों तरफ से संकट आ गए हैं तुझपर। आज नरराम जेठजी का जमनिया बता रहा था कि गाय को जंगल में बाघ ने मार दिया है।"

उसका रोना एकाएक थम गया, जैसे रोते में बिच्छ ने डंक मार दिया हो। गाय के बारे में देबुली का कहना उसके कानों में कील की तरह धंस गया।

"मैं कल सुबह थल को जा रही हूं। जीना-मरना सब लगा है इस संसार में। कुछ दिन बच्चों के साथ काट आऊंगी। यहां तेरे जेठ सपने में आते हैं, जी उचाट हो जाता है।"

वह कुछ न कह सकी।

देबली से—या किसीसे भी वह इससे ज्यादा की उम्मीद क्यों करे ? सबके अपने-अपने दुःख हैं। थोड़ा कभी कोई दुःख-सुख पूछ ले, इतना ही

बहुत है।

"ऐसा है, गोपा, कोयला बन जाने तक का जलना है। आदमी का सहारा छूट जाए,तो भगवान का दिया रहे तो रहे। हम गरीबों में तो सबके घर मिट्टी के चूल्हे हैं। पार उतारने वाली डोंगी इस बस्ती में कहां। तू ही धीरज रखेगी, हिम्मत करेगी, तो जिंदगी कटेगी। तू लेटी रह, मैं चाय बनाकर दे जाऊंगी। एक जानवर का आसरा था, तुझे, किशन छोरे को दो घूंट दूध मिल जाता था—वह भी जाता रहा।"

देबुली चली गई, तो लगा, इस अंधे कुएं में अकेली रह गई है। अब उसे बेसाख्ता किशन की याद आई। मन हआ, अपनी व्याकुल आत्मा की पुकार से दूर-दूर के जंगलों तक भर दे—किशन...किशन...किशन...

मगर कोशिश करने पर भी पुकार नहीं पाई। सारी चेतना सिर्फ आंखों में इकट्ठा हुई और अपने फफक-फफककर रोने के बीच जाने कितनी आकृतियों से घिरती चली गई।

नीचे गोठ में से गाय के घर न लौटने से व्याकुल बछिया का रंभाना फर्श चीरकर शहतीरों की तरह, उसकी पीठ तक निकल आया। पागलों की तरह भागती गोठ में बछिया के खूटे तक चली गई और बड़ी देर तक वहीं रह गई।

बाखली से लौटे किशन ने पुकारा, तो उसे एकाएक याद आया कि सुबह जाते वक्त नरराम की घरवाली को सौंप जाने के बाद अभी तक उसने किशन का चेहरा नहीं देखा है।

नहीं, बिना पूरी तरह भोगे मुक्ति मिलनी नहीं है। गोठ से निकलकर, आंगन में आई। किशन को गोद में उठाया और छाती से लगा लिया। गैया गई। एकाध घूंट जो छाती में दूध होता है, इसे भी अब कितने दिन और रहना है।

रात का अंधेरा अब गहरा होता जा रहा था। दूर-दूर तक के गांवों में की रोशनी अब, इस वक्त, साफ-साफ दिखाई दे रही थी।

9

लगभग पंद्रह-सोलह दिन इंतजार करने के बाद, माइकेल ने बताया कि अब यहां ज्यादा दिन तक रुक सकने की स्थिति में नहीं है। उसका कोई घूमंतू किस्म का दोस्त बम्बई से आ गया है और उसके साथ सीमांत इलाके तक जाना है।

"मैं वापसी में फिर रुकता हआ जाऊंगा।" टाई की गांठ ठीक करते हए उसने कहा, "दस-बीस दिन लग सकते हैं। इस बीच अगर तुम्हारी सिस्टर आती है, तो उसे रोके रहना। हम अपना आखिरी फैसला उसको देखने के बाद देगा।...अगर वो शक्ल-सूरत की ठीक है और आइंदा गैरत से रहने का वादा करती है ..."

"इंटीरियर्स में कहां जाना चाहते हो तुम लोग?"

"शायद, जौलजीवी-धार चूला साइड में जाना पड़े।"

"तो तुम ऐसा करना, माइकेल, रास्ते में ही तुम लोगों के —मंगलगांव पड़ाव पड़ेगा। तुम लोग घोड़े किराये पर करोगे—या पैदल जाने का प्रोग्राम है ? खैर, जैसे भी जाओ, थोड़ी देर के लिए वहां ठहर जाना। वह लड़का—क्या नाम था उसका, विक्रमसिंह—बता रहा था, गोपा दीदी का गांव फर्लांग-दो फर्लांग की दूरी पर है। किसीको भेजकर बुलवा लेना। जाओगे तो कल सुबह ही, मुझसे मिलते जाना।"

"सुबह हम तड़के चले जाएंगे।"

"तो रात को आना, खाना भी यहीं..."

"नहीं, डियर ! खाना आज मुझे दोस्त के साथ होटल में खाना है। शाम को किसी वक्त आ जाऊंगा।"

"ठीक है, मगर आना जरूर ! मैं तो उम्मीद करती थी, चिट्ठी पाते ही चली आएगी। ...हो सकता है, घर में कोई परेशानी हो। ...खैर, तुम देख आना जरूर। इसी बहाने बुलवा लेना कि शहर से बहन का संदेश है।

"ओके, डियर ! हम मिलेगा जरूर। बाई-बाई।"

माइकेल के पाकर के पेड़ों के बीच से गुजरते दिखने तक, वह सीढ़ियो पर ही खड़ी रही।

सुबह गोपुली तड़के ही उठी, मगर जंगल जाने का उत्साह नहीं बटोर सकी। जंगल में की आग बुझ जाती है, पेट की नहीं। कलेजा पत्थर का किए बिना अब कहां दिन कटने हैं।

अभी गोपुली चावल ही बीन रही थी कि पड़ाव की तरफ वाले मोड़ पर से सद्दू मियां प्रकट हुआ, जैसे अभी-अभी पेड़ की तरह उगा हो। देबुली के आंगन तक पहुंचकर, उसने दरवाजे पर लटके ताले को देखा और फिर उसके आंगन में पांव रखते-रखते बोला, "देबुली ऊपर, पड़ाव पर मिली थी। तड़के निकल गई। बता रही थी, बेटों के पास जाना है।"

वह शून्य में खोई हई-सी, सिर्फ देखती-भर रही।

"सलाम करता हूं। कहो, कैसी हो ? बच्चा न दिख रहा...कहीं खेलने-कूदने निकल गया होगा। बच्चों की जात। हमारा सिद्दीक तो अभी कुल जमा तीन साल का है, मगर वो दूर, पलटन बाजार तक निकल जाता है !"

पिछली बार आया था मियां, तब वह ऐसी टूटी न थी। जाने क्यों, उसे लगा कि सद्दू मियां को बैठने को कहे। ...मगर वह कहती, इससे पहले ही सद्दू मियां किनारे की दीवार पर बैठ गया, "जा, भई अमर बहादुर, तू वहीं आमों की बगीचा में रुकना। थका है, थोड़ी राहत ले लेना।... मुझे देबुली तुम्हारे बारे में बता रही थी..."

अब वह चौंकी। क्या बताया होगा उसने इसे? कहीं यह तो नहीं बताया होगा कि सारे इलाके में बदनाम हो गई है ? मगर अब यह सब रहस्य कहां रह गया है ! विक्रम का चल देना उसे पूरी तरह नंगा कर गया है।

"ये सब वक्त की मार है। जब कुदरत बिगाड़ने पर आती है—अच्छे

भले इंसान को मिट्टी में मिला देती है। बड़ा हादसा गिरा है तुमपर। खाबिंद गया, सास जाती रही और गैया को बाघ खा गया—बुरे वक्त का कोई ईमान नहीं, गोपुली, बड़े-बड़े शहंशाहों-पीर-फकीरों की इज्जत उतार लेता है। खुद, हुसैन साहब जब करबले की जंग में चारों तरफ से घेर लिए गए हैं... 'पानी नसीब नहीं हुआ है। जब खुदा के बंदों का यह हाल होता है, हम नाचीजों की क्या हस्ती है ! ..."

उसने अपने पेट का खुला हिस्सा अत्यंत सावधानी से ढांक लिया।

"ये लो, तुम्हारे किशन के लिए कुछ खट्टी-मीठी गोलियां लेता आया था। बड़ा प्यारा बच्चा है। उसका मासूम चेहरा हमें, सच मानो, शहर में भी कई बार याद आया। बच्चे जिसके हों, सब खुदा के हैं। उसी परवरदिगार का नूर झांकता है सबमें।"

वह पूरी बातें नहीं समझी, मगर इतना जरूर समझी कि इस बार फर्क है। चेहरे-मोहरे, कपड़े-लत्तों में नहीं—आवाज में, कहने के लहजे में और कही गई बातों में बड़ा अंतर है। और कोई वक्त होता, तो शायद, वह इसे दिखावटी सहानुभूति समझकर, चप लगा जाती। या, ज्यादा से ज्यादा, 'सब भाग का लिखा है, मियां, भुगतना है।' कहकर टाल जाती। मगर असहनीय रूप से बेसहारा और बेआब हो गए इस वक्त में दूसरों के द्वारा सहानुभूति की आंख का देखा जाना भी कितना विरल हो गया है !

"क्यों, मियां, मेरे हाथों की चाय पियोगे...दूध नहीं होगा। .."

"तुम्हारे हाथ क्या कोई नापाक हैं, जो परहेज करे कोई ? मगर छोड़ो, खुद अपनी मुसीबतों में हो। कह रही हो, इतना बहुत है।... और ऐसा है, गोपुली, कि इंसान खुदा पर से भरोसा ना छोड़े। जहमत उसी परवरदिगार की रहमत से कटती है। बेगाना करके जानो, सारा आलम बेगाना है। अपना करके जानो, आज तुम्हारे दुःख में हमारा, कल हमारे दुःख में तुम्हारा साझा है।"

गोपुली कुछ नहीं बोली। भीतर की तरफ चली गई। दाल के लिए खौलने रखे पानी में से थोड़ा पानी कम किया और चाय की पत्ती डाल दी। बाहर आई। दीवार के किनारे उगी तुलसी के पत्ते तोड़ती, बोली, "दो-चार

पत्ते तुलसी के डाल दूं, मियां! और हम कंगालों के घर रखा क्या है। मिसरी कूटकर डाल दूं, या कटक की पी लोगे? आओ, ऊपर चबूतरे पर आकर बैठ जाओ।"

जाने कहां से कौवे-सा उड़कर घर पर घड़ी-भर को यह मियां भी आ बैठा है। कुछ देर में चल देगा।

"तुम्हारे कितने बच्चे हैं, मियां ?"

"दो-तीन। एक लड़की, शमीम। दूसरा, सिद्दीक ! सिद्दीक कुल जमा छै महीनों का रहा होगा, जब जरीना का इंतकाल हुआ है।"

"तुम ऐसी भाषा बोलते हो, मियां, पल्ले नहीं पड़ती मेरे।" वह खुद नहीं समझ पाई कि होंठों पर जाने कहां से, कैसे आ गई यह फीकी-सी मुसकुराहट।

"मैं यों कह रहा था कि घरवाली गुजरी है, तब छोटा लड़का सिर्फ छै महीने का था।"

"बड़ी कठिनाई से पला होगा दूधपीता, बिना मां का बच्चा !"

"खुदा ने यह औरतजात भी खूब बनाई है। तुम देखो, तो देखती रह जाओ कि इस मामूली बिसाती के घर में से कोहकाफ की परी कहां से आ गई। अब तो, खैर, तेरहवें पर आ गई। अच्छी सयानी लगनी शुरू हो गई, मगर तब आठ-नौ साल की रही होगी। बच्चे को पता नहीं चलने दिया कि मां मर गई।...घरवाली तो, खैर, खुदा उसे जन्नत बख्शे— बहुत मामूली सूरत-सीरत वाली औरत थी, मगर बच्चे बहुत खूबसूरत दे गई।...बच्चे तुमसे भी बहुत खूबसूरत हए हैं..."

यह शरारती मियां क्या पेट में के बच्चे को भी गिन रहा है ?

"....मगर लाख कोई करे, बिना मां-बाप के बच्चों को परवरिश खुदा के भी बस की बात नहीं। सोचो कि अगर चार पैसे कमाने वाला बाप सिर पर न होता, तो वह अकेली बच्ची क्या कर लेती ?"

वह चुप ही लगाए रही।

"अब—खैर, तुम मेरा यकीन ना कर पाओगी। कहोगी, तू कौन भैया, ना जात का, ना बिरादरी का। ना नाते का, ना रिश्ते का।...मगर जाने मेरे जी में इस बच्चे की खातिर इतना तरस क्यों है। ...यकीन कर सके, तो भेज दे

मेरे साथ। लोग यतीमखानों से उठा लाते हैं, ये तो घर का बच्चा है। बच्चों के बीच में...”

सआदत मियां का दांतों से मिसरी काटना उसे साफ सुनाई दे गया।

“क्यों गरीब औरत का मजाक उड़ाते हो, मियां ! सयाना होता—साथ लगा देती, कि मियां, इसे भी कुछ रोजगार सिखा देना। यह तो अभी तक मेरा दूध पीता है...”

जब तक में वह अपने कहे को वापस लेने की बात सोचती, बताती कि 'मियां, इस बीच एक लड़की और हुई थी, रही नहीं मगर दूध बाकी छोड़ गई है...' तब तक में सद्दू मियां का शरारती बच्चों का सा हंसना कानों में भर गया, “बड़ी दुधार हो...पांच साल का बच्चा अघा जाता है।”

अब गहराई से इस बात को महसूस किया गोपुली ने कि मियां उसके अस्तित्व के पोर-पोर को अपनी आंखों से छू रहा है। क्या चाहता है यह ? इसकी सारी बातचीत का सिरा कहां है ?

शहर के लोग आते हैं और गांवों की बेसहारा औरतों को कभी-कभी अपने साथ उठा ले जाते हैं, यह सब वह देखती-सुनती आई है। खुद आनंदी इसी गांव से तो शहर गई है और देबुली ही बता रही थी कि मजे में है।

“हमारी आनंदी पौणी के क्या हाल-चाल हैं शहर में ?”

“बहत मजे में हैं। अब शहर में उनको आनंदी देवी करके कौन जाने है ? जो जाने, बच्चे से ले के बूढ़ों तक, सलमा आजी करके जाने हैं। मजाक में मैं कत्तई ना कहता, तुम तो हकीकत में गुरबत के बीच की फूल हो। बदनसीबी तुम्हारे तन-बदन पर खरोंच लगाने में कामयाबी हासिल कर ना सकी है। ...मगर आनंदी जब गई, तुमने देखा हो या नहीं, हमने देखा था—यों मरियल-सी गई थी। सीने से पता न चले कि औरत है या मर्द। तब जवान थी और आज पचास की तो होने आई ही होंगी। ...वो कद निकल आया है कि कबीलेवालियां मात हैं।”

मियां के बहुत-से शब्द उसके पल्ले नहीं पड़ते, मगर बात वह समझती है।

चाय वह पी चुका था, मगर उठा नहीं। सिगरेट की डिब्बी निकालकर, एक उसकी तरफ बढ़ाई और इनकार सुनकर बोला, "देबुली पीती है। खुदा की नियामत कि तुम नहीं पीती हो। ...पीने वाली औरतों को गैरत कम रह जाती है। ...और औरत का असली हुश्न जानो कि गैरत में है। ये गुनाह नहीं कि बेसहारा हो, तो कहीं सहारे से हो जाओ। ...मगर ये औरत की फितरत न हो जाए कि खाबिंद लाचार-अपाहिज हो और जोरू गैरों के आगोश में मजे ले।...हम मुसलमानों में नहीं कि बेवा बेआसराहो गई, तो दीन-दुनिया से जाती रही औरत।...औरत सात बार निकाह की हकदार है, मगर हलाल की हो, हराम की नहीं। वो सब हरामियों के काम हैं कि औरत को देखा—सिर्फ बदनियती से देखा। यूं सिकोड़ने के काम बड़े, पैसे वाले घरानों के हैं, गुरबत के मारों को तो घर देखना होता है। बिना मां के बच्चे देखने होते हैं। ...कोई ये न सोचे कि मुसलमानों में सब हजम है। ऐसे-ऐसे शेख-सय्यद हैं कि उनके सामने तुम्हारे ठाकुर-बामनों का तिलक-चंदन मात है। हां, दीन की खासियत ये है कि गरचे तुम पाक हो, खुदा पर ईमान लाते हो और ये अपना फर्ज समझते हो कि इंसान की खिदमत से बड़ी कोई इबादत नहीं—तो तुम जो हो, अमीर-गरीब, शेख-सय्यद, ठाकुर-बामन-हरीजन, सब खुदा के बंदे हो। हिन्दुओं की जैसी फिरकापरस्ती हम लोगों में नहीं कि औरत इस्तेमाल की चीज तो हो, मगर इस्तकबाल की चीज ना हो..."

"द, आग लगे तुम्हारी दढ़ियल बकरों की सी जबान को। मैं क्या समझूं कि ये इस्तेकबाल-फिस्तेकबाल क्या होता है? मुझसे तो सीधी जबान में बात करो।"

उसने अब खुलकर ठहाका लगाया तो धुआं गोपुली की आंखों तक चला आया।

जब आया था, बादल-सा घिरा हुआ था। लगता था कि वह रो पड़ी, तो यह भी रो पड़ेगा। ...मगर अब सुबह की धूप-सा खुल गया है।... और वह खुद कहां गायब हो गई है? वह रात-भर मौतें मांगती हुई-सी औरत? कम-से-कम आधा घंटा तो हो ही गया होगा मियां को यहां बैठे? अभी भी वह खुद ही क्यों कह रही है कि बातें करो!

देबुली है नहीं, बाखली वालों की भी कोई झस् नहीं। चबूतरे पर बैठा मियां सबको दिख जाएगा, मगर देहली के पास किवाड़ से लगी बैठी गोपुली ओट में है और किशन बछिया खोलकर, उसके पीछे निकल गया है। बिना मां की बछिया तक कैसी लग रही है ? ...लावारिस।

"खैर, मैं तो एक लावारिस औरत हूं, मियां ! देबली दिदी के घरवाला नहीं—तो भी उसकी बात और है—उसके बेटे सयाने हैं।" गोपुली साफ-साफ समझ नहीं पाई कि इस तरह की बातें मियां से करने की प्रासंगिकता क्या है। दहते हुए जीवन में यह—दूसरों का सहानुभूति से भरा व्यवहार—ठंडी हवा का झोंका है। जितनी देर भी ठहर जाए।

"तुम्हारा कहना बेवजूद ...यानी बेमानी नहीं। मर्द को दूसरों की आंखों की मार कम है। ...मगर जो तुम ये कहती थीं कि घरवाली न होने से किसीको कोई फर्क नहीं पड़ता, तो ये बात कोई बेऔलाद कहे तो कहे। ... और छोटे बच्चों की परवरिश तो जो है, सो मैंने पहले ही कहा कि एक आदम और एक हव्वा से खड़ी हुई है। ...तुम समझ नहीं पा रही होगी। ये मजहबी यानी धरम की बातें हैं, मगर हमारी खुद की रोजमर्रा की जिंदगी से इनका गहरा वास्ता है। ...तुम यों समझने की कोशिश करो कि आज इस दुनिया के करोड़ों-अरबों लोग हैं, मगर कुदरत ने जब ये दुनिया बनाई थी, सिर्फ एक अदद मर्द था और एक अदद औरत जात..."

कैसा और कितना इतमीनान है इस मियां में ! इस तरह बतिया रहा है, जैसे बरसों का साथ-साथ का रहना हो ! लोगों से सुना तो करती थी कि मियां लोग जबान के बहुत मीठे और बातून होते हैं, मगर आमना-सामना आज तक में सिर्फ सद्दू मियां से हुआ है। दो साल पहले उत्तरायणी के मेले में आया था, तब चूड़ियां पहना गया था। देबुली ठीक कहती थी कि मियां चूड़ियां ऐसे पहनाता है, जैसे मछलियां पकड़ रहा हो। उस बार भी तो यह देबुली से कहता गया था कि इस ठेठ गंवई इलाके में चोली पहने पहली औरत दिखाई दी है उसको। आखिर शहर वाले की आंख है। गांव की औरतों को तो आंगड़ी उतारते पर ही दिखती थी।

कैसे थे वो दिन भी। रतनराम के साथ का वह पहली-पहली बार

का शहर जाना। वहीं तो खरीदी थी रतनराम ने और कहा था कि शहरों में सबकी-सब पहनती हैं। लड़की के जन्म के दिनों छोटी पड़ गई। बहुत दिनों तक रखी रही, फट गई थी, आखिर फेंक दी।

चुप रहने से, अचानक ही बीच में आ गए सन्नाटे को तोड़ते हुए, गोपुली ने कहा, "अब के तो तुमने बड़ी जल्दी-जल्दी दो खेपे कर दी मियां ?" तो सद्‌दू मियां चौंका। संभलकर बैठते हुए बोला, "नंदादेवी का कौतिक सिर पर आ गया ना। पिछले महीने तो, बस, यों फेरा लगा लिया था कि ठाली बैठे हैं। शहर वाली दुकान का तो ये है कि अब शमीम बानो जो चूड़ियां पहना लेती हैं, सद्‌दू मियां की अम्मा क्या पहनाएंगी ! .. और जल्दी की खेपों की भली कही तुमने—समझ लो, तुम्हें सलाम करने चला आया। ...यों मछलियों का बड़ा शौक है। सेराघाट में मछलियां अच्छी मिल जाती हैं।"

"मगर मियां, मछली तो सुबह-सुबह अपने बेटों से मिलने निकल गई !" उसने अचानक ही मजाक किया।

"अच्छा, तुम देबुली की बात कह रही हो ? खुदा कसम, गोपुली, उससे बस, यों ही दूर-दूर का याराना है। बाहर से बीहड़ लगती है, मगर दिल की खूबसूरत औरत है। ...और मछलियों का क्या है, सरयू में पानी बहुत गहरा है... और मछलियां ढेर सारी।"

अपनी बात पूरी करते हुए सद्दू मियां ने फिर हलका-सा ठहाका लगाया और धुआं फिर उसकी आंखों तक आ पहुंचा।

विजातीय वेश में जो सद्‌दू मियां अजनबी-सा लगता था, घड़ी-भर के साथ-साथ बैठने में कितना परिचित-सा हो आया है ! बातें बजुर्गों की सी हैं इसकी, मगर उम्र चालीस से तो नीचे ही होगी?

गोपुली द्वन्द्व में ही थी कि मियां से और वार्तालाप चलने दे, या विदा करे कि 'अच्छा मियां, बड़ी मेहरबानी की, जो गरीब के दरवाजे पर घड़ीभर को बैठ गए।' तभी पड़ाव की तरफ से एक लड़का आता दिखाई दिया। गोपुली ने पहचान लिया—मथुरा पंडित का नौकर है।

वह थोड़ा संभलकर बैठ गई। इसको निकल जाने दे, तो मियां को विदा करके रसोई देखे। अभी भूख-भूख करता आएगा। कहो कि बहन ने

दस रुपये भेज दिए थे, चार दिन गेहूं की रोटी, दाल-भात देखने को मिल गया।

वह आगे निकल जाने की जगह, ठीक उसीके आंगन में रुक गया।

"क्यों, रे रघुबर, कहां जा रहा है ?"

"तुझको ही बुलाने आया था... पंडित कहे हैं, जल्दी चले आओ..."

"क्यों रे, पंडित ने क्यों बुलाया है मुझे? पहले तो कभी नहीं..."

गोपुली की बात काटकर, वह इतना कहता तेजी से पड़ाव की ओर लौट गया कि 'शहर से तीन जन आए हैं। बताए हैं कि तेरी बहन मास्टरनी के यहां से आए हैं।"

"हाय राम, गंगा के यहां से कौन आए होंगे ? चिट्ठी लिखकर बुलाई तो थी—मैं ही बदनसीब जाऊं कि न जाऊं में रह गई। दस रुपये का मनीऔर्डर भी आया था उसका। किशन के बाबू के लापता होने के बाद पहली बार किसीका दिया देखने को मिला... ।" कहते-कहते उसकी आंखें भर आईं और उसने धोती का छोर आंखों पर कर लिया।

"अपनों से बेरुखी ठीक नहीं। फिर तुम तो गुरबत और नसीब की मारी हो। जाने को मन हो, तो मेरे साथ चली चलना। बस, हफ्ते-भर बाद ही वापसी करूंगा। मेला सिर पर है, सौदा बिकते ज्यादा वक्त नहीं लगेगा। यों कभी अकेली चली आओ, तो सरकारी अस्पताल के पास ही बिसाते की दुकान है—सआदत हुसैन पूछ लेना किसीसे भी। मैं ना मिलूं, तो शमीम से कहके बलवा लेना।"

"ऊपर हो आऊं, जाने कौन आया है। कहीं गंगा की ससुराल वाले ना हों? तुमसे दाल-भात खा जाने को कहती, मगर तुम इतना कहां रुकोगे। ...किशन छोरा कहां गया जाने, उसे भी लेती जाऊं।"

सद्दू मियां उठ खड़ा हुआ। सिर्फ इतना ही बोला, "अपनों से मिलना खुदा से मिलना है। होती आओ। कपड़े बदलती जाना। रिश्तेदारों के सामने बदहाल होके जाना ठीक नहीं। तुम्हें एतराज न हो, तो वापसी में मिलता जाऊं? भूखा रहूं, तो खिला भी देना। अच्छा, सलाम !"

हाय राम, यह मियां तो सास-ससुर की सी सीख देता जा रहा है !

करती होंगी, इसके शहर में इतना ज्यादा परहेज करती होंगी औरतें—यहां ठाकुरों तक के गांवों में उघड़े स्तनों से दूध पिलाती हैं औरतें अपने बच्चों को। गंगा की याद आ गई, तो पल्ला ऊपर कर लिया था कि इसके सामने आंसू गिराने से क्या होगा। देबुली ठीक कह रही थी उस दिन। जरूर इस हरामी मियां ने कहा होगा उस दिन कि 'तुम्हारी देवरानी, शायद, बच्चों को गेंदा खिला रही है।'

'धत्, तुझ मुसल्टे का सत्यानाश हो!' कहती, अपने में ही हंसती-सी गोपुली कपड़े बदलने लगी। दरवाजा-खिड़की बंद करते ही लगा कि फिर अपने उसी अंधे कुएं में वापस लौट आई है।

मथुरा पंडित की दुकान पर पहुंचने से पहले ही, उसने देखा, तीन खांटी शहरी किस्म के लोग सड़क से लगी सीढ़ी पर बैठे हैं।

जरूर यही होंगे—सोचते ही, गोपुली ने एकाएक हतप्रभ होता-सा पाया अपने को। कौन लोग होंगे ये? गंगा के रिश्तेदार या सिर्फ जान-पहचान के? कहीं उसका घरवाला तो नहीं? मगर विक्रम ठाकुर ने बताया था कि अभी कुआंरी ही है। खैर, इस बात को महीनों बीत गए। हो सकता है, इस बीच शादी कर ली हो? सुना है, क्रिस्तानों की शादी में सिर्फ गिरजाघर तक जाना होता है।

पहुंचते-पहुंचते तक तय नहीं कर पाई कि क्या रस्म अदा करे। किसके पांव छुए, किसके नहीं।

उसे देखते ही गहरे लाल रंग की कमीज व चारखाना, चौड़ी मोहरी की पैण्ट पहने आदमी की आंखों में शीशा-सा चमका और वह उठ खड़ा हुआ, "आप ही गोपुलीदेवी हो—मिसेज गोपुलीदेवी? गुड मौर्निंग! मैं गीता मसी का...रिश्तेदार हूं। रिश्ता यों समझो कि हमारे फादर ने ही उसको गोद लिया था, शायद, आपको मालूम होगा। अगर हम मिस-अंडरस्टैण्ड नहीं कर रहा हूं—यह बच्चा, शायद, आपका ही सनी है? लो बेटा, ये 'स्वीट बॉक्स'। तुम्हारी आंटी ने तुम्हारे लिए भेजा है।"

'लो, बेटे !' कहते-कहते ही, उसने किशन को गोद में उठा लिया और किशन घबराकर रोने लगा।

"ओ नॉटी ब्वाय, मदर के सिवा किसीकी गोद में नहीं जाएगा !" कहते हुए उसने आगे बढ़कर, किशन को गोपुली को पकड़ा दिया। उसके हाथों का स्पर्श काफी सख्त महसूस हुआ गोपुली को।

"हमेरा नाम, माइकेल ! ये हमेरे दोस्त—मिस्टर शिंदे और ये मिस्टर कादिर !"

गोपूली ने, उन तीनों की उपस्थिति में, अपने-आपको सहमा-सा अनुभव किया। एक तो इन शहरी लोगों की वेश-भूषा और चेहरों पर ही अजनबीपन पसरा दिखता है। दूसरे, इनकी बोली विचित्र—आधी समझी, आधी छूट गई।

"नमस्ते ! नमस्ते !" किसी तरह कहा गोपूली ने। कितनी बातें पूछना चाहती थी वह गंगा के बारे में ! अब, इस वक्त, लग रहा है, जैसे सिर्फ अपनी बदहवासी को संभालना ही कठिन है। शहर के लोग, सोचते होंगे, कितनी गंवार औरत है। न चाय-पानी को पूछा, न घर आने को कहा, मगर गोपुली घर आने को कैसे कहे ? शहर में कैसे बड़े साफ-सुथरे मकानों में रहते हैं लोग। यहां, उसके छोटे और पुराने-से घर में, तो सिर्फ कंगलापन पसरा पड़ा है। खिड़की पर धूप में सूखने को डाल आए थिगली लगे, फटे-पुराने बिस्तर पर आंख पड़ते ही कैसा जी घिना उठेगा इन लोगों का ? ...हालांकि इन तीनों के चेहरों से वह कतई प्रभावित नहीं थी। रतनराम खुद इनसे सुंदर था। पलटन के कपड़ों में कैसी खिल उठती थी उसकी देह ! इन लोगों के चेहरे तो काफी सख्त-से लगते हैं और आंखें बिलकुल नंगी-सी।

"आई थिंक, ब्रदर शिंदे, शी इज वेरी चार्मिंग लेडी !"

"चांङ्ली !" उस नाटे तथा मोटे कद के आदमी के होंठों पर यह छोटा-सा शब्द थूक की तरह चिपककर रह गया।

"आप लोग को चाय-पानी को भी नहीं पूछी हूं। हम बहुत गरीब औरत हूं—ऊपर से बेआसरा। गंगा हमारी सगी बहन है, मगर वो तकदीर की अच्छी निकली। कैसी है वो? आप लोगों के बाल-बच्चे तो ठीक हैं?"

गोपुली को लगा, औपचारिकता बरतने की कोशिश में वह हताश होती जा रही है।

"पंडितजी, इन लोगों को कुछ चाय-पानी करा दो। बिस्कुट होंगे..."

"नो, डियर, थैंक्यू !" वही लाल कमीज वाला बोला, "हम लोग ब्रेकफास्ट कनालीछीना में करके आए। यहां भी आपके इंतजार में बैठे-बैठे चाय पी चुके।..."

"घर तक चलिए। दाल-भात खाके..."

"थैंक्यू भेरी मच...हम लोग अब चलना मांगते हैं। बहुत लम्बा सफर। ये लोग कैलास तक जाना चाहते। ...गीता आपको बहुत याद करके बुलाई है। बोली है, जरूर ले आना। आप जरूर जाना। हम वापसी में फिर मिलूंगा। ओके, बाई-बाई !"

उनका सीढ़ियों पर से उठना और सधे हुए कदमों से पुल-पार की दिशा में चल देना, उन लोगों के जा चुकने के बावजूद कुछ क्षणों को जैसे वहीं पर बना रह गया। वह कुछ देर अपने में खोई खड़ी रह गई। उसकी स्तब्धता को मथुरा पंडित ने भंग किया।

"उठा रे रघुबर, इन साले लोफरों के जूठे गिलास मिट्टी से मांज के ला। 'वर्ल्ड वार' क्या लगी, जाने कहां-कहां के अबाली-बबाली लोग पहाड़ आने लगे हैं ! साले जरा पैण्ट-टाई क्या पहने रहेंगे, टोडी बच्चा बन जाएंगे। बहत इंगलिश झाड़ रहा था, साला रेडमंकी ! ...गोपुली, तू बुरा मत मानना कि तेरे रिश्तेदारों पर बिगड़ रहा हूं—मगर वो साला लाल-पोकिया बंदर, तेरे बारे में भी अच्छी बातें नहीं कह रहा था।... कहता था—शी इज दियर मस्ट ए यंग लेडी एण्ड दैट्स हाई चार्मिंग लेडी! इसका मतलब समझी तू कुछ ?"

"द, आग लगे। मैं क्या जानूं ये गिटिर-पिटिर !"

"साला सोचता होगा, ये लम्बी चुटिया और घुटनिया धोती पहने गंवार बामन क्या समझे इंग्लिशतानी ! डैमफूल ! जितना फौरेन हम घूम आए हैं, तुम्हारे ग्राण्ड फादर ने नहीं टूरिंग की होगी। मिस्र, बलूचिस्तान, अफगानिस्तान, ईरान-तूरान, फ्रांस, इंगलैण्ड—कहां-कहां नहीं गई हमारी

बटैलिन ! ...मगर हिन्दुस्तानी हैं, अपनी औकात में रहते हैं। वहां 'बीफ' खाने वाले म्लेच्छ रहते हैं—हम लोग कई दिन सिर्फ चाय-कॉफी-डबलरोटी पर रह जाते थे। जनेऊ बदलने को नहीं मिली, मगर उतारी नहीं। धोते-धोते छै में से सिर्फ तीन तागे रह गए। ...हां, तो मैं क्या कह रहा था कि ये लोग कुछ लोफर टाइप के मालूम पड़ते हैं। वह नाटा जरूर मराठा होगा। पूना-बम्बई की तरफ ये ही बोली बोली जाती है। 'चांगली' का मतलब समझती हो?"

"ऊंहूं..."

"मानो ऐसी औरत, जिसके साथ बदफेली की जा सकती हो !"...

"हाय राम, बेशरम कहीं..."

"और उस लाल-पोकिया की अंग्रेजी समझी हो?"

"ऊंहूं..."

"तुमको कहता है कि ये बहुत खूबसूरत और जवान लेडी है !"

"लेडी...?"

"हां, इंग्लिशतान वाले जवान औरतों को लेडी कहते हैं। खैर, इसमें कोई शक नहीं, गोपुली, कि है तो जरूर तू इस जंगल में की फूल। ...मगर खरगोश के शिकार का क्या खेलना, क्या नहीं खेलना।"

संकेत, साफ है, कि विक्रम ठाकुर की ओर है।

गोपुली को लगा, जैसे सीढ़ियों पर से फिसली है। एक क्षण में ही उसका चेहरा विषाद से भर गया। वह तेजी से पलटी और गांव की तरफ चलने लगी।

"क्यों, बहन के यहां से मिठाई आई, चखाओगी भी नहीं बामन को? अपने कल की घास के पैसे तो लेती जा..."

गोपुली रुक जरूर गई, मगर पीछे नहीं मुड़ी। जाने बतरसिया पंडित कैसी-कैसी बातें लगाएं।

"तू बुरा मान गई, शायद ! ये माथे पर का चंदन देखती है—जब तक चित्त भी ऐसा ही है, तभी तक, बामन बामन है, नहीं तो डोम उससे भला। ये तो स्वभाव है कि मजाक कर लेता हूं। मेरे कहे का बुरा क्यों मानती है; मैं तेरे बाप की जगह पर हूं।...मगर दुनिया देखे हुए हूं, गोपुली, और मैं साफ

देख रहा हूं कि नदिया की तेज धारा है, और तू बिना पतवार की डोंगी। तेरे पैर भटक रहे हैं। तुझपर पर्वत आ गिरा है।... मगर मैं तुझसे एक चीज कहता हूं। ...अगर तेरी बहन ने इस शख्स से ये सलाह की है कि गोपुली को तुम देख आओ ...तो मैं यह कहूंगा कि हर्गिज नहीं। इससे सद्दू मियां लाख दर्जे नेक इंसान है।..."

गोपुली को लगा, उसके पांव पत्थर हो गए हैं, उठते नहीं। भोला भगत-जैसे दिखते इस पंडित की आंख कहां-कहां तक जा रही है।

"द, तुम मुझ शिल्पकारिन के हाथों की छुई मिठाई थोड़े खाओगे, कका जी!" पहली बार गोपुली ने पंडित को नाता लगाकर, संबोधित किया।

"बैठ, चाय पीती जा। और ये कल की घास के पैसे। ...तेरा छूआ तो मैं खा भी लेता, प्रसाद में कौन दोष है, मगर उस लाल-पोकिया का छुआ...तू मेरे लिए बेटी की जगह पर है, और कहेगी कि मथुरा कका कैसे बेशरम हैं—मगर वह हरामजादा बच्चा पकड़ाने के बहाने तेरी छाती छूने की कोशिश कर रहा था।"

अब गोपुली क्या कहे ? उसने तो खुद अनुभव किया था, जानबूझकर हाथ छुआया है।

गोपुली वापस मुड़ी, सीढ़ी पर बैठ गई।

दुकान पर चाय पीते मुसाफिर छंट गए, तो बोली, "कका जी, भाग ही फूटते, गनीमत होती—मेरे तो कर्म भी फूट गए। घर में बंद रहती हूं, तब भी लोगों की थू-थू मुझ तक पहुंचती है। जाने कैसे-कैसे बातें करते होंगे लोग मेरे बारे में ! मैं तो डूब मरती, इस अभागे छोकरे ने ..."

"गोपुली, जो भी जीव कोटि में आ गया है, उसकी गिनती सृष्टि में है। तुझे दो-दो जीवों की रक्षा करनी है। औरत को धरती होना होता है और धरती सब भुगतती है। तू जीव-हत्या की बात कभी न सोचना !"

गोपुली ग्लानि में गड़ गई। मथुरा पंडित को यहां तक की खबर है !

"मेरा जीना नरक का बास हो गया। धरती में गड़ने को होती हूं, तो वो भी 'यहां नहीं—दूर-दूर' कहती नजर आती है। नदी में डूबने जाऊं, तो शायद वह बहना बंद कर दे..."

"पगली है तू। यह सब अपने मन का भरम है। अपनी अवमानना मत कर। 'आत्मांनावमन्येत' कह रखा है शास्त्रों में। कैसे-कैसे पापी इस संसार में पड़े हैं, तूने क्या किया है ? किसीकी हत्या की है ? किसीके घर आग लगा आई है ? स्त्री-धर्म से बचना कठिन है। बड़े-बड़े ऋषिमहर्षियों की अर्द्धांगिनियों से पतिव्रता धर्म नहीं निभा। खुद गुरु बृहस्पति की अर्द्धांगिनी ने चन्द्रमा से नाजायज संबंध कर लिए। जो ज्ञानियों से नहीं सधी, वह माया तुम गरीब से क्या सधेगी? मेरी नजर में तो सधवा नाजायज संबंध करे, तो ज्यादा गंदी बात है। तू तो खाबिंद से वंचित औरत है। देख, पतिता है कि पार्वती है—औरत आखिर औरत है। अपने को परमात्मा पर छोड़ दे। आपद् धर्म सबको छिमा है।"

"कका जी...मैं नहीं जानती थी, आप ऐसे देव पुरुष हैं..." गोपुली फूट-फूटकर रो पड़ी। थोड़ा प्रकृतिस्थ हुई, तो बोली, "इतनी बीती, जाने अभी कितनी बाकी है। आप तो, कका जी, ज्योतिष विद्या भी जानते हैं ...जाने क्या-क्या मरण होना है मेरा... ।"

"ज्योतिष विद्या की बात भली चलाई तूने, गोपुली ! खबर नहीं है पल की, बंदे, तू क्यों पूछे कल की। अगले पल खुद इस मथुरा पंडित का क्या होना है, किसने जाना है ? मगर तेरी इस ज्योतिष विद्या वाली बात पर एक दंतकथा याद आ गई। ले, सुनाता हूं तुझे। रघुबर, ले, गोपुली को चाय का गिलास पकड़ा दे।..."

गोपुली दंतकथा सुनती, चाय पीती रही।

"तो, गोपुली, हर खोपड़ी में 'अग्रे किं-किं-भविष्यति' है।" मथुरा पंडित ने दंतकथा को समाप्त करते हुए कहा, "यह प्राण जो है, ब्रह्मरूप है; शरीर जो है, सो माया है। माया के मिटने से ब्रह्म नहीं मिटता है। जो लोग आत्महत्या करके अपनी मिट्टी नष्ट करते हैं, उनकी व्याकुल आत्मा प्रेत बनकर भटकती रहती है। जैसे वस्त्र के बिना शरीर, तैसे मिट्टी के बिना प्राण नंगा है। आदमी की मुक्ति इस प्राणतत्त्व को धारण किए रहने में ही है। जब इसका उड़ने का वक्त आ गया, खुद मिट्टी छोड़ जाएगा। यह परमात्मा का प्रसाद है, उसीको ग्रहण करना है। त्वदीयं वस्तु गोविंद तुभ्यमेव समर्पये। समझी ?"

"द, कका जी, इतने ज्ञान-ध्यान की बात मुझ तुच्छ की पहुंच में कहां! इतना समझने लगी हूं कि जो भोग लिखा है, सब भुगतना है।"

"बस रे, चार वेद, अठारह पुराणों की बात ही सिर्फ इतनी है। विधाता की रचना बड़ी विचित्र है। धीरज धरो, तभी पूरी प्रगट होती है। अच्छा, तू जा अब। कोई तकलीफ हो, बताना। ब्राह्मण खुद दरिद्र होता है, क्या दे सकता है, सिर्फ नसीहत है।"

"कका जी, आज जितना आपने दिया है—कभी मां-बाप ने नहीं दिया।" कहकर गोपुली प्रणाम करती जाने को हुई ही थी कि पुल-पार की तरफ से शोरगुल इस तरफ अचानक बाढ़ पर आई नदी की तरह बढ़ता चला आया।

भारत माता की...ज्जै!

इंकलाब ...जिन्दाबाद !

महात्मा गांधी की...ज्जै!

पंडित जवाहर लाल नेहरू की...ज्जै !

नेता जी सुभाषचन्द्र बोस की...ज्जै !

"क्रांतिकारी लोगों की टोली आ गई है, शायद !" इस बार मथरा पंडित ने जैसे अपने-आपको सुनाने-भर को कहा, "गिरफ्तार करके लाए जा रहे हैं लोग, इतनी खबर तो कल रात ही मिल गई थी। गांधी बाबा की हांक पहाड़ों पर भी पहुंच गई है। ...भारत माता की... ज्जै ..."

गोपुली ने एक झलक देखा कि मथुरा पंडित की बांहें हवा में उठी हैं। दूसरी झलक उसे पड़ाव वाले मोड़ की नुक्कड़ पर बवंडर की तरह प्रगट होते सत्याग्रहियों और डंडे-बंदूक पकड़े पुलिस वालों की दिखाई पड़ी।

गोपुली को लगा, जैसे सारे पुलिस वाले उसीकी तरफ आ रहे हैं। वह जुलूस देखने को खड़ी नहीं रह सकी।

यह खबर तो मंगलगांव पड़ाव और इर्द-गिर्द के गांवों में उसी शाम

तक फैल गई, कि सन् बयालीस के सत्याग्रह में मथुरा पंडित भी गिरफ्तार कर लिए गए हैं—मगर, इसके चार दिन बाद ही, गोपुली सदद् मियां के साथ चली गई, तो लोग यही समझे कि बच्चे और बछिया को लेकर कहीं रिश्तेदारी में गई है। शहर से बहन के भेजे कुछ लोग आए थे, यह बात रघुवर ने भी बताई थी और अपनी दुकान पर से देखते मदन ने भी।

गोपुली सआदत मियां के बैठ गई है, यह खबर तो सबको बहुत दिनों के बाद तब लगी, जब मदन घोड़ों की खेप ले जाने के बाद, शहर में खुद अपनी आंखों से उसे बुरका पहने देख आया। सआदत हसन की बिसाते की दुकान पर, वह बुरका ओढ़े बैठी थी, मगर मुंह खुला था। मदन को देखते ही, चेहरे पर गिरा लिया था बुरका।

मदन ने ही बताया था कि—गोपुली अब गफूरन हो गई है !

खण्ड 2

गफूरन

□ □

अल्लाह हो अकबर ! अल्लाह हो अकबर !

अल्लाह हो अकबर ! अल्लाह हो अकबर !

उसे कुछ ठीक-ठीक याद नहीं कि उसने मुर्गों के बोलने की आवाज पहले सुनी थी, या मस्जिद की तरफ से आती अजान। खिड़की के दरारों में से निहायत मद्धिम रोशनी फूटी है। दिड़की पड़ी हुई है। सहसा अंदाजा नहीं लग पाता कि यह सुबह का वक्त है, या शाम का। नींद खुल जाने के बावजूद, कुछ पलों तक, सब कुछ स्वप्न में देखा हुआ-सा लग रहा है।

सद्दू मियां, बच्चों के साथ, आज भी बाहर वाले कमरे में सोया है।

पिछले शुक्रवार को पहुंची थी, शुक्र-शुक्र आठ और आज शनीचर—नौ दिन हुए—मगर लगता है, जैसे एक जनम बीत गया यहां। पिछले पांच दिनों से तो बिस्तर से लगी बैठी है, मगर इससे पहले—जब हादसा नहीं हुआ था—यही लगता था कि इस घर में सिर्फ एक ही चीज की सहूलियत है, सोने की। चारपाई पर कैसा गुनगुना-सा बिस्तर लगा जाती है शमीम! जागते हुए में तो पिंजरे के भीतर होने की सी प्रतीति बनी रहती है, मगर नींद में डूबते ही जैसे सारे बंधन खुल जाते हैं। नींद तो गांव में भी गहरी आती थी। जंगल से घास काटकर लाने पर या खेतों पर मजदूरी करके आने के बाद की थकान में रात बिस्तर पर पसरते ही तालाब में का सा डूबना हो जाता था, मगर इतने सपने नहीं आ पाते थे। पिछले आठ-नौ दिनों में जितने सपने देखे हैं, बरसों में न देखे होंगे।

नैलागांव से यहां आ पहुंचना ही सपने से कहां कम है ?

वह आधी रात का सद्दू मियां का लौटना। साथ बैठकर मछलियां तलना। अपनी बातों से, व्यवहार से उसके चारों ओर छप्पर-सा छा देना। भर पेट मछली-भात खाकर किशन का वैसी गहरी नींद में सोना और उसका वह सद्दू मियां के साथ का लगभग रात-भर का जागना। ...और उजाला फूटने से भी पहले ही कह बैठना कि 'अब, मियां, ले जाना चाहते हो इस जिंदा लाश को, तो इसी फेरे में ले चलो—अगले फेरे की किसने देखी है!'

रात-दिन के परिचितों का वह चीलों को तरह घूमता हुआ-सा देखना, खेतों, जंगलों में, औरतों के बीच में तमाशे की जैसी चीज होना—और फिर खुद अपने ही भीतर की प्रताड़नाएं कि 'एक ओर तो तू कहती है कि अभी भी अपने रतनराम के इन्तजार में है और अपने को विधवा नहीं मानेगी! और दूसरी ओर...' फिर लगातार हर क्षण यही दहशत कि जाने कब भीमसिंह और परतिमा प्रधानी आ धमकेंगे और बेतों से खाल उतार लेंगे। और घर की दीवारों तक को कुतरता हुआ कंगालपन और दूर-दूर तक कहीं कोई आसरे की किरन नहीं! आखिर कब तक सह पाना है और इस अंधे कुएं में का होना? असोज लग गया। चार-पांच महीने और बीतने की देर है। बिरादरी से किसी औरत को बुलाने का साहस कैसे जुटाएगी वह? और देबुली कहीं उन दिनों भी घर से बाहर रही, तो जंगल में की गाय का सा रंभाना हो जाएगा, और चीत्कारों को सुनने वाला होगा सिर्फ किशन!

'नहीं, मियां, अभी नहीं, तो कभी नहीं!' अपना ही कहा हुआ जाने कितनी बार याद आया है—'रात का अंधेरा अभी बाकी है और ब्याहते का नेग क्या टूटा, मर तो पाई नहीं, जिंदा रह सकने की भूख बढ़ती गई। जहां दिन का उजाला हुआ, लोगों की आंखों के सामने हुई, कमजोर पड़ने लगती हैं। हर नजर यही कहती मालूम पड़ती है कि 'पापिनी', जिंदा क्यों है, मर क्यों नहीं जाती?' ले चलना हो, आज और अभी ले चलो—इस वक्त मैं अंधी हई पड़ी हूं, सहारा देकर ले चलोगे, चल पड़ूंगी। बस, एक यह किशन साथ में जाएगा, और एक वह बछिया—उसे मैं छोड़ नहीं सकती।'

अब इस वक्त भी, उसे याद है कि जब अंधेरे में ही टटोलकर, द्वार बंद करके, ताला लगाया था, तो चाबी लगाने की आवाज दूर जंगलों में तक गूंजती सुनाई पड़ी थी।

खैर, सद्दू मियां के रवैये को लेकर तो उसे आज भी कोई शिकायत नहीं है। यह पाप तो जैसे सिर्फ उसे वहां की जमीन में से उखाड़ लाने को ही आया था, शहर पहुंचाने के चौथे रोज ही जाता रहा।

सद्दू मियां ने तो सबसे यही कहा, 'कपड़ों से हुई हैं शमीम की अम्मा!'

सलमा आईं, तो वापसी के वक्त पान बाद में थूका, इतना पहले फैलाती गईं औरतों में कि 'कपड़ों से तो, भइया, हम भी होते रहे, मगर ऐसी जान पर कभी न बीती।'

गोपुली अभी भी यहां जड़ें नहीं रोप पाई है। लगता है, यह कोई दूसरा लोक है।

सद्दू मियां ने तसल्ली दी थी कि 'तुम क्यों हलकान होती हो। कहने दो कहनेवालियों को। मेरे तक बात पहुंची तो कह दूंगा, महीनों से आना-जाना रहा है तुम्हारे हियां। अब तुम्हारी-हमारी इज्जत में फर्क कहां रहा।'

फर्क रह भी गया हो, तो उसे क्या कर पाना है अब? यहां तक पहुंचते-पहुंचते सारे कांटे निकल गए। पहले सामने वाले के आगे आंखें झुक जाती थीं, अब झिंपती तक नहीं।

बाहर वाले कमरे और उसके कमरे के बीच की चिक इस वक्त उठी हुई है। अजान सुनते ही सद्दू मियां के साथ-साथ शमीम भी उठ गई। सिर्फ सिद्दीक और किशन सोए पड़े हैं।

अल्लाह हो अकबर! ...अल्लाह हो अकबर! ...

सद्दू मियां बाहर, बरामदे के कोने में पश्चिम की ओर मुंह करके खड़ा हो गया है। उसका हाथों को पंजों की शक्ल में करके धोना, कुल्लियां करना,

नाक में बायें हाथ की उंगली डालकर साफ करना—सब साफ-साफ दिख रहा है।

अशहदोअल्ला लाएलाहा इल्लिल्लाह
अशहदोअल्ला मुहम्मद रसूलल्लाह...

हे भगवान, यह कहां किस दुनिया में आ पड़ी है गोपुली ? न यहां के रिवाज समझ में आएं, न भाषा। आनंदी का तो कायाकल्प हो गया लगता है, कौन कहेगा ये नैलागांव से आई हुई शिल्पकारिन है। वही मुसलमानियों का पहनावा। वैसे ही लगातार पान खाने से कत्थई हो गए दांत और आंखों में वैसा ही बेझरकापन। 'चल, गोपुली, तू भी आ गई—अच्छा हुआ, अपने गांव की दो जन हो जाएंगी, दुःख-सुख का साथ रहेगा।' कहने की जगह, देखते ही कहती क्या हैं कि, 'ये क्या मुंह उघाड़े ले आए काफिरों की तरह, मियां ! बुरका तो ओढ़ाया होता ? इंसान जान से जाए, अपने उसूलों से न जाए। और, मियां, पहले कलमा पढ़वा के निकाह करवा लेना, तब जोरू करके जानना ...'

अब सद्दू मियां वहां हिंदुओं के गांव इलाके में कहां से लाते बुरका ? शहर छोड़ गांवों में तो कहीं दूर-दूर मुसलमानों की कोई रिहायश नहीं। वहां पुल-पार के कस्बे में जाकर एक-दो कुनबे जरूर जा बसे हैं, मगर उस तरफ जाने का न वक्त था, न गोपुली जाने देती।

खैर, रह गई गोपुली यहां, तो जड़ें डालेगी। अब यहां किसकी आंखों का भरम रखना है। गांव में तो बात ही अलग थी। जिनकी आंखों के सामने सयानी हुई, कैसे आंख तरेर के देखा जाए उनको ? आज भी कितनी हक-सी है मन में कि हाय, परितमा प्रधानी की बहू बनना लिखा होता भाग में !

सद्दू मियां एक बार कह चका कि 'जरा बडी-बुढियों के पांव छूती आना।' अच्छा हुआ, बिस्तर से लग गई। सोचने-समझने, परिचित होने का वक्त मिल गया। बड़ी बात कि बोझ जाता रहा। जिस दिन हलकी हुई, लगातार विक्रम ठाकुर की याद आती रही कि पहले ही बाधा टल गई होती, तो उस बेचारे को क्यों भागना पड़ता घर छोड़कर ?

इतना घटित हो गया, मगर जाने क्यों न स्मृति में से रतनराम का जाना

हो पाया है—न विक्रम प्रधान का। नदी-किनारे के वृक्षों की तरह, कहीं अपने ही भीतर रह गए हैं।

नमाज पढ़ते, सिजदों में झुकते और फिर आखिरी सूरत पढ़कर, दुआ मांगते सदद् मियां को वह एकटक देखती रही। नहीं, इस आदमी की नेकी में कहीं कोई संशय की गुंजाइश है नहीं। बल्कि जैसा और जितना यह वहां गांव आते-जाते में लगता रहा, उससे कहीं बेहतर ही है। यहां पहुंचने की रात ही, कैसे उसे यहां भीतर के कमरे में सोने को कहकर, खुद बच्चों के साथ सो गया था बाहर। पहले-दूसरे दिन तो नहीं, तकलीफ के दिन से किशन ने भी इसके साथ सोने से इनकार करना छोड़ दिया है। कभी शमीम, कभी सद्दू मियां से चिपककर सो जाता है। बातों में इन मुसलमानों से कोई पार कहां पाएगा। बाप-बेटी, दोनों पारंगत हैं। सद्दू मियां ठीक ही कहता होगा कि 'मेरे वीरान घर की हरियाली तो यही लड़की है।'

खुरदुरी किस्म की मां से ऐसी देवकन्या-सी लड़की कैसे पैदा हुई होगी?

"तुम्हारी अम्मा जाग चुकी हों, तो उन्हें चाय दे दो, शमीम ! फिर दलिया भी तैयार कर देना।"

उसे लगा, सद्दू मियां भीतर आता होगा। तबीयत का हाल-चाल पूछने कि 'कहो, गफूरन, अब जी कैसा है ?'

उसे कुछ क्षणों तक यही लगता है कि किसी दूसरे से पूछा गया है।

'गफूरन' सुनकर अभी भी नहीं लगता है, उसीको पुकारा गया है। 'गोपुली' की आवाज आज भी हवा में गूंजती लगती है। गोपुली ने धीमे से आंखें बंद कर लीं।

"अम्मी जी..."

आंखें खोलकर देखा, शमीम।

गहरे हरे रंग के इस कुर्ते-गरारे में वह सचमुच वैसी ही दिखती है। मासूमियत और कैशोर्य की दीप्ति से भरी परी ! लगता है, अपने-आप में मां-बेटी दोनों हैं। कितनी सेवा की है उसने गोपुली की इस बीच ! दवा पिलाने, पथ्य तैयार करने से लेकर कपड़े-लत्ते धोने तक। शौच तो बिना

सहारे के, शायद, वह जा नहीं पाती। कहां वह उन्मुक्त प्रकृत्ति के बीच का जाना, कहां यहां टाट लगे मुर्गीखाने की किस्म की जगह! यहां का सारा-का-सारा वातावरण ही अजनबीपन का और अबूझ किस्म की विचित्रताओं से भरा हुआ है। इस सबके बीच अगर कोई परिचत और विश्वसनीय लगता है, तो सिर्फ यह—शमीम। खुद सद्दू मियां तक ऐसा लगता है, कभी-कभी, जैसे मुल्ला हो।

मुल्ला कैसा होता है, यह परिकल्पना उसके भीतर शमीम ने ही भरी है। और सद्दू मियां का कहना है कि निकाह तो करना ही होगा और शमीम बता चुकी है कि निकाह मुल्ला लोग ही करवाया करते हैं।

बस, इसी सबसे बचना चाहती है वह।

"अम्मीजी, कुल्ला कर लीजिए..." वह एक हाथ में चिलमिची, दूसरे में पानी का गिलास लिए खड़ी थी।

वह अनुभव करती रही कि इस लड़की को वह अपनी ओर खींचना चाहती है। देर तक बांहों में भरे रहना चाहती है। इसकी खिदमत और प्यार-भरे बर्ताव ने उसमें भीतर-ही-भीतर कुछ परिवर्तन कर जरूर दिया है। नहीं तो, 'ला, बेटा, जीती रह।' कहने का सलीका हमसे पहले कहां था उसे!

"अम्मीजी, मैं चाय ले आ रही हूं।"

उसके जाने को वह स्नेह-भरी आंखों से देखती रही और जाने क्यों होंठों पर धीमी-सी मुसकराहट भी आ गई और आंखों में आर्द्रता भी।

शमीम के चाय लाने तक में सआदत मियां कमरे में आ गया था, वह तुरंत, 'अब्बा, आपके लिए भी यहीं लेती आऊं।' कहती, कमरे से बाहर निकल गई।

"गफूरन!"

सद्दू मियां ने, शायद, एकाध बार और भी कहा हो गफूरन इस बीच, मगर वह अपने में ही खोई रह गई।

"मैं गफूरन-गफूरन कहता ही रह जाऊं? नाराज हो क्या?" निहायत आत्मीय लहजे में सद्दू मियां ने अबकी बार कुछ जोर देकर कहा और अपना हाथ धीमे से उसकी कलाई पर रख दिया।

"जाने किससे कहते हो तुम गफूरन-गफूरन !" उसे खुद महसूस हुआ कि उसकी आवाज थोड़ी-सी कमजोर, किन्तु पहले की अपेक्षा भारी और दमदार हो आई है। शायद, बीमारी का असर हो। इसे बीमारी के अलावा वह और कहे भी क्या। लगातार चार-पांच दिनों की यातनाओं के बाद कल रात गहरी नींद आई है और आज सुबह एक राहत अनुभव हो रही है। एक लम्बे रोग का अन्त होने की मुक्ति।

"हां, तुम्हें अपने बदले हुए नाम का आदी होते वक्त तो लगेगा। आज हकीम चचा से पूछना है। गोश्त के रसे को इजाजत दे दें या कलेजी को, तो खटिया पर से जल्दी निकल आओगी। सेहत ठीक हो, तो एक दिन तुम्हें दुकान पर ले जाना है। खुद अपनी आंखों देखना, तुम्हारी बिटिया का जादू क्या है। खुद तुम्हें भी वही पहनाया करेगी। बस, तुम सेहत से हो जाओ और निकाह की रस्म-अदायगी हो जाए। जात-बिरादरी और दीनधरम के उसूल सभी जगह लगे हैं, निभाना ही होता है। ...किशन बेटे का खतना कराना है। हम मुसलमानों में भी रस्म है कि गरचे खुद हमारी घरवाली तलाक देकर चली जाए, मगर वक्त के साथ गिले-शिकवे खत्म हों और फिर हमारे ही घर उसे लौटना हो, तो पहले उसे किसी दूसरे से निकाह की और फिर उससे तलाक की रस्म अदा करनी होगी—तब जाके वह अपने खाबिंद के वास्ते हलाल की, यानी पाकीजा होगी। ...हमारे हियां तलाकशुदा औरत दोशीजा हो जाती है, यानी कुंवारी। तुम बेवा जरूर हो सकती हो, मगर तलाकशुदा नहीं हो।"

वह सदू मियां से पूछना चाहती थी-मियां, ये खतना क्या होता है, जो तुम किशन का करोगे ? —मगर मियां की ढेर सारी बातें उसके कानों में बोझ-सा बन गईं और वह भूल गई। इतना अनुमान तो उसने लगा लिया था कि यह हिन्दू को मुसलमान बनाने की कोई विधि होगी।

बोली, "मियां, जब आ गई हूं, तो तुम्हारे जो रस्म-रिवाज हैं, करते रहना, मगर थोड़ी सांस लेने दो मुझे। मैं पहाड़ पर से नीचे गिरी-सी हो गई हूं। उठते वक्त लगेगा। तुम्हारी दुनिया, मियां, एकदम अजूबा है मेरे लिए। वो कहो कि शमीम छोरी 'अम्मीजी-अम्मीजी' कहती सारा दुःख भुलाए रहती है। उसे

देखती हूं, तो अपना बीता याद आता है। खैर; हम तो कमनसीब थीं—मोटे काले गाड़े का झगुला भी बरसों में देखने को मिलता था। तुम, मियां हो, नेक आदमी। बच्चों को फूल बनाए रहते हो। कौन कहेगा, बिना मां के बच्चे हैं !"

"खुद हमारी अम्मीजान का इन्तकाल हुआ है, तो हम नादान रहे हैं। अब्बाजान की मुहब्बत पर ही पले। तुम्हारे देखने को ना रहे, हमारे अब्बा को तुम देखतीं, तो कहती कि हां, मुहब्बत से भरा इंसान ऐसा होता है। इंसान तो इंसान, कभी जनावर का भी जी ना दुखाया होगा। हमें तो बिना गोश्त-मछली के रोटी तवा-परात दिखाई देती है—अब्बा गोश्त छूते भी न थे। निहायत नेक और खुददार इन्सान थे, इस घर में गरचे कहीं खुशबू कुछ रह गई हो, तो बस, उन्हींकी ने कनामी की है। ... ये शमीम—ये तो सात बरस की होने तक तो यही जानती रही होगी कि बाबा से ही पैदा हुई है और उन्हींसे परवरिश पाई है।"

सद्दू मियां का यह हंसना ही तो है, जो खून में घुल गई दहशत को दूर करता गया है।

"मुझे संभलते-संभलते जरा वक्त लगेगा, मगर मैं कोशिश करूंगी, मियां! कोशिश करूंगी कि तुम्हें ले आने का पछतावा न हो, और मुझे आ बैठने का। ...जरा ये है, कि मैं कमजोर पित्त की औरत हूं। लम्बी गरीबी और लावारिसी ने मुझे वैसी औरत होने न दिया, जैसी मैं होना चाहती थी..."

"कैसी होना चाहती थीं तुम, गफूरन ?"

"तुम शरारती हो, बहुत मजाक उड़ाओगे, मियां ! ...मगर मैं क्या बताऊं कि जंगल में की हवा जैसी बहना चाहती थी कि ढलान पर की नदी की तरह ! बस, जी में ये रहता था कि कहीं खड़ी रहूं, तो देखने वालों को लगे कि हां, कोई औरत खड़ी है ! ..."

"वो तो गफूरन, तुम खटिया पर भी पड़ी हो, तो साफ लग रहा है कि हां, कोई औरत पड़ी है !"

"मैं तो पहले ही जानती थी, तुम मजाक उड़ाओगे..."

"ना रे, हकीकत है। जिन जनियों ने देखा है, सूना है, दांतों में उंगली दबाती गई हैं कि गुरबत के बीच भी खूबसूपती और जवानी नाम की कोई

चीज होती है। बस, सलमा चाची को जाने क्यों कुछ तकलीफ हुई है—सुना है, कहती हैं, ना कलमा हुआ, ना निकाह। अरे, यहां तुम्हारी जान पर बन आई थी और हम क्या मुल्ला-काजी लिए बैठ जाते ? रह गई दीन की बात, तो क्या छत पे या सड़क पे ले जाके सुला दें ? ये ना कहा कि भइया, निकाह तक हियां छोड़ दो।"

"सुना है, ये बात उन्होंने ही कही कि कपड़ों से खाक हुई है गोपुली, पेट गिराया है...?"

कई दिनों की अस्वस्थता और ऊब के बाद बातें करना उसे बहुत अच्छा लग रहा था, मगर आनंदी का जिक्र आते ही जी कड़ वा हो गया।

"उनको, शायद, ये गरूर है कि वो मेरी तरह शादीशुदा नहीं आई थीं..."

"थोड़ा मगरूर औरत तो हैं ही वो—मगर तुम्हें क्या वास्ता।... औरतों को जाने खुदा ने क्या तबीयत बख्शी है। मुहब्बत पे उतरी हैं, तो कायनात खुशबू से सराबोर। जिल्लत पे उतरी, तो इंसान क्या, खुदा तौबा बोल जाए। मर्दों को पच जाता है, मगर औरतें वक्त लेती हैं। फिर मोहल्ले में कुछ नई बात हो जाय, तो बेचारियों की वक्तकटी का सवाल भी है...।"

"अम्मीजी के लिए दलिया ले आऊं?" शमीम ने रसोईघर से आवाज दी, तो सद्दू मियां ने अपना हाथ उसकी कलाई पर से धीमे से हटा लिया, "देग हियां उठा लाओ, शमीम ! भाइयों को भी जगा लो।... तश्तरियां भी लेती आना, सब जने यहीं पर खा लेंगे।"

"अभी सिर्फ बच्चों को खिला दो, मियां ! मैं जरा आज हाथ-मुंह धोने के बाद खाऊंगी। पड़े-पड़े जी घिना गया।"

दलिया आ गया, तो सददू मियां ने खुद बच्चों को दिया। सिर्फ सिददीक और किशन ही खाने बैठे, शमीम ने कह दिया कि 'मैं तो अम्मी के साथ खाऊंगी।'

"हमारी बिटिया सेवइयां भी बहुत लज़ीज बनाती है। आज-कल में बनाके खिलाओ अम्मीजी को अपनी, क्यों ?"

शमीम ने 'जी, अब्बा' कहते हुए सिर हिला दिया, तो उसे लगा कि

बच्चों में ऐसा सलीका तो अब से पहले कभी नहीं ही देखा है। अभी अगर उसकी किस्मत में औलाद होनी बाकी है, तो ...गरीबी, भूख और फटेहाली के बीच अनुभव किया हुआ यह त्रास शायद तभी जाएगा भी, जब किसी छोटी-सी बच्ची को अपने हाथों भरपेट खिलाया जाएगा और भांति-भांति के रंगीन कपड़ों में शमीम की तरह सजाया-संवारा जाएगा।

वह कुछ पल दलिया से भरे कटोरे को अपने सम्पूर्ण संसार की तरह हाथों में थामे किशन को देखती रही, फिर एकाएक सद्दू मियां का हाथ पकड़ लिया, "क्यों मियां, तुमने मुझे गांव में ये क्यों ना बताया था कि तुम्हारे बेटी से बड़ा भी एक लड़का है ? क्या नाम ..."

"हमीद।"

"कोई अपनी औलाद की गिनती भी कम करके बतलाता है ? जिनके दस-बीस हों, वो भी ऐसा न करें, तुम्हारे तो कुल जमा तीन थे ? या तुम समझते थे कि गिनती ज्यादा बताऊं तो गोपुली आने से इंकार कर जाएगी ? अरे मियां, तुमने दर्जन भर बताए होते, तो मैं दौड़ के आती। वो औरत क्या हुई, जिसके इर्द-गिर्द बच्चों का छत्ता न हुआ ..."

मजाक करते में उसका चेहरा भर आया-सा लगा।

सद्दू मियां कहने को थे कि 'तो इसी घर में लगा लेना छत्ता,' मगर दुपट्टे का छोर दांतों में दबाकर हंसी रोकती शमीम पर नजर पड़ गई।

अचानक उसने प्रसंग बदल दिया। बोली, "अपनी सलमा चाची की बात छोड़ो, मियां ! यहां तुम्हारे घर में पड़ी हूं तो उन्हें भारी हो रही हूं और तुम अपने घर जगह देने की उम्मीद कर रहे थे उनसे ? सुनो, भैया, मैं कौन-सी कुंवारी कन्या हूं, जो पहले सलमा-कलमा लोगों के यहां ठहराओगे और फिर गाजा-बाजा लेकर लेने जाओगे ? तुमने तो गांव में कहा था, मर्जी होगी, निकाह करा लेना, न होगी, घर तुम्हारा है, चाहे जैसे रहो..."

"शमीम, जा बेटे, जरा देख आ—हकीम चचा फुर्सत से हैं कि नहीं।' कहते हुए, सद्दू मियां कुछ देर चुप लगा गया। शमीम सीढ़ियां उतर गई, तो उसकी तरफ मुंह किया, "देखो, गफूरन, एक बात का ध्यान रखो। इस तरह के नाजुक मसलों पर बच्चों के सामने बातें नहीं करनी चाहिए।—मैं कब

कहता हूं कि नहीं कहता था ?—मगर पानी में रहके मगर से बैर करना भी तो दानिश्तों का काम नहीं। खुद गवाह हो तुम कि कलमे और निकाह की इन्तजारी में तुमसे फासले पे रह रहा हूं...''

"गांव में तो न रहे थे। और बच्चों की भली चलाई, मियां, तुमने। बच्चे तो दो-दो अभी भी बैठे हैं।"

"ये नादान हैं—बिटिया सयानी है।" इस बार सद्दू मियां की आवाज थोड़ा सख्त हो गई, "कभी तुम अचानक बदल जाती हो, गफूरन ! अभी फूल-सी खिल रही हो और अभी कांटे निकाल लिए। हालांकि मैं देख रहा हूं, तुम बेपढ़ी जरूर हो, मगर तेवर पढ़े-लिखों का है। समझदारी की तुममें कमी नहीं, मगर जल्दबाजी और तुकनमिजाजी..."

"जल्दबाजी ना होती, तो यों चली आती तुम्हारे साथ ? ...अरे, ये तो मैं तुमसे पूछना ही भूल गई कि मेरा बछिया का क्या हाल है ?"

"तुमसे अच्छा है। हमारा बकरी-मुर्गी पालना, सब हमीद की मां के साथ ही छूट गया था।"

"हमीद की अच्छी याद दिलाई तुमने, है कहां? सुना है, ये तुम्हारी सलमा चाची ने ही कान भर दिए ? मैंने तो शक्ल भी न देखी उसकी..."

"तुम्हें शमीम ने बताया होगा। उसकी बुआ आई हुई थीं। सलमा चाची के हियां टिकी थीं। खुदा जाने, किसीने कुछ कहा-सुना या अपनी ही मर्जी से चला गया बुआ के संग तफरी को। ये जरूर है कि जाते वक्त हमसे इजाजत ना ली। खैर, कौन दूर गया है—बरेली ही तो।"

"जरूर किसीने पट्टी पढ़ा दी होगी कि बेटे, सौतेली ला के बिठा दी है घर में। सुना, सलमा बीबी कहती थीं कि 'दहेज अच्छा लाई है गोपुली। पाला-पोसा बच्चा कहां यों ही मिल जाता है।' सबसे ज्यादा मिर्ची इन्हींके लगी लगती है।"

उसका चेहरा फिर तमतमा उठा। सद्दू मियां की समझ में नहीं आया, क्या कहें। वह खुद अपने को ही सुनाती-सी बड़बड़ाती रही, "मगर सलमा बीबी, अगर है मेरा नाम भी गोपुली, तो तुम्हारी बराबरी पर खड़ी होके दिखा दूंगी। अब वो नैलागांव की गोपुली मर चुकी। सुनो, मियां, तुम हमीद को या तो चिट्ठी लिख के बुलाओ और या खुद चले जाओ—ये सलमा बाई इस

बात को हमेशा मेरे खिलाफ इस्तेमाल करेंगी कि लौंडा सौतेली के कारन घर से बेगाना हो गया। बहुत मुसलमानी बेगम बेनती हैं। मैं उस दिन पहाड़ी में बात करने लगी कि उन औरतों के बीच में अपना दुखड़ा अपनी बोली में रो लूं मगर वो बार-बार सिर्फ हिन्दस्तानी ठोके जाती थीं, जैसे पहाड़ी बोली कभी सुनी ही ना हो।"

'ये क्या तुम्हारी सगी बड़ी ननद थीं?"

"अरे नहीं, मियां ! फासले की चचेरी। मैंने तो ये ठीक से देखी भी ना थी। सुना बहुत था..."

"शायद, सोचती हों, हमारे घर की बहू हियां क्यों चली आई..."

"अजी, रहने दो, मियां ! यही सोचती होतीं तो खुद ना आई होतीं।"

सीढ़ियों पर खटखट हुई, तो सद्दू मियां बोला, "शमीम लौटी होगी..."

"नहीं मियां, ये किसी सयानी औरत के पांवों की खट्-खट् है।"

बात उसकी सच निकली। थोड़ी ही देर में सलमा चाची का सिर बावड़ी में से ऊपर निकलता-सा दिखाई दे गया।

"क्यों सद्दू बेटे, गोपुली के पायताने बैठे-बैठे मोहर अदा कर रहे हो क्या ? कहो, गोपुली, कैसी तबीयत है अब ? आज तो सेहत अच्छी दिखती है। अब, बेटा तुम कलमे और निकाह की तैयारी करो एकाध दिन में ही। लुकमा हलाल का हो..."

"आपको हमारी बड़ी फिकर लगी हई है !"

उसके स्वर की तल्खी सद्दू मियां तक को चौकन्ना कर गई।

"अभी-अभी आपका ही जिक्र हो रहा था। बहुत लम्बी उम्र लेके आई हो। निकाह की क्या, आजकल में ही हाफिज साहब से बात करता हूं। जरा ये ठीक से चलने-फिरने तो लगें..."

"हां, कहीं कबूली के वक्त चक्कर ना आ जाए।—हमें तो, बेटा, जल्दी यों भी पड़ी थी कि दावत के हकदार लोग इंतजार पर हैं और हमें ही

सयाना करके जानते-मानते हैं।—मगर ये गोपुली तो कुछ नाराज मालूम पड़ती है। अरे मुसलमान के आई हो तो हमारे उसूलों से, रिवाजों से ही तो चलोगी? आज नहीं, तो कल।"

"आज चलता है मेरा ठेंगा, कल चलता है..."

"चलता है, क्यों कहती है, गोपुली ? चलती है कह ? कल चलती है मेरी जूती कह ! तू तो बड़ी मगरूर औरत दिखती है, भैया !"

"आप हमें बीमारी में भी चैन से ना रहने दो और उलटे हमें ही मगरूर कहो ! मैं तो ये समझती थी कि चलो, वहां आनंदी पौणी भी हैं, दुख-सुख का सहारा होगा।"—इस बार उसकी आवाज कुछ भर्रा गई, "मगर आपतो मेरी बस, तौहीन पर उतरी हैं।"

"द, मैं क्यों उतरूंगी तेरी तौहीन पर ? मैंने तो भली को कहा था कि कायदे से रस्म-अदायगी हो जाय, तो तुझे ही बिरादरी में सिर उठाके चलने को मिले। अच्छा, सद्दू बेटे, हम चलीं।"

सलमा जाने को मुड़ गई थीं, मगर सद्दू मियां ने हाथ पकड़कर रोक लिया और सीढ़ियों पर से ऊपर आती दिखाई दे गई शमीम को आवाज लगाई, "शमीम, जरा दादी के लिए चाय तो बना के लाओ।"

वह अनमनी-सी बैठ गई। अबकी बार सद्दू मियां से पूछा, "तबीयत तो अब बिलकुल ठीक है ना?"

सलमा चाय पीकर, चली गई, तो सद्दू मियां बोला, "इनके मुंह से बिरादराना बोल रहा है। जहां तुम्हारा कलमा-निकाह हुआ और किशन का खतना तहां इनकी जबान खुद बन्द हो जाएगी। हमीद को भी अब बाद में ही बुलाएंगे।"

"तुमने देखा नहीं, मियां ? पास में ये किशन खड़ा था—एक बार को ये ना पूछा कि बेटे, कैसे हो। जो खुद बेऔलाद हो, उससे दूसरों के बच्चे बर्दाश्त ना होते।"

सलमा जा चुकी थीं, मगर सीढ़ियां उतरने की आवाज बाकी छूट गई थी।

"हैं तो, दो-दो बेटियां हैं ! एक उधर रामपुर में सय्यदों के ब्याही गई है जमीला, दूसरी शहनाज..."

"छोड़ो मियां, तुम भी कहां बेटियां गिनाने बैठ गए। बेटों की मां न हुई, तो औरत का मां होना क्या हुआ ! बेटियों ने खाया-पिया-पहना, सयानी हुईं, शौहरों के पीछे चली गईं। अब इन्हींको देखो, पूंछ झड़ी बंदरिया हो चली हैं !"

"और चाहे जो हो, गफूरन ! कुछ ही दिनों में तुमने जबान अच्छी-खासी सीख ली। तुम बड़ी समझदार औरत हो। धीरे-धीरे सब संभाल लोगी।" कहते हुए सद्दू मियां बाहर को निकल गया, 'हकीम चाचा से मशविरा करता आऊं।' कहते हुए—तब उसे याद आई कि ये पूछना तो भूल ही गई कि 'मियां, कलमे और निकाह की बात तो तुमने समझा दी थी, मगर ये खतना क्या बला है ?'

इतने में शमीम आई। बोली, "पाखाने जाओगी, अम्मी—चलो।"

शमीम ने बुरका उठाकर दिया, तो एकाएक उसने पूछ लिया, "शमीम बेटी, ये तुम लोगों में खतना किसे कहते हैं ?"

"ये एक रस्म है।" कहते-कहते, शमीम का चेहरा कुछ सुर्ख हो आया। वह और कुछ समझी नहीं, मगर शमीम के चेहरे पर के परिवर्तन को देख लिया।

"रस्म तो है—मगर ये होती कैसे है ?"

"ये आप खुद अब्बाजान से पूछ लीजिएगा।" कहती, शमीम शरमाती आगे बढ़ गई और पानी को गडुई हाथ में उठाती बोली, "चलिए, अम्मी जी..."

ठीक से चलने-फिरने में समर्थ होते ही सबसे पहले, गोपुली मीराडुंगरी, गीता के यहां जाना चाहती थी, मगर सद्दू मियां ने समझा-बुझाकर इस बात पर राजी कर लिया कि पहले निकाह का रस्म हो जाय, तो साथ-साथ जाएंगे। शादी के जोड़े में उसका रूप कैसा निखर आया होगा और...

"द, मियां, तुम भी कितनी दूर की हांकते हो। गंगा मेरी छोटी बहन है।

उसे क्या ये दिखाने जाऊंगी कि देख बहन, कैसा करतबा कर लाई हूं। सुन लो, मियां, बहन के यहां मैं ना शादी के जोड़े में जाऊंगी और ना ही बुरके में। तुम भी फासले पर रुक जाओगे, सिर्फ किशन मेरे साथ होगा। ज्यादा से ज्यादा—शमीम !"

सद्दू मियां ने कोई एतराज नहीं किया। चारों तरफ से दबाब बढ़ रहा है कि बिना कलमे-निकाह की जनाना घर में रखे हुए हैं। बच्चे का खतना नहीं कराया है। किसी तरह, धीरे-धीरे, सारी रस्में पूरी हो जाएं, तो सारा ध्यान कारोबार में लगाएं। अब रोजगार ठीक से ना देखा गया, तो बढ़े हुए खर्च कैसे पूरे होंगे। कमखर्ची करते-करते भी तीन-चार सौ तो खर्च होंगे ही।

इधर यह भी देखा है करीब से कि गोपुली सीधी-सादी औरत नहीं, जैसीकि पहली नजर में दिखती है। हर सुबह पहले से थोड़ी बदली हुई-सी दिखती है। अभी खुद लोगों में आना-जाना शुरू नहीं किया—बस, यहां आकर बैठने वाली औरतों से ही जाने कितना-कुछ सीख गई है। मुश्किल से तीन दिन हुए हैं बिस्तर छोड़े, मगर शमीम का हाल ये है कि जब देखो, बस सीने-काढ़ने-पिरोने में लगी है। कहती है, खाना बनाने में थोड़ा हाथ बंटा देती है, बस। बाकी सारा काम कब निपट गया, पता नहीं चलता। तड़के उठने की आदत गांव से पड़ी है। मेहनत इतनी की हुई है कि यहां के निहायत घरेलू किस्म के काम, काम ही नहीं लगते। हां, इतना जरूर कहती थी कि 'मियां, मेरे तो बैठे-बैठे हाथ-पांव लग गए, कहीं लूली न कर डालना मुझे।'

कल रात एकाएक पूछा था कि 'क्यों, मियां, तुमने पहले से ये क्यों ना बताया कि खतना क्या होता है ? शमीम क्या कहती होगी हमें ? और सुनो, मेरा कलमा-निकाह सब कर लो, मगर किशन का खतना-वतना कुछ नहीं होगा ! वादा करोगे, खुदा की कसम खाकर करोगे—तभी, सिर्फ तभी मेरा कलमा भी होगा, निकाह भी। ...नहीं तो, संभाले रहो अपना कलमाखतना, मियां, मेरे भाग में जो लिखा होगा, भुगत लूंगी।'

कुछ देर तो सद्दू मियां से जवाब देते बना नहीं। कुछ ठिकाना नहीं इस औरत का। उठे और चल दे अपनी बहन के पास।

कल रात ही सद्दू मियां ने महसूस किया इतनी गहराई से कि नहीं, अब गोपुली के बिना जिंदगी में सकून आना नहीं है।

"खुदा जानता है, गफूरन, शादी हमारी हुई। बच्चे भी, खुदा की मेहरबानी से, हुए।—मगर मुहब्बत के किस्से हम नावलों और किस्से-कहानियों की किताबों में ही पढ़ते आए थे। ये तुम हो कि हर पल की बेकरारी है। तुम्हें देखते आए थे और कबूल करें कि हां, नियत भी थी। मगर तुम इस तरह जिंदगी से आ लगोगी, ये हमारे तसव्वुर में न था।"

"ये सब किस्से-कहानियों की बातें छोड़ो, मियां ! होनी रही होगी, हुई है। मगर जैसाकि तुम कहते हो, कल ही कलमा पढ़वाओगे और परसों निकाह करोगे, पहले ये वादा करो कि किशन का खतना नहीं कराओगे। ये छोकरा है, और मेरे लिए अभी रतनराम मरा नहीं है। ये उसकी धरोहर है मियां ! अपने पेट के लिए मैं इसे दांव पर नहीं लगा सकती..."

"सिर्फ पेट की खातिर आई हो क्या तुम हियां ? मुहब्बत-जैसी चीज तुम्हारे जेहन में नहीं, गफूरन ? किशन को तुम समझ रही हो कि मैं पराया बच्चा करके देख रहा हूं ? तुम्हारा डरना निहायत बेवजूद है—खतने में कोई जान थोड़े जाती है, जो तुम इतनी दहशत में हो ...ये तो सिर्फ रस्मी-अदायगी है।"

"मैं ये सब कुछ नहीं जानती, मियां ! और सिर्फ रात खुल जाने दो, मैं चली। डराने-धमकाने की कोशिश ना करना। छुरे-तमंचे से रुकने वाली औरत मैं नहीं। और, मियां, मुझे साफ कह लेने दो कि आज भी जितनी मुहब्बत मुझे अपने रतनराम से है, तुमसे नहीं। वो जिंदा हो के सामने आ जाय, तो मुझे ये दिखेगा भी नहीं कि कहीं रास्ते में तुम भी हो। ...'हां, मैं अहसानमंद हूं। तुम्हारी नेकी को भी मानती हूं कि हां, मियां, है—तुममें इंसानियत नाम की चीज है। तुम्हीं थे, जिसने पराश्चित्त के गड्ढे में से बाहर निकाला है और ये अहसास कराया है कि मेरे गुनाह इतने बड़े नहीं कि जियूं नहीं। ...मगर मैंने पहले ही कहा था, मियां, कि मैं कुछ जिद्दी किस्म की और छोटे पित्त की औरत हूं। कब मुझे मिर्गी का सा दौरा पड़ता है, मैं खुद नहीं जानती। ...तुमसे कहती जरूर थी मैं कि मुझे भीमसिंग प्रधान और परतिमा

सासू का डर लगा रहता है—था भी मगर आज मैं कह सकती हूं कि परतिमा सासू भी जानती थी कि छेड़ने से बात बनेगी नहीं। भीमसिंग को तो मैं ऐसे ही ले गई थी, जैसे कोई बकरे का कान पकड़कर ले जाता है, मगर रास्ते में हाथ छुड़ाकर भाग गया। मैं तो, मियां, जिसके आ गई—नरमाई से बस में आ गई, सख्ती से नहीं।"

लगातार आवेश में बोलने से उसका चेहरा तमतमा आया था और सद्दू मियां से सिर्फ इतना कहते ही बना था कि 'तुम्हारा जी तोड़ने नहीं लाया हूं, गफूरन ! खुदा की कसम, तुम्हारी मर्जी के खिलाफ किशन का खतना नहीं होगा।'

सलमा चाची के यहां तो नहीं, मगर करीमबख्श के घर उसके आज की रात रहने का बंदोबस्त हो गया कि कल यहीं से निकाह की रस्म-अदायगी भी हो जाएगी।

खुद सद्दू मियां को आश्चर्य हुआ कि उसने सात बार कलमा पढ़ा और 'मैं खुदा और उसके रसूल पर ईमान लाती हूं,' कहते हुए वह जैसे निहायत इतमीनान और आत्मविश्वास की मनःस्थिति में आती जा रही थी।

कलमे की रस्म अदा हो जाने के बाद, सद्दू मियां लौट आया और नाउन के हाथों शादी का जोड़ा वगैरह पहुंचवा दिया।

औरतों के बीच, पर्दे के पार शादी के जोड़े में बैठे-बैठे उसे एकाएक याद आया कि रतनराम से शादी हुई थी, तब सिर्फ नौ वर्षों की थी। गरीब घर की, अनाथ हो चुकी बेटी। शगुन-भर को सिलाया गया-सा रंगीन जोड़ा। दुबली-सी काया और अपने लिए कहीं शरण खोजती हुई-सी आंखें। वो तो कहीं अठारहवें कि उन्नीसवें साल जब किशन आने को हुआ, तब से शरीर कुछ निखरना शुरू हुआ। और बीसवें साल जब यह किशन हाथों में आया, तब खुद उसे भी लगा कि हां, लोग गलत नहीं कहते हैं।

अब, जबकि यह पचीसवां है, यह आज तक का बीता चारों तरफ मंडरा रहा है नहीं तो, दुलहन होने की सी रोमांचकता तो जैसे फूट पड़ने को हो रही होती। साटन के कशीदाकारी से और ज्यादा आकर्षक हो आए शादी के इस जोड़े में अपना आपा संभालना कठिन हो रहा है। पहनानेवालियां तो तभी से जाने क्या-क्या कहने लगी थीं। शायद, किसी, ने कहा था कि 'कौन कहेगा, ये पांच साल के बेटे की अम्मा है।'—किसीने कहा था कि 'भैया, एक नूर नूर, सौ नूर कपड़ा इसीको कहते हैं ! वा, कैसी सुर्ख परी-सी निकल आई है। अब कौन कहेगा कि ये वो ही गफूरन है...'

"अरी, गोपुली कहो, गोपुली ! ...गफूरन तो ये अब बनेगी, निकाह की रस्म अदा होने के बाद !"

जाने किसने कहा था, मगर उसे जाने अब भी क्यों यही लगता है कि जरूर सलमा चाची ने ही कहा होगा।

"भई, दुलहन की तरफ से कुछ मोहर मुकर्रर हुई..."

"हां, जनाब हाफिज साहब ! दुलहन की ओर से सौ रुपयों की मोहर रखी हुई है।"

"जनाब सआदत हुसैन, दुलहन की तरफ से सौ रुपल्ली मोहर तय हुई है—आपको कुबूल है ?"

"जी, कुबूल है।"

"अरे मियां, दुलहन का कलमा भले की कल हुआ, मगर आप तो कोई नये-नये मुसलमान नहीं और ना नातजुर्बेकार ही हो।" हाफिज साहब की बात से पर्दे-पार की जनानियों तक में हंसी की लहर दौड़ गई।

"जनाब सआदत हुसैन..."

"जी, कुबूल है ! कुबूल है ! कुबूल है !"

"बी गफूरन—जनाब सआदत हुसैन, 'वल्द मरहूम जनाब इबादत हुसैन, जोकि आपकी तय की हुई मुहर को कुबूल करते हैं और बनिस्बत इसके आपको अपनी दुलहन के तौर पर पाने के ख्वाहिशमंद हैं—बजाते शौहर क्या आप भी इन्हें कुबूल करती हैं ?"

"जी, कुबूल करती हूं! कुबूल करती हूं ! कुबूल करती हूं।"—उसने

शायद, कहा धीमे ही, मगर एक सांस में कह गई।

"बाखुशी और अपनी मर्जी से कुबूल कर रही हैं।" पर्दे के पार से सलमा चाची की दमदार आवाज सबको सुनाई दे गई।

दुआएं मांगने की रस्म अदा हो जाने पर, सभी लोगों ने दोनों को मुबारकबाद दी और इधर-उधर की बातों तथा मिठाइयां खाने में व्यस्त हो गए। दूसरी तरफ से सिद्दीक और किशन औरतों की तरफ निकल आए थे। तनजेब के कुरते-पायजामे और रंगीन, सलमे-सितारे वाली टोपी में किशन सचमुच बहुत खूबसूरत लग रहा था—छोटे-से दूल्हे-जैसा। उसे एक क्षण में रतनराम की याद हो आई कि शादी के दिन छोटा-सा रंगीन मुकुट पहने वह कैसा अजूबा-सा दिख रहा था! अनायास ही उसकी आंखें डबडबा आई और उसने इस बात की परवाह किए बिना कि आस-पास की दूसरी औरतें क्या कहेंगी, किशन को खींचकर, अपने सीने से लगा लिया।

11

बादल लगातार, जंगल में के शेरों की तरह दहाड़ रहे हैं, मगर अभी बारिश नहीं हुई।

शहर आए सिर्फ पंद्रह दिन बीते होंगे, मगर उसे लग रहा है, जैसे महीनों बीत चुके हैं। कलमे के समय उतना नहीं, मगर शादी की रस्म अदा करने के समय से ही लगने लगा कि औरत के रूप में यह दूसरा जनम हो रहा है।

जी खोलकर खर्च किया था सद्दू मियां ने और यह सुनकर उसे गर्व ही अनुभव हुआ था कि ऐसी दावतें तो पहली के वक्त भी नहीं हुई थीं।

शमीम ने गले से लगते हुए कहा था कि 'अम्मीजी, आप तो जैसे कोई देवी लगती हैं!'

सदद मियां तो जैसे उमंग में था और बार-बार 'नजर न लगे' कहता था।

एक बार मन हुआ था कि कहे, 'मियां, अपने जाने तुमने बहुत शानदार और खूबसूरत कीमती जोड़ा दिलवा दिया, मगर जंगल में मोर नाचा, किसने देखा?'

कहीं सचमुच शादी के इस जोड़े को पहने-पहने अपने कस्बे के किसी मेले में चली गई होती वह, तो...?

'हाय राम, नंदा मैया का मेला तो अब बिलकुल नजीक होगा !'... उसके मन में हूक-सी उठी और उसने सद्दू मियां को याद दिलाया कि 'शमीम, अपने अब्बाजान से कहो कि आज हमें दुकान पर ले जाने का वादा किया था इन्होंने !'

नहीं मालूम, किसीने सिखाया था या अपने ही मन से—निकाह के बाद से 'तुम' की जगह 'आप' कहने लगी है, हालांकि कभी-कभी चूक भी हो जाती है। सद्दू मियां को आश्चर्य होता है कि कितनी तेजी से इस औरत ने शहर की जबान सीखी है।

'बेटे, अपनी अम्मीजान को तुम कोई घंटाभर बाद अपने साथ लेती आना, तब तक हम दुकान ठीक-ठाक कर लें।' कहते हुए,सद्दू मियां सीढ़ियों पर से उतरते, ऊपर शहर की तरफ चल दिए, तो उसने धीमे से शमीम से कहा, "बुरके में ही तो जाना होगा ना?" और शमीम के साथ-साथ, खुद भी खुलकर हंस पड़ी। कल ही तो उसने शमीम से कहा था कि 'तुम लोगों के सिर के ऊपर भी घाघरा पहना जाता है, ये मैं ना जानती थी।'

बाजार जाते हुए, तीन बच्चे साथ थे।

दुकान पर पहुंचे, तो सद्दू मियां उठकर, बाहर तक चले आए, "अपनी अम्मीजान को सहूलियत से बिठा दो, बेटे !"

यों घर में दो बुरके पुराने भी अच्छी हालत में हैं, मगर सट्दू मियां ने बुरका भी नया सिलवा दिया है और वो भी कोरा काला या सफेद नहीं, हलके आसमानी रंग का और वो भी दुरंगा। उसने महसूस किया कि बाजार में चलते वक्त बुरके में भी देखे जाने की सी अनुभूति होती है। बच्चों को 'चिज्जी' लेने के दिए दुअन्नी पकड़ा दी सद्दू मियां ने, तो सिद्दीक छोटा होते हुए भी शहर के जानकार की तरह किशन को अपने साथ ले चला।

"शमीम बेटे, सबसे पहले अपनी अम्मीजी को वो हरी चूड़ियां

“आपके साथ तो, मियां, हमारी ये हालत हो चुकी कि तुमने मुझे नंगा देख दिया, मेरी शरम जाती रही। ...मगर दूसरों का कहा सुनने की ताब अब भी नहीं। बाहर हम मान लेती हैं कि गरीब घर की लावारिस बेटी थी, फिर गरीब घर की ही बहू बनी, लोगों की नजर में बेवा हो गई ...एक दाग और लगना था, वो भी लग गया ...मगर भीतर से ये न गया कि इसमें हमारा क्या कसूर था। हमने कब चाहा था कि चटोर बिल्ली की तरह जगह-जगह मं मारती फिरें ? अब तुमसे क्या बताएं, मियां, अपनी जिंदगी का त्रास ! मगर जो तुम कहो कि खुदकुशी क्यों ना कर ली, तो साफ बात कि भीतर से कोई बोलता रहा-अभी कहां, गोपूली, अभी बहुत काटनी बाकी है !”

“यहां तुम्हें कोई भी शिकायत हो, तो बताओ...”

“यों तो, मियां, आपने जो सलूक मेरे साथ किया है, कहो भी, तो ठीक ही कहोगे कि इतने में औरत जमीन में सिर गाड़के रहे, वो भी कम है... मगर हमें बड़ी घुटन महसूस होती है कभी-कभी। सोचो कि कहां मैं गांवजंगल में की हिरनी और कहां यह पिंजरे का सा रहना...”

“हां, शमीम कहती थी कि अम्माजी कहती हैं, तुम लोगों में सिर पर भी घाघरा पहना जाता है। तुम खुली हवा में की परिंदा। मैंने क्या नहीं देखा तुम्हारा वो जमाना कि जब तुम बेवा ना हुई थी और चूड़ियां पहनने औरतों के संग आती थीं, तो तुम्हारा रानी मक्खी का सा गुनगुनाना अलग ही मालूम पड़ जाता था। बच्चे को दूध पिला रही हो, तो ये खबर नहीं कि देखने वालों पे क्या बीतती होगी।”

“तुम तो बदमाशी पर उतर आते हो, मियां ! ... ‘भला, गांव में इतना परहेज कौन करता है ?”

“किशन तो शायद, अभी तक दूध पीता है ?”

“कभी-कभी तो, मियां, तुम पीछे पड़ जाते हो...”

“अब से आगे पड़ा करूंगा।...”

“चलो, खाना खाओ ठीक से। अब बुढ़ापे में तुम्हें भी चौकड़ी आ रही है ...।”

“अभी बूढ़ा हो चला मैं ? बेगम, तेंतालीसवां है, मगर महसूस ये करने

लगा हूं कि शायद, तेईसवां चलता होगा..."

"ये जवानियों के से नखरे कहां सिख आए हो जाने ! होते हो तुम मुसलमान लोग बहुत बातून ...

"क्यों, तुम क्या अभी भी मुसलमान ना हुई ?"

"हुई तो हूं, मगर जब रह जाऊं...'

उसकी ओर से इस तरह के उत्तर की न कोई उम्मीद थी—न प्रासंगिकता। सद्दू मियां के लिए तय करना कठिन हो गया कि इस प्रसंग में वह कहें क्या। मन में आया कि बात को मजाक में टालने के लिए कहें,—बेगम, अभी कोई और भी है क्या तुम्हारी नजर में ?'.. 'मगर वह बुरा ना मान जाए, इस संकोच में चुप रह गए।

शहर, सद्दू मियां के यहां आने के बाद गोपुली के स्वास्थ्य, उसके पहनावे और बातचीत के लहजे— सबमें परिवर्तन आया है। असुरक्षा और बेआसरेपन के तनाव से वह मुक्त हुई है। सिर्फ कुछ ही दिनों में भूख और अपोषण के गड्ढे में से बाहर निकल आए किशन को देखकर वह गहरा परितोष अनुभव करती है। ...मगर एक चीज जो साफ दिख जाती है, और वह कह भी देती है, यहां शायद, गोपुली कुछ घुटन अनुभव करती है। दूसरी बात, लगता है, वह यों ही या तो आदतन कह जाती है या हो सकता है, किसी तरह की मानसिक ग्रंथि की वजह से वह इस तरह के धुंधलके में जा पड़ती हो कि...हो सकता है, रतनराम जिंदा हो ! हो सकता है, किसी दिन वह एकाएक लौट आए !

सद्दू मियां को याद है कि कल दोपहर के भोजन के बाद के एकांत में भी उसने यही कहा था कि वह मरा नहीं है। मर गया होता, तो मेरे भीतर भी मर चुका होता। जब से आपसे निकाह हुआ है, तब से और ज्यादा महसूस होने लगा है कि वह जिंदा है। हर वक्त जी में ये लगा रहता है कि जाने कब, कहां से आवाज आ जाए कि ...गोपुली ! .. और मैं एक पल में जान जाऊंगी कि यह उसीकी आवाज है और पलटकर देखूंगी, तो मीलों-मीलों दूर ही

सही, मगर कंधे पर बंदूक रखे वह मेरी आंखों के सामने खड़ा होगा !'

"यह तुम्हारा कोरा वहम है, गफूरन ! अंग्रेज बहादुरों का काम इतना कच्चा नहीं होता कि उनकी फौज का सिपाही जंग में लापता हो जाए, जिंदा हो, और उनको खबर न लगे। यों भी, बेगम, जंग में जो लोग कैद किए जाते हैं, उनकी तफसील दोनों मुल्क एक-दूसरे को भेज देते हैं और आपस में जंगी कैदियों की अदला-बदली हो जाती है। ढाई-तीन साल के लम्बे अरसे तक खबर ही न लगे, ये नामुमकिन है।" कहते हुए, सद्दू मियां उठ खड़े हुए और भीतर के कमरे में चारपाई पर पसर गए।

दोपहर, बारह-साढ़े बारह बजे से लगभग तीन-साढ़े तीन बजे तक, शमीम दुकान संभालती है। कभी-कभी तो, जैसेकि आज, किशन और सिद्दीक भी उसके साथ रह जाते हैं .. और यही वक्त होता है, जब दोनों के बीच सिर्फ एकान्त होता है। यही वक्त होता है, जब घावों पर फाहा रखने की सी संवेदनशीलता के साथ सद्दू मियां गोपुली को अपने साथ चारपाई पर बिठा लेते हैं और जाने कहां-कहां की बातें लगाए रहते हैं।

वह चूल्हे-चौके से निबटकर, हुक्का तैयार करके, निकट पहुंची, तब तक में बारिश होने लगी थी। सद्दू मियां ने बांह पकड़कर बिठाने की कोशिश की, मगर वह यह कहती निकल गई कि 'अभी आई।' छत एक कोने में चूती है। जस्ते की बड़ी देगची वहां रखकर, वह लौटी और चपचाप पांव दबाने लगी।

"तुम, शायद, ठाकुरगांव के उस लौंडे को देखकर जरूरत से कुछ ज्यादा ही परेशान हो गईं ?"

उसने कोई उत्तर नहीं दिया।

"लोग ऐसा कहेंगे, लोग वैसा कहेंगे 'खामखा इस बहस में अपना जी उदास करना, यह अकलमंदी की बात नहीं, बेगम ! .. और अब कोशिश करो कि ये वहम भी दिल से निकल जाए कि कोई, बस, गोपुली कहके

पर रखते हुए, दोनों हाथों के सहारे बिठा दिया, "मियां, पड़े ही रहोगे क्या ? वहां बच्चे इंतजार करते होंगे। सवा तीन बज गए... बच्चे बारिश में चुपचाप दुकान में खरगोशों की तरह दुबके बैठे होंगे।"

"खरगोश तो हम भी थे, गफूरन ! दुबके बैठे थे..."

"द, सियार के हाथ पड़ गए होते, तो ठीक रहता।" कहती, वह आगे बढ़ी। देगची में भरा पानी खिड़की से बाहर फेंक दिया और छतरी दरवाजे के साथ टिकाकर रखते हुए बोली, "नंदा मैया का मेला लगने ही वाला है। सुना है, बड़ा जबर्दस्त मेला होता है यहां—शहर में। डोला निकलता है, तो सारा शहर दर्शन करता है..."

"ये हिन्दुओं का रिवाज है..."

"आग लगाओ तुम, मियां, रिवाज के चक्करों को। मैया तो सबकी मैया हैं—क्या हिन्दू, क्या मुसलमान !...और सुनो, तुम दुकानदारी में ही मत मूंडी टेके रह जाना। जरा, मुझे भी मेला घुमा देना। सारी जिंदगी झख मारते बीत गई, तुम्हारे सहारे कुछ सुख देख लूंगी। गंगा मास्टरनी से मिलने ..."

कुछ पल, सद्दू मियां, मेले की स्मृति से ही उल्लास से भर आए। उसके चेहरे को गौर से देखते रहे फिर यह कहते हुए छतरी हाथ में लिए सीढ़ियां उतरना शुरू किया कि "तुम चाहे तो एक काम कर सकती हो..."

"वो क्या ?"

"अगर तुम किशन का खतना नहीं कराना चाहती हो याकि उसे मुसलमान बनाना तुम्हें कबूल नहीं, तो उसे अपनी बहन गंगा मास्टरनी के यहां मिशन में देकर, 'बपतिस्मा' करवा लो..."

'यानी किशन को क्रिस्तानों को देकर, खुद तुम्हारे साथ रहूं ?" सद्दू मियां को यह समझते देर नहीं लगी कि उसके इस सवाल में बहुत तीखा दंश छिपा हुआ है। उनके दिमाग में तो सिर्फ इतनी-सी दुविधा चल रही है कि आखिर इस लड़के के धर्म-परिवर्तन का करना क्या है, मगर, वह, शायद, समझ रही है कि सदद् मियां किशन को मिशन में सौंपकर, सिर्फ अपने खुद के बच्चों को ही साथ रखना चाहते हैं।

सही, मगर कंधे पर बंदूक रखे वह मेरी आंखों के सामने खड़ा होगा !'

"यह तुम्हारा कोरा वहम है, गफूरन ! अंग्रेज बहादुरों का काम इतना कच्चा नहीं होता कि उनकी फौज का सिपाही जंग में लापता हो जाए, जिंदा हो, और उनको खबर न लगे। यों भी, बेगम, जंग में जो लोग कैद किए जाते हैं, उनकी तफसील दोनों मुल्क एक-दूसरे को भेज देते हैं और आपस में जंगी कैदियों की अदला-बदली हो जाती है। ढाई-तीन साल के लम्बे अरसे तक खबर ही न लगे, ये नामुमकिन है।" कहते हुए, सद्दू मियां उठ खड़े हुए और भीतर के कमरे में चारपाई पर पसर गए।

दोपहर, बारह-साढ़े बारह बजे से लगभग तीन-साढ़े तीन बजे तक, शमीम दुकान संभालती है। कभी-कभी तो, जैसेकि आज, किशन और सिद्दीक भी उसके साथ रह जाते हैं .. और यही वक्त होता है, जब दोनों के बीच सिर्फ एकान्त होता है। यही वक्त होता है, जब घावों पर फाहा रखने की सी संवेदनशीलता के साथ सद्दू मियां गोपुली को अपने साथ चारपाई पर बिठा लेते हैं और जाने कहां-कहां की बातें लगाए रहते हैं।

वह चूल्हे-चौके से निबटकर, हुक्का तैयार करके, निकट पहुंची, तब तक में बारिश होने लगी थी। सद्दू मियां ने बांह पकड़कर बिठाने की कोशिश की, मगर वह यह कहती निकल गई कि 'अभी आई।' छत एक कोने में चूती है। जस्ते की बड़ी देगची वहां रखकर, वह लौटी और चपचाप पांव दबाने लगी।

"तुम, शायद, ठाकुरगांव के उस लौंडे को देखकर जरूरत से कुछ ज्यादा ही परेशान हो गईं ?"

उसने कोई उत्तर नहीं दिया।

"लोग ऐसा कहेंगे, लोग वैसा कहेंगे 'खामखा इस बहस में अपना जी उदास करना, यह अकलमंदी की बात नहीं, बेगम ! .. और अब कोशिश करो कि ये वहम भी दिल से निकल जाए कि कोई, बस, गोपुली कहके

पुकारने ही वाला है। ...अब तो ये जी में सोच लो कि मुहब्बत से पुकारने वाला सिर्फ एक ही है...और वह जब आवाज देगा— 'गफूरन !' कहके पुकारेगा।" कहते हुए, हुक्के की निगाली एक तरफ करते हुए, सद्दू मियां ने उसे खींचकर अपनी बांह पर लिपटा लिया।

"तुमसे क्या वह बेहद मुहब्बत करता था ?" सद्दू मियां ने उसके चेहरे पर आंखें कर दीं।

"कौन ?" वह ठीक-ठीक अनुमान नहीं लगा सकी कि उसने पूछा है, या सद्दू मियां ने अपने-आप सुना है।

"मैं तुम्हारे खाबिंद की बात कर रहा था। उसकी तस्वीर तुम्हारे जेहन से उतरती नहीं है।"

"इस बात को यों लो। शादी के बाद एक लम्बे अरसे तक हम लोग आपस में भाई-बहन की तरह खेलते, लड़ते-झगड़ते रहे। उस छोटी उम्र में भी काम बहुत था सिर पर, मगर खास तौर से जोर की बरसात के दिनों में कभी-कभी काफी ठाली वक्त मिल जाता था। उसी में हम दोनों के बीच लगभग बेजबान जानवरों की तरह जोरू-खसम का रिश्ता शुरू हुआ। मैं ये ठीक-ठीक नहीं कह सकती कि वह मुझसे कितनी मुहब्बत करता था, मगर जिस साल वह पलटन में भर्ती हुआ, यह किशन पेट में था और वह जैसे मेरे भीतर डेरा जमाकर बस गया। खेतों में जाऊं, जंगल जाऊं, घर पर रहूं—उसको याद करती रहूं। एक-एक दिन गिनती रहूं कि कब उसकी चिट्ठी आएगी। कब छुट्टी पर घर पहुंचेगा। ...बात ये है, मियां, कि मैं सूखी बेल थी। मां बनने पर आई, तो लगा कि जिंदगी शुरू हुई है। गांवों में कई दूसरे लोगों को देखती थी—खास तौर पर परतिमा सासू को। क्या औरत है, मियां, वो भी ! लगता है, आज भी बेटों को छाती का दूध पिलाती होगी। ...यहां तुमको देखती हूं कि कैसे और कितना प्यार करते हो तुम बच्चों को। और मुझे याद आता है कि मेरी जिंदगी कैसी थी...भरपेट खाना नहीं, कपड़ों के बारे में ये सोचने की गुंजाइश ही नहीं कि इसका नंगे जिस्म को ढकने के अलावा भी कोई इस्तेमाल है। ...मगर जब वह छुट्टी पर घर आया, अपनी बंदूक के साथ उसने मुझे भी खूब घुमाया। तब यह किशन दो साल का रहा होगा इसे सासू

के पास छोड़कर, वह मुझे कभी शिकार खेलने जंगल ले जाय। कभी कहीं किसी दूर के मेले में। कभी नदी में मछली मारने, कभी कहीं। सास कुढ़ती रहें, ये सोचके चुप लगाए रहें कि महीने-भर की छुट्टी पर आया है।... बाद में जब धीरे-धीरे ये हुआ कि जाने लापता हो गया या मर गया, तो सास एक दिन क्या कहती हैं कि एक महीने की छटी में ही वह तुझे जिंदगी-भर का भोग गया।''तब तो मुझे बहुत बुरा लगा था, मगर बाद में महसूस होता रहा कि बात सच है। शहर भी पहली बार उसीके साथ देखा। यहां गाड़ी की सड़क पर किसी होटल में ठहरे थे हम लोग..."

"जब तक वह फौज में रहा, तुम लोगों की परवरिश भी मजे में होती रही होगी?"

"अगर तुम नई गाय के हिस्से नौ पूले घास' नहीं कर रहे हो, तो कहूं कि जो परवरिश तुम कर रहे हो, ऐसी हमने सपने में न देखी होगी।... मगर हां, कभी तीन-चार-छै महीने में दस-बीस रुपये का मनीऑर्डर चिट्ठी-रसैन दे गया, तो चायपत्ती, नून-तेल, बदन ढंकने को एकाध कपड़ा आ गया। कभी कस्बे के कंट्रोल की दुकान से बेझड़ ले आए। गेहूं-चना, जौ, सब एक में मिला। कभी ज्वार, बाजरा। ...कपड़े जो छुट्टी पर आने में वो लाया या सिलवा गया, वही। कुछ महीने पहले जब सासू मरी हैं हमारी, तो उसीकी लाई हुई लाल सिल्कन साड़ी का कफन डाला।..."

कुछ देर सन्नाटे में सिर्फ वर्षा का स्वर गूंजता रहा और कमरे में टप्-टप् देगची में चूता पानी।

"उसके मरने के बाद से तो..."सद्दू मियां को साफ लगा कि 'लापता होने या मरने' की बात को जान-बूझकर छोड़ दिया है, "तुम लोगों की जिंदगी और भी दुश्वार हो गई होगी ?"

वह अभी सारे शब्दों को समझ लेती हो, ऐसा नहीं, मगर कहने का मतलब समझते देर नहीं लगती।

"आपकी बगल में बैठी हूं, तो सोचती हूं—बाढ़ के बचे लोग हैं हम।"

छोटे वाक्यों में 'आप' कहती है वह, धाराप्रवाह बोलते में अकसर नहीं हो पाता।

सद्‌दू मियां चुप लगाए रहे, वही बोली, "पिछले दो-ढाई सालों की न पूछो, मियां! सुबह हुई, दो-तीन रोटियां मड़ुवे की रखीं, थोड़ा नमकमिर्च या ज्यादा-से-ज्यादा कच्ची प्याज। चौमासे में तो कुछ नजीक मिल गई, बाकी के महीनों में मीलों-मीलों तक जंगल छानना। दोपहर को जैसे कोई बकरी टहनियां चबाती हैं, सूखी रोटियां चबाईं। सोते का पानी पिया। घर में भट-गहट की दाल का मड़ुवे का आटा पड़ा जौला पेट-भर मिल गया, तो तसल्ली। तेल की छौंकी सब्जी बनी, तो छौंकने की आवाज घर-भर में गंजती सुनाई पड़ी। बस, कभी बिंदी ब्याई, तो छटांक-भर दूध-दही दिख गया। उस साल सन् चालीस में घर आया था, तब फिर जतिकाल में हो गई। लड़की हुई, मगर रही नहीं। तुम जो मजाक उड़ाते थे कि बहुत दूध होता है—उसी अभागिन के हिस्से का यह किशन अब तक पीता रहा, यहां आके छूटा है। ...यहां शुरू-शुरू में कैसा भुखमरा-सा टूट पड़ता था यह खाने पर ? थोड़े ही दिनों में इसका पेट निकल आया है। गोश्त कितना खा जाता है, जैसे कोई बिलाव हो। कहीं बीमार न पड़े। ...तुम्हारे बड़े अहसान हैं। कौन जाने कि तुम नामालूम मेरे पिछले जन्मों के बड़े भाई थे कि बाप थे।"

उसका रोना जैसे पूरे कमरे में भर गया। सद्‌दू मियां बायें हाथ से उसकी पीठ थपथपाते रहे, जैसे किसी बच्ची को चुप करा रहे हों। बोले कुछ नहीं।

बोली, हिचकियां थमते ही, वही, " ...'कंगाली और हाहाकार से भरी एक मेरी जिदगी नहीं, पहाड़ की जाने हजारों औरतें कैसा नरक काटती हैं ! ...'अब यहां आके लगता है कि किसी अंधे कुएं में थी। वहां उस घोर कंगाली के बीच भी हम लोग हंसते-बोलते ही थे। चांचरी लगी, तो नाचते-गाते भी थे। ...सूख के काठ नहीं हो गई, यही वजह होगी। अच्छा, मियां, ये बताओ—और तुम्हें मेरी कसम, सच-सच बताओ—तुम्हारे जी में ये नहीं आता कभी कि जूठी थाली तुम कहां अपनी रसोईघर में ले आए ?"

सद्दू मियां को लेटे-लेटे ही लगा कि अचानक उठकर, बैठ गए हैं।

कुछ देर वो उसकी ओर चुपचाप घूरते रहे, फिर छत की तरफ ताकते हुए बोले, "ऐसा है, गफूरन, कि गम इंसानी वजूद का सबसे अहम् हिस्सा है और ये जिसकी जिंदगी में से खत्म हुआ, वह इंसान न रहा। मसीहाओं की जिंदगी से ये न गया, हम नाचीजों की क्या पूछो। ...बल्कि ये है कि गम जिंदगी में आए, तो कुछ दे ही गए इंसान को। ...शमीम को देख के कोई इनकी अम्मी का तसव्वर न करे। खदा उनको जन्नत दे, जैसी भी थी, हकदार थीं। ...मगर उसके जीते-जी हमारा ये शौक पूरा न हुआ कि हां, जैसी औरत की गरज हमें थी, मिली। वो निहायत सूख और ठंडे मिजाज की औरत थीं। खल के कभी ना लडती-झगडती थीं, मगर उनका सख्त चेहरा सिर्फ आखिरी दिनों में पिघलता दिखाई दिया। औरत सचमुच मुश्किल चीज बनाई है खुदा ने। हमें आखिर-आखिर तक न समझ पाए कि कौन-सी गांठ है, जो इनकी मुश्के कसे रहता है। ...इंतकाल के कुछ रोज पहले बोली कि 'मियां, हमारी वफादारीपे कभी शुब्हा न करना, मगर ये सच है कि हम आपसे शादी नहीं करना चाहते थे।'...हम मुसलमानों में हिंदुओं की बनिस्बत ये बड़ी खामी है कि जज्बात के दीवाने बहुत होते हैं। ...हम ता-उम्र ना समझ पाए कि ये औरत सिर्फ जिस्म से हमारे साथ क्यों है। वो भी गरीब बाप की बेटी थी। हमारा ये कि जो पहली शादी हुई, वो बरेली, अपने मायके में ही, एक मोटर के नीचे आ गई। मुश्किल से एक महीना हुआ होगा शादी को। फिर बरसों हम गम में रहे। अब्बाजान ने भी न कहा कि बेटे, होनी हुई, दूसरी शादी कर लो। बाप को बेटी के मरे का क्या गम होगा, मरते दम तक उनकी जिंदगी से पहली बहू का गम गया नहीं। अट्ठाईस के हम हुए, तब ये शमीम की अम्मा आईं, हमारे एक बुआ थीं, उन्होंने रिश्ता तय किया। ... बेगम, जिंदगी हमारी भी गमों से खाली नहीं रही। हां, रोटी-रोजी का तोड़ा बुजुर्गों की दुआ से कभी न रहा।'...मगर शमीम की अम्मा गुजरी हैं, तो भीगता कम्बल भारी होता गया। शमीम बहुत प्यारी लड़की है, मगर बेटी है।... तैंतालीस-चवालीस की उम्र होने को आई। नौ-उम्र नसीब वही होगी, जिसे कोई आसरा नहीं। मगर बतौर बीबी के तुम पहले ख्यालों में भी नहीं थीं और आज भी हम ये मानके

चलते हैं कि तुम खुदा की अमानत हो। तुम्हारे जी में जाने क्यों हिचक है, हमें यह अब जिंदगी-भर का साथ लगता है। ...रह गया तुम्हारे दूसरे जनों से हम-बिस्तर हो चुकने का सवाल। मक्खी निकाल के दूध पीना दूरंदेशी है, दूध गिरा के मक्खी निगलना बेवकफी। लाए हैं, तो खुदा से ये दुआ करेंगे कि निभाना। शमीम के रिश्ते मांगने वाले हाथ अभी से बहुत हैं। दो-तीन साल में शादी कर देंगे..."

"और हमीद ...?"

"हमीद की वापसी का मुझे भी इंतजार है, गफूरन !...मगर एक तो लड़का अपनी अम्मा पर गया है, दूसरे नुसरत बानो बहुत टेढ़ी औरत हैं। खार खा गई होंगी कि मेरी बहन की एवजी ले आया है सदू मियां।... कोशिश ये करेंगी कि हमीद के कान भरें...''

"देखो, क्या है किस्मत में। वो मथुर ककाजी थे पड़ाव में ..."

"हां, याद अच्छी दिलाई तुमने। वो तो हथकड़ी पहने कचहरी की तरफ जा रहे थे एक दिन, मगर चेहरे पर शिकन न थी। हंसते हुए 'सलाम, सद्दू मियां !' कहे थे। जीवट का आदमी है। सुना है, सिविल नाफरमानी में गिरफ्तारी हई है..."

'काहे, मियां..."

"यों समझो कि ब्रिटिश हुकूमत के खिलाफ गांधी जी ने जेहाद छेड़ा है। अंग्रेजों ने तो, खैर, क्या भागना है, मगर हिन्दुस्तानियों से जेलें जरूर भर जानी हैं। अखबारों में आजकल इन बागियों की गिरफ्तारी की खबरें जोरों पर हैं।"

"मैं उस दिन पड़ाव पर थी। ककाजी एक दंतकथा सुना रहे थे। किस्मत का लिखा जब बांचो, तब यही लिखा पड़ा है कि जान आगे क्या होना है। मैं गंगा मास्टरनी के भेजे लोगों से मिलने गई थी। सामने से हल्ला-गुल्ला करते, 'जै-जै' चिल्लाते लोगों और पुलिस वालों को आते देखा, तो डरके मारे भागी। ककाजी हाथों को ऊपर उठाए जोर-जोर से हिंद-जयहिंद' चिल्ला रहे थे। ...रात को किसीने बताया कि पुलिस वालों ने पहले तो अधमरा होने तक पीटा और गिरफ्तार कर ले गए..."

वह उदास होने लगी थी कि सद्दू मियां ने बांहों में भर लिया।

"बातों में ही सारा वक्त बीत गया।"

"मियां, मेरी किस्मत में भी आगे-आगे जाने क्या-क्या होना लिखा है..."

"......"

"मियां, आप कहते थे, बस, निकाह हो जाने दो, गंगा मास्टरनी से मिला लाएंगे। एक डाली के दो फूल थे हम। ...एक बगीचे में हैं, एक नाली में..."

"जिंदगी लानत की चीज नहीं, गफूरन ! ..."

"मथुर कका जी भी कुछ ऐसा ही कहते थे। कहते थे, तुम्हारा धरम जिंदा रहना है। सुनो, मियां, आप शमीम की तरह हमें भी चूड़ियां पहनाना सिखाओ। यहां कोठरियों में बंद पड़े-पड़े दम घुटता है। शमीम के साथ मैं भी बैठा करूंगी..."

"सलमा चाची जीना दुश्वार कर देंगी..."

"सलमा चाची से डरे मेरी जूती 'वो खुद कौन शेख-सय्यद-सुलेमान घरानों से आई है..."

"बेगम, तुमने गजब कर दिया। 'डरे मेरी जूती' कहती हो, तो सोलह आने गफूरन लगती हो ! ...मगर तुम्हें चूड़ियां पहनाना सिखाया और बिसाते की दुकान पर बिठाया, तो मर्द चूड़ियां पहनना शुरू कर देंगे।..."

"धत्, तू मियां बहुत बदमाश है..."

"अब गोपुली बोली है..." सद्दू मियां ने जैसे सपने में ठहाका लगाया हो।

उसने तेजी से अपना हाथ सद्दू मियां के मुंह पर रखा, तो लगा, जैसे किसी पालतू जानवर को स्पर्श किया है।

सद्दू मियां अभी सोए ही थे कि उसने चाय की प्याली बगल में तिपाई

पर रखते हुए, दोनों हाथों के सहारे बिठा दिया, "मियां, पड़े ही रहोगे क्या ? वहां बच्चे इंतजार करते होंगे। सवा तीन बज गए... बच्चे बारिश में चुपचाप दुकान में खरगोशों की तरह दुबके बैठे होंगे।"

"खरगोश तो हम भी थे, गफूरन ! दुबके बैठे थे..."

"द, सियार के हाथ पड़ गए होते, तो ठीक रहता।" कहती, वह आगे बढ़ी। देगची में भरा पानी खिड़की से बाहर फेंक दिया और छतरी दरवाजे के साथ टिकाकर रखते हुए बोली, "नंदा मैया का मेला लगने ही वाला है। सुना है, बड़ा जबर्दस्त मेला होता है यहां—शहर में। डोला निकलता है, तो सारा शहर दर्शन करता है..."

"ये हिन्दुओं का रिवाज है..."

"आग लगाओ तुम, मियां, रिवाज के चक्करों को। मैया तो सबकी मैया हैं—क्या हिन्दू, क्या मुसलमान !...और सुनो, तुम दुकानदारी में ही मत मूंडी टेके रह जाना। जरा, मुझे भी मेला घुमा देना। सारी जिंदगी झख मारते बीत गई, तुम्हारे सहारे कुछ सुख देख लूंगी। गंगा मास्टरनी से मिलने ..."

कुछ पल, सद्दू मियां, मेले की स्मृति से ही उल्लास से भर आए। उसके चेहरे को गौर से देखते रहे फिर यह कहते हुए छतरी हाथ में लिए सीढ़ियां उतरना शुरू किया कि "तुम चाहे तो एक काम कर सकती हो..."

"वो क्या ?"

"अगर तुम किशन का खतना नहीं कराना चाहती हो याकि उसे मुसलमान बनाना तुम्हें कबूल नहीं, तो उसे अपनी बहन गंगा मास्टरनी के यहां मिशन में देकर, 'बपतिस्मा' करवा लो..."

'यानी किशन को क्रिस्तानों को देकर, खुद तुम्हारे साथ रहूं ?" सद्दू मियां को यह समझते देर नहीं लगी कि उसके इस सवाल में बहुत तीखा दंश छिपा हुआ है। उनके दिमाग में तो सिर्फ इतनी-सी दुविधा चल रही है कि आखिर इस लड़के के धर्म-परिवर्तन का करना क्या है, मगर, वह, शायद, समझ रही है कि सदद् मियां किशन को मिशन में सौंपकर, सिर्फ अपने खुद के बच्चों को ही साथ रखना चाहते हैं।

सद्दू मियां पीछे पलटे, उसके कंधे पर हाथ रखा। गोपुली का चेहरा अभी ज्यों-का-त्यों था।

"गफूरन, हर बात को गलत न समझा करो। इंजील और कुरान को मानने वाले अपने-अपने मजहब में बरकरार रहते हुए एकसाथ रह सकते हैं, उनके रिश्ते खत्म नहीं होते, इसीलिए मैंने ये बात कही थी। बपतिस्मे के बाद किशन हमारे ही साथ ..."

सद्दू मियां की बात काटते हुए, उसने धीरे से उनका हाथ अपने कंधे पर से हटा दिया, "मियां, अगर मजहब ही बदलना होगा, तो उसे क्रिस्तान की जगह मुसलमान ही बना लेने में क्या हर्ज है ? ये बात मैं आपको पहले भी कह चुकी कि उसे सयाना हो जाने देना। तब तक उसका बाप लौट आया, तो ठीक—उसके साथ जाएगा। नहीं ही लौटा, तो जैसा वह खद ठीक समझे, करे। यों भी, मियां, उस छोटे-से कंगाल घर के दरवाजे पर लटकाया हुआ ताला, अभी तक मेरे भीतर झूल रहा है। उसमें पर्व-त्योहारों पर भी दीया जलाने वाला कोई रहा नहीं। ...मेरे साथ वह पूरा घर निर्वंश होने जा रहा है। आज यह किशन छोकरा भी मुसलमान या क्रिस्तान बन जाता है, तो उसपर से इसका मौरूसी हक जाता रहेगा। ...आप कहोगे, बड़ी जिद्दी औरत हूं। इतनी बेआबरू हुई, सामने खड़े होकर बोलना नहीं गया।...मगर मेरे भीतर जाने क्यों है कि जिस बछिया को मैं साथ हांक लाई, ये वहां, उसी घर में ब्याए। ...तुम कहते हो, अब से भूल जाओ कि तुम्हें 'गोपुली' पुकारने वाला भी कोई है... सच भी है। यहां 'गोपूली' कहकर पुकारने एक तुम्हारी सलमा चाची हैं, तो वो नकचढ़ेपन में से पुकारती हैं। ...मगर मेरे भीतर है। मेरे भीतर कोई अब भी छाया की तरह घूमता है...और लगता है, बस, अभी 'गोपली' की आवाज देने ही वाला है..."

"तुम हद दर्जे की वहमी औरत हो, गफूरन ! फौज के तीन साल के लापता का तुम्हें गजब का इंतजार है। ...और ये तुमने कभी सोचा कि सालों तक मुसलमान के घर की रोटी खाने वाले बच्चे को कोई हिंद अपने साथ रख लेगा?"

"इस मामले में, मियां, आप हमसे बहस न किया करें। ...ये खब्त है,

मगर है कि जैसे दूर-दूर कोई छाया की तरह साथ चल रहा है।"

"हो सकता है, उसकी रूह तुम्हारा पीछा कर रही हो?"

"हो सकता है "... 'उसने काफी तल्ख स्वर में कहा और किसी बहाने रसोईघर में चली गई। सद्दू मियां का चेहरा एकाएक इतनी खिसियाहट-भरा हो गया था कि उनका सीढ़ियां उतरना जैसे उसकी पीठ पर होता रहा।

12

हो सकता है, सद्दू मियां की सलाह से ही ऐसा हुआ हो।...

पहले ही दिन कह रहे थे कि 'सिर्फ दुकानदारी का ही मामला नहीं है, गफूरन ! हमारे साथ आखिर तुम घूम कितना लोगी ? ज्यादा-से-ज्यादा हम इस कोने से उस कोने तक साथ चलते रहेंगे। मेला घूमना तब होता है, जब ठहर-ठहर के जायजा लो। ...औरतों के साथ जाओगी, तो इतमीनान से देख पाओगी। ...फिर बड़े शहर की बात और है। वहां ये पूछने वाला कौन है कि कौन हिंदू है, कौन मुसलमान। ...मगर यह शहर क्या है, एक कुनबा है समझो। यहां के लोग बड़े मजाकिए हैं। तुम बुर्के में ना रहीं, तो 'सलाम' के साथ ये भी कहेंगे कि 'बेटी काफी सयानी हो गई सद्दू मियां की।' ले आए हैं, ये सब जानते हैं। इस शहर के लोग ऐसे हैं कि उधर करबले की तरफ मक्खी बैठे, तो इधर टिपुरसंदरी की सड़क पर चलते लोगों की पीठ खुजलाती है। मेरे साथ जाओगी, सब जानेंगे कि सद्दू मियां की लाई हुई है। ...जनानियों के साथ जाओगी, तो बिरादरी की समझी जाओगी। छींटाकशी ना होगी।'

तभी उसने साफ कह दिया था कि औरतों के ही साथ जाना पड़ा, तो बुर्का पहनकर ही जाएगी और यही हुआ है।

बचपन से लेकर, आज तक...सिर्फ एक महीने रतनराम की छट्रियों का एक तरफ है, नहीं तो जिसने देखा, गरीबी और अभावों की मारी गोपुली को देखा होगा। छोड़ दे दूसरों के कहने के, बिसाते की दुकान का बडा वाला शीशा कमरे में लगने के बाद, खुद गोपुली ने अपने को देखा है.. और खुद के ही मुंह से निकलने को हुआ है—गफूरन !

निकाह के तीसरे ही दिन सद्दू मियां ने बड़ा शीशा लाकर कमरे में लगा दिया था और दोपहर के एकांत में उसे प्रेरित किया था कि—एक बार वह खुद अपनी आंखों से देखे कि शादी के उस जोड़े में वह सौटका गफूरन दिखती है कि नहीं !

हां, उसे प्रेरित करना ही कहना होगा, मजबूर करना नहीं। अपने को सिर्फ कानों से ही सुनना खुद उसे बेचैन किए हुए था।

शादी का जोड़ा पहनवाकर, आदमकद शीशे के सामने उसे एकाएक खड़ा किया था सद्दू मियां ने। कपड़े बदलते वक्त शीशे की पीठ इस तरफ कर दी थी। ...और जब गोपुली पूरी तरह से सज-संवरकर तैयार हो चुकी, तब एकाएक शीशा इस ओर पलट दिया...और वहां गोपुली कहां थी ? काले जाड़े का घाघरा, आंगड़ा...वो भी अनगढ़ हाथों के सिले हुए। कमर में छोटी धोती का फेंटा और दराती। आभूषणों, अंग वस्त्रों के नाम पर सिर्फ सादा, एक आनेवाला काला चरेवा !...नैलागांव से शहर की तरफ, सद्दू मियां के साथ चलती गोपुली के पास ... इसके अलावा क्या था ?

... और ये कानों पर से अनार के फूलों की तरह नीचे झुके हुए झुमके! नाक में सोने की लौंग-जैसी कील ! ... और गले में सोने का हलका-सा हार और पांवों में पायजेब। बैंजनी तारों से कढ़ा साटन का यह शरीर में सदियों की मद्धिम-मद्धिम आंच-जैसा दहकता, गुलाबी रंग का शादी का जोड़ा !

कुछ भी, इसके सिवा, उस वक्त याद कहां रहा था कि खुद अपने को ही हजार आंखें फूट आई हैं।

सारे दुःख अपनी जगह हैं, मगर यह चित्त का राग अपनी जगह पर

है। पहले भी उत्तरायणी के मेले में फोटो खिचवाने की कितनी ललक थी उसमें! उस बार शहर में रतनराम के साथ खिचवाई भी थी फोटो, मगर वह 'चट खिचवाओ, पट लो।' वाली नहीं थी। वह कह गया था, फौज में वापस जाते समय, कि शहर से लेकर 'रजिस्ट्री' से भेजेगा, मगर तब से खुद उसकी ही खबर नहीं लगी। हालांकि 'रजिस्ट्री' का इंतजार उसने तब महीनों किया था, मगर मन में यह संकोच भी था कि दूसरों को दिखाएगी कैसे? और दूसरों को दिखाई नहीं जा सकी, तो वह फोटो क्या हुई...और कहां वह सनीमा में मर्द को औरत की कमर सबके सामने अपने हाथ से पकड़ने पर बेशरम कहने को हो रही थी...और कहां, दूसरी सुबह, फोटोग्राफर के सामने रतनराम का हाथ उसकी कमर में था।

फोटो तो मजीद को घर पर बुलवाकर, एक नहीं, कई-कई खिचवाई हैं सद्दू मियां ने। किसीमें अकेली है। किसीमें सदद् मियां के साथ। किसी में शमीम और किसी में सिद्दीक और किशन और पूरे कुनबे के साथ। मगर जो बात आईने में थी, वह फोटो में कहां आई?

जानती है, खूब अच्छी तरह जानती है वह कि मुसलमान के घर बैठ गई को लेकर बड़ी चर्चा होगी लोगों में, मगर फिर भी मन में कौंध-सी उठी थी कि काश, इसी रूप में एक बार को मंगलगांव, नैलागांव और ठाकुरगांव के लोगों में भी हो आती गोपुली, तो वो लोग भी दांतों में जीभ दबाते कि 'हाय, क्या यह वही गोपुली है!'

एक जोड़ा सलवार-कुरता, दो घरेल किस्म की धोतियां, पेटीकोट और ब्लाउज, एक अच्छी-खासी बाहर जाने के मतलब की साडी—कपड़ों की इफरात कर रखी है सद्दू मियां ने, मगर मन मारकर दो दिन घर में पड़े रहने के बाद आखिर नंदादेवी का डोला उठने के दिन वह निकल ही पड़ी है दूसरी कई औरतों के साथ, तो वही गुलाबी जोड़ा पहना है, तो तसल्ली हुई है।

थोड़ा-थोड़ा अंतराल देकर, कल रात तक, लगभग हर रोज बारिश

होती रही थी और सद्दू मियां ने बतलाया था कि मेला दब गया है।... मगर, आज दिन खुल गया है और सारे शहर में जैसे आदमियों की फसल उगी हुई है।

बुर्के की जाली में से भी, तांगे के घोड़े-जितना ही सही, साफ-साफ दिख रहा है मेला। कभी-कभी साथ चलती सलमा चाची तक मुंह पर से थोड़ा उलट लेती हैं बुरका, तो दूसरी औरतों के साथ वह भी मह खुला कर लेती है, मगर गुलाबी जोड़ा मुंह पर कहां है ? सलमे-सितारे माथे पर तो जड़े हैं नहीं ?

गोपुली को तो सब दिखाई दे रहे हैं। अपने सामर्थ्य-भर अच्छे कपड़े पहने, जनपद के सबसे बड़े और रंगारंग मेले के उल्लास और रोमांच में डूबे हुए लोग। उद्दाम प्रेम और तारुण्य के गीत गाते हुए लोग। सड़क के किनारों की दुकानों को स्त्रियों और बच्चों के साथ ललचाई आंखों से देखते. लोग। भीड़ में दूसरों को ठेलते और खुद ठेले जाने से बचने की कोशिशों में लगे लोग। ...मगर गोपूली तो किसीको नहीं दिख रही होगी।

दो तरफ के मकानों की बीच की सड़कें बहुरंग भीड़ से ऐसी भर गई हैं कि उनमें घाटियों में बहती पहाड़ी नदियों का सा वेग आ गया है। जैसे तेज धारा किनारे पर पछाड़ती हो, कितनी ही जगह, कितनी बार खुद ये लोग ठेल दी गई हैं।

"हाय, और जो हो, सलमा चाची !...बुरकानशीनी में एक खबी ये जरूर है कि बूढ़े-जवान, खूबसूरत-बदसूरत की तमीज नहीं रहती लोगों को। अभी-अभी एक कुल जमा बीस-इक्कीस साल का छोकरा..."

"चुप, बदमाश, उस हरामी के पिल्ले को मैंने भी देख लिया था। लौंडों की जात ही बड़ी कमअकल और बेसब्री होती है, बशीरन ! तजुर्बेकार होता, तो 'अम्मा, सलाम' कहता और एक तरफ को निकल जाता..."

सलमा चाची आज, शायद, रंग में थीं। बोलीं, 'मेलाघुमनी तो, बस हमा गोपुली की हो रही है। दुलहन-जैसी सजी हुई है, तो आते-जाते सारे लोगों की नजर इन्हींपर है।"

गोपुली आहत होकर रह गई। साफ था कि सलमा चाची व्यंग्य कर रही हैं। अभी कल-परसों घर पर आई थीं, तो उसे सुनाती सद्दू मियां से

कह गई थीं कि 'अब हमीद की फिक्र छोड़ो, मियां! नुसरत के साथ गया है तो मेरे मूं के सामने ये कहके गया है कि 'अम्मा हमारी रहीं नहीं, और अब्बाजान को बेटों की कमी नहीं, दहेज में लिए चले आ रहे हैं। अब हमारा इस घर से कोई वास्ता नहीं।'.. 'कहता था, जैसे ही हिल्ले से लगेगा, शमीम और सिद्दीक को भी साथ ले जाएगा। ...तुम तो खुद कहा करते थे कि अपने बाबाजान पर गया है लड़का...और बड़े मियां किस कदर सादे और किस कदर सख्त थे, ये तो तुमसे छिपा नहीं। ...बातें बरी तो लगती हैं, मियां, मगर इसमें भी कोई तुक नहीं कि आदमी ये सोचे कि आग पर पांव देंगे, मगर जले ना।'

हालांकि खिसिआए हुए सद्दू मियां से खुद गोपुली ने कहा था कि 'कुछ-का-कुछ बतलाई होंगी। ...और रह गई इस घर में, तो देख लेना, एक दिन उसी हमीद के मुंह से कहलवा दूंगी कि हां, अम्मा अभी जिंदा ही हैं। ये कुंवारी कन्या आ गईं, तूफान हो गई हैं। शादी से पहले के इनके चर्चे आज भी गांवों में हैं कि बदफेल औरत होने से ही बिरादरी में शादी न हुई।

...मगर ये सच है कि यहां उसके भरते हुए धावों को कुरेद-कुरेदकर किसीने नंगा किया है, तो इसी शातिर औरत ने। बीमारी के दिनों उसने कहा भी था कि 'सासू, मेरे मन में तो ये सहारा था कि अपने यहां की हैं। अपनी बोली में बोलेंगी। कुछ अपने-अपने दुःख-सुख की बातें होंगी...' मगर सलमा चाची ने जो जवाब दिया था, वो तलुवे में चुभे कांटे की तरह भीतर गड़ा रह गया है, 'देखो, गोपुली, औरत मैं उसको कहती हूं, जो गू खाए, तो फिर दूसरों को बदबू न होने दे। एक। दूसरे, पानी हो। दूसरों में घुल जाए। ये नहीं कि हम-बिस्तर होंगे तेरे, नेग रखेंगे उसका ! ... टल्ले लगे हों, तो देखने वाले देखेंगे जरूर और कहेंगे जरूर, अब ये है कि दानिश्ता औरत हो, तो बर्दाश्त करे। बर्दाश्त करने से ही दूसरे बस में होते हैं, दीदे तरेरने से नहीं।'

तब भी हुआ था, अब इस वक्त भी हो रहा है कि चिल्ला के कहे, 'तुम तो, बस, हमें सांप की तरह डंसने का इरादा लिए बैठी हो...' मगर अपनी कुढ़न को यह सोचकर पी गई कि इससे तो इन्हें यही लगेगा कि चोट सही

हुई है।

अभी आधा शहर भी नहीं घूमी थीं कि 'नंदादेवी का डोला चल पड़ा है' की खबर चारों ओर हवा की तरह फैल गई और सड़क किनारे के सारे मकानों की छतों के अगले किनारे और बरामदे रंगीन पहनावे से वातावरण को प्रफुल्ल करती महिलाओं से भर गए।

किसीने—शायद बशीरन ने पूछ लिया कि 'गफूरन बहन, खूब मजेदार लग रहा है न मेला ?'

बशीरन से उसे कौन पेंच है। हलके-से मुसकुराते हुए कह दिया कि 'द, इस सिर से पांव तक के घाघरे में कोई क्या मेला देख सकता है। इसके भीतर तो चाहे कपड़े पहने आओ, चाहे नंगी चली आओ।'

वो तो सलमा चाची कह चुकीं, 'तुझे क्या फर्क पड़ना है, गोपुली, तू चाहे, तो बुर्का उतारकर मेला घूम ले।' तब अहसास हुआ कि इस औरत की उपस्थिति को इस तरह भूल नहीं जाना चाहिए था !

जाने कैसे पहले सारा अपमान और गुस्सा आग की तरह भीतर दहका, लेकिन जैसे किसीने कान में कह दिया कि 'नहीं, गोपुली, नहीं—इस औरत के बाणों से व्याकुल होकर चीखना-चिल्लाना ठीक नहीं।' दूसरे ही क्षण वह झील के इस पार से उस पार तक दौड़ती लहर हो गई। बड़े सलीके से उसने बुर्का उतारकर हाथ में ले लिया। अपने दुघरिया होने या मुसलमान के घर बैठी होने को ताक पर रखकर सिर्फ इतना याद रखा कि औरत हूं और यकीनन इस खुर्राट औरत से ज्यादा जवान, खूबसूरत और ज़ज़्बाती औरत हूं!

दूसरे ही क्षण उसने निहायत शातिरपने के साथ कह डाला, 'सलमा बीबी, ये तुम हमेशा 'गोपुली-गोपुली' क्या लगाए रहती हो, 'गफूरन' कहते जीभ में जलन होती है क्या ? अब अगर मैं भी तुम्हें 'सलमा बीवी' न कहकर तुम्हारे पुराने नाम से, 'अरी ओ अतुली—अरी ओ अतुली !' कहकर पुकारूं, तो तुम्हें तकलीफ तो ना होगी? बड़ी हैं उम्र में करके बर्दाश्त करती गई हूं, तो ये औरत बड़ी सय्यदन-मुल्लन बनके छाती पे सवार हुई जाती हैं। खबरदार जो आगे से मेरे बारे में एक लफ्ज मुंह से निकाला। जो मेरी इज्जत ना रखे, उसकी

इज्जत रखे मेरी जूती। ...बोलो, बशीरन, हमीद के अब्बा अगर इनकी चहेती से शादी न करके, हमें उठा लाए, तो इसमें हमारा कसूर है ? बस, यही हथियार पा गई हैं कि बच्चे को दहेज में ले आए सद्दू मियां ! ...अरे, जो मां होगी, वो कब्र में भी अपने बच्चे के लिए जिंदा रहेगी। अपने पाले-पोसे बच्चे को खुद के मौज-मजे की खातिर नदी में न बहाएगी। ...इनकी भतीजन कितने पेट गिरा चुकीं, गिनती गिनना ये भूल गई हैं, मेरा मासूस बच्चा इनके गले की हड्डी बन गया !"

लगभग एक मोड़ पार करने तक और भी जाने क्या-क्या कहती रही गोपुली, मगर ऊंचाई पर से तालाब में धकेल दी गई-सी सलमा चाची का उबरना हो नहीं पाया।

मोड़ आते ही, गली में जो घुसीं, तो फिर पीछे नहीं पलटी। साथ की दूसरी औरतें कुछ पल तो ठिठकी खड़ी रहीं, फिर तेजी से सलमा चाची के पीछे-पीछे गली में गुम होती ही दिखाई पड़ीं।

कुछ देर बुर्का यों ही हाथों में लिए गफूरन वहीं खड़ी रही। मेले की भीड़ में से जैसे किसीने उसे एकाएक दूर फेंक दिया है। यह कल्पना करते उसे देर नहीं लगी कि सलमा चाची यहां से तो चुपचाप खिसकी हैं, मगर मोहल्ले में पहुंचते ही मोर्चा बांधना शुरू कर देंगी।

कुछ नहीं सूझा, तो बुर्का चुपचाप ओढ़कर वह भी उसी गली में बढ़ गई और घर पहुंचकर, साटन का गुलाबी जोड़ा उतारकर, खूंटी पर टांग दिया और सादी धोती पहनकर, जमीन पर ही दरी पर लेट गई।

दरवाजे पर खटखट हुई तो पाया कि गहरे अंधेरे के बीच पड़ी हुई है।

उसे याद आया कि मेले से घर लौटी थी, तब शाम होने में काफी देर थी। बादल घिर आते थे बार-बार मेला घुमंतुओं की तरह। धूप मद्धिम पड़ जाती थी, मगर इतना साफ पता चलता था कि दीये जलाने का वक्त अभी काफी दूर है।

गाढ़े अंधेरे में, सामने दीवार पर टंगी बड़ी घड़ी दिख नहीं रही है, मगर अंदाजा लग रहा है, रात के नौ, साढ़े नौ से कम का वक्त न होगा। मेले के कारण आजकल बिसाते की दुकान भी देरी से बंद हो रही है।

जरूर सद्दू मियां और बच्चे होंगे। इस वक्त तक तो उसे खाना तैयार

कर चुकी होना चाहिए था, मगर चूल्हा तक नहीं सुलगा है। वापस आने के बाद घंटों तो वह आहत सर्पिणी की सी हालत में भीतर-ही-भीतर छटपटाती रही थी। शाम का झुटपुटापन कमरे में आ पहुंचने तक भी आंखों में नींद कहां थी, लेकिन जाने कैसे, और क्यों, इसके बाद ही आंख लगी होगी और अब यह वक्त है।

बाहर आकर, सिटकनी खोली तो देखा, तीनों बच्चे हैं—शमीम, किशन, सिद्दीक।

"अब्बा कहां हैं तुम लोगों के ?"

"उनके लिए शम्सू दादा के यहां से बुलौवा आया था..."

"बुलौवा आया था, तो तुम्हारे अब्बा झख मारने चले क्यों गए ?"

शमीम को पूर्व-प्रसंग तो कुछ पता था नहीं, सकपकाकर रह गई। कमरे में भरा अंधेरा और उसकी तनाव-भरी आवाज दोनों से स्पष्ट था कि स्थिति सामान्य नहीं।

टार्च की रोशनी करने पर शमीम के सकपकाए चेहरे को देखकर उसे लगा कि वह इस बात की कल्पना कर चुकी है कि शम्सू मियां के यहां से बुलौवा किसलिए आया होगा। निमिष-भर में उसके स्त्री-स्वभाव में यह बात कौंध गई कि चूल्हे का ठंडा पड़ा रहना ठीक नहीं।

"नहीं बेटे, तू खामखा क्यों परेशान होती है ? ऐसी, परेशानी की कोई बात नहीं। जा, जरा चूल्हा सुलगा ले तो, तब तक मैं लालटेन जलाती हूं। मुझे जरा सलाई देते जाना।" कहते हुए उसने शमीम के मुंह पर प्यार से हाथ फेरा।

"जी, अम्मीजी," कहती शमीम टार्च जलाती रसोईघर की तरफ निकली तो 'सद्दू मियां भी लौटते ही होंगे' इस कल्पना में उसे लगभग तब तक हवा में सद्दू मियां के तेज-तेज चलते हुए आने की सी आवाज सुनाई देती रही—जब तक सद्दू मियां सचमुच नहीं आ गए।

13

"भैया, मीराडंगरी को कौन-सा रास्ता गया है ?"

गाड़ी पकड़ने की सी उतावली में शहर में प्रवेश करते एक नवयुवक से उसने पूछा, तो लगा, यहां तक बाहर-बाहर सधे कदमों से, मगर भीतर-भीतर अपने नये थान से भागी हुई गाय की तरह दौड़ती चली आई है।

इस वक्त वह गिरजाघर वाले दोराहे पर खड़ी है। विक्रम ने बताया था कि इसके कहीं आस-पास ही गंगा मास्टरनी का स्कूल है। ...मगर इतनी सुबह-सुबह तो स्कूल का चौकीदार तक न जागा होगा। उसकी कल्पना में था कि कहीं अपने स्कूल के आस-पास ही रहती होगी।

रास्ता समझ लेने पर, उसने सिर पर धोती का पल्लू ठीक करते हुए सामने गिरजाघर की बड़ी घड़ी की ओर देखा, तो एकाएक घर पर की दीवारघड़ी याद आ गई—और साथ ही यह भी याद आ गया कि बाढ़ में के बहते के कुछ देर को किनारे आ लगने की तरह जिंदगी का यह पड़ाव भी पीछे छूट चुका।

अनायास ही उसकी आंखें डबडबा उठी, 'हे गोल्ल देवता, और कितना कलपना लिखा है मेरे भाग में !'

किशन, शायद, थक गया था। अंगुली थामकर, आगे बढ़ने लगी कि इस सिलसिले के अंतिम रूप से समाप्त हो जाने तक अब इस बाढ़ में बहते जाने के अलावा और कोई रास्ता रह नहीं गया है—तभी किशन ने सिर उठाकर पूछ लिया—'अम्मा, कहां लिए जाती हो ?'

कई बार पूछ चुका है। शमीम-सिद्दीक की देखादेखी 'इजा' की जगह 'अम्मा-अम्मी' कहना सीख गया है।

तड़के तो वह हमेशा उठती रही है। गांव से ही आदत है। वह चाय बना चुकी होती थी, तब शमीम तक गहरी नींद में होती थी। मां के मरने पर सुबह जल्दी जागना शुरू हुआ होगा, ताकि भाइयों और पिता के लिए दूध

चाय बना दिया करे। उसके घर संभालने के साथ फिर देर से जागने लगी है। बीस-पचीस दिनों में ही साल-भर जितना बढ़ गई लगती है लड़की।

सिद्दीक सबसे छोटा है, मगर जाने क्यों मां का सा अपनापा उसका सिर्फ शमीम के साथ हो पाया, हालांकि किशन के छोड़ देने से एकाध बार परेशानी-सी महसूस हुई थी, तो सिद्दीक को छाती से लगा लिया था उसने और सद्दू मियां ने मजाक में कहा था कि 'बड़े होकर मां के दूध का हक अदा करना भूल न जाना, सिद्दीक!'

जैसे सपने में नाव चली हो और सपने में ही डूब गई हो—यह लगभग महीने-सवा महीने की माया भी खत्म हो गई है। कौन उसके बिना सद्दू मियां का घर बंजर हुआ जा रहा है और खुद उसने अपनी वापसी कहां करनी है इस घर में। अब तो सिर्फ अंधेरी रात के सफर में कहीं दूर जलते दिखाई देते दीये-जैसा भरम गंगा मास्टरनी को लेकर बचा हुआ है कि शायद, वह कोई रास्ता निकाल सके। ...मगर वापसी तो अब न गांव को होनी है, न शहर को। मौत के मुंह में जाते रास्ते पर चल लेगी, मगर वापसी की मौत उसे बर्दाश्त नहीं।

हां, उस वक्त सिद्दीक ही तो सोया था बगल में? दुर्भाग्य लगातार काले नाग का जैसा हंसना करता गया है, मगर शरीर है कि नागफनी का पौदा हो गया है। अभी तक दूध होता है।

रात के लगभग बारह बजे तक के वितण्डा के बाद, बिना खाए ही वह सोई थी। शेष रात-भर जल की तरह अपने में ही इकट्ठा होती रही और भोरतारा निकला होगा मुश्किल से कि चल पड़ी।

तड़ाक से थप्पड़ मारने के बाद सद्दू मियां का यह कहना कि 'गफूरन, किसी भी बात की एक हद होती है। अपने बड़ों की इज्जत-हतकी करना गुनाह है और तुम शर्मिन्दा होके, माफी कहां से मांगोगी, जूतियों की जबान बोलती जाती हो? खबरदार, आगे से ऐसी बेहूदा हरकतें ना करना। औरत का बेपर्दा हो जाना मैं बर्दाश्त कर सकता हूं, बेगैरत हो जाना नहीं। तुमसे पहले भी कही थी क़ि गफू रन, आखिर-आखिर हमारी बुज़ुर्ग हैं सलमा चाची, उनकी तौहीन करना ठीक नहीं। बुजुर्गों की तरफ मुंह करके थूकना आईने की तरफ मुंह करके

थूकना है। और अब मैं ये कहे देता हूं कि पर्दे से रहो। बेपर्दा औरत यों ही बुज़ुर्गों की नजर को चुभती है और ये हमारे दीन में ही नहीं, खून में है कि बुज़ुर्गों के सामने नजर नीची रहे। खुदा और बुज़ुर्गों के आगे नजर नीची रखकर ही इंसान अपने अखलाक और ईमान में ऊपर उठता है।'

यहां तक भी एक हद थी और बर्दाश्त के बाहर की बात न थी। उस शातिर औरत ने जाने क्या-क्या रोया-गाया होगा कि 'बेटे, हम झूठ बोलती हैं, तो ये बशीरन बहू साथ थी। इससे पूछो। खुद ये सईदन खाला मौजूद थीं...'

इस तरह के उकसावे में आ जाना अजूबा न था, मगर गरम सलाख की तरह जो बात आर-पार तक धंस गई, वो तो सद्दू मियां ने तब कही थी, जब शमीम बीच-बचाव करा चुकी थी। कितनी ठंडी और तीर-जैसी चुभती आवाज में सद्दू मियां ने यह कहा था कि 'गफूरन, एक बात याद रखो। जो मर्जी आवे, खाने को मांग लिया करो और जो तबीयत करे, पहनने को मांग लो, मगर रहो गैरत के साथ !'

गरीबी और कंगाली के बीच से साथ लगकर आई हुई बेआसरा औरत गोपुली की औकात सिर्फ मांगकर खाने और मांगकर पहनने तक की है? अभी कहां कल सुबह तक ही खुद यही मियां कह रहा था कि 'तुम्हारी खुशी में ही मेरी और इस सारे घर की खुशी है, गफूरन ! मैं खुद चाहता हूं कि खुशी का जो कतरा तुम्हें मिले, जो मेरे हिस्से हो। बस, इतना कर लो, बिरादरीवालियों के साथ चली जाओ, ताकि तुम्हारा मेला घूमना भी हो जाय—और मेरा भरम भी बना रहे। दो बातें किसीकी सुनने को ना मिलें कि सद्दू मियां परीजादी ले आए हैं।'

उसे अब भी भय है कि मेला घूमने को पचीस रुपये एकमुश्त, शायद, सिर्फ उसीके हाथों में थमाए गए होंगे, मगर ज्यों-के-त्यों लौटे और अब भी कुरती की जेब में पड़े होंगे।

ठीक है, कल दोपहर से अब तक भूखी है, मगर ये भूख और तकलीफ उसके लिए नई चीज नहीं। इससे तो होश संभालने के बाद से लम्बे वक्तों तक का वास्ता रहता ही आया है। ...और यह किशन? पहले-पहले दिन दलिया के भरे कटोरे को देखकर इसकी आंखों में जो चमक

आई थी, नहीं, वह भूली नहीं है अभी उसे। अब जबकि इसके सुबह के दलिये या दूधडबलरोटी का वक्त होने को आ रहा है और वह अंधेरी गुफा में ले जाए जा रहे खरगोश के बच्चे-सा सहमा दिखाई दे रहा है—इसकी भूख, इसका सहमापन, इसकी भविष्यहीनता—सब खुद उसकी भूख और यातना में शामिल हो गए हैं। और वह फिर भी हाहाकार-भरी जिन्दगी की काली आंधी में अंतिम रूप से टूट जाने के वक्त तक खड़ी रहने के लिए अपने को साधे हुए है, तो यों ही नहीं। कोई है। हां, कोई है, जो उसे जाने किस अदृश्य लोक से 'खड़ी रह, गोपुली, खड़ी रह।' की आवाज लगाता रहता है और आत्महत्या नहीं करने देता है।

प्राण व्याकुल कर डालने वाली प्यास में के मिले ठंडे पानी-सा मथुरा पंडित का कहा हुआ जैसे, अब इस वक्त भी, साथ-साथ चल रहा है—खबरदार, गोपुली बेटी, खबरदार ! .

भगवान जाने पुलिस वालों ने अभी उन्हें छोड़ा भी होगा कि नहीं?

नहीं, एक फूटी कौड़ी सद्दू मियां के घर से साथ नहीं लाई है। यह पुरानी धोती, कुरती और यह झीना हो आया पेटीकोट—जिसे व्याधि के दिनों में पोंछा बना लेने की सलाह दी थी सद्दू मियां ने—और किशन के बदन पर भी वही गंगा मास्टरनी के भेजे रुपयों में से बनाया हुआ कमीज-पायजामा। नहीं, इसके सिवा गोपुली, अपने साथ, कुछ नहीं लाई है। लाई है तो सिर्फ अपनी हाहाकार-हाहाकार करती-सी व्याकुलता को, जो आश्रयहीनता की इस आंधी में भी आग-सी दहक रही है कि 'गोपूली, ठीक किया तूने, यही तुझे करना था।'

बाप का सा सहारा देता हुआ आदमी अगर इतनी जल्दी दुश्मन की तरह मंगतों की कतार में खड़ा रखकर आंख दिखाने लगे, तो इसका जवाब यही है, सिर्फ यही है !

अब तक में उठ चुके होंगे वो लोग भी। और यह निश्चित है कि न सही शमीम के, मगर सद्दू मियां के दिमाग में यह बात जरूर तेजी से कौंधेगी

कि गोपुली अगर चली गई है, तो आखिर ले क्या गई है।... गहनों का बक्सा ही नहीं, कई सौ रुपयों की नकदी भी उसीके पास रहती आई है। गोपुली जा चुकी, यह तो तुरन्त पता चल जाएगा। भीतर दोनों को न पाकर, बाहर झांकने आएंगे तो गोठ में बछिया की 'बां' सुनते ही समझ जाएंगे कि गोपुली वहां भी नहीं। पाखाने की तरफ झांककर, शमीम पहले ही बता चुकी होगी कि नहीं हैं।

तब सबसे पहले सद्दू मियां कपड़ों और जेवर के बड़े बक्से की तरफ लपकेंगे। ताला बन्द पाकर, आनन-फानन में चाबी ढूंढेंगे और कांपते हुए हाथों से ताला खोलेंगे—और जब देखेंगे कि नाक में की खील तक उतारकर डिब्बे में डाल गई है गोपुली, तो इतना तो समझेंगे ही कि जैसी भिखमंगी और भुखमरी मानकर चले थे, वह सिर्फ अपना गुमान था।

गुमान न होता सद्दू मियां में और यह इतमीनान होता कि अब यह बेसहारा, मंगती औरत मेरा दरवाजा खोलकर कहां जा सकती है, तो वैसे रौब के साथ यह बात कैसे कह देते कि 'और यह बात कान खोल के सुन लो, गफूरन ! दो किश्तियों पर पांव रखके चलना खुद मर्दों के हक में ठीक नहीं होता, तुम तो आखिर-आखिर औरतजात हो। ...अब तुम्हारी और तुम्हारे बच्चे की भी बेहतरी-बदतरी खुद मुझे देखनी है और चंद रोज में ही किशन का खतना भी...'

'अब करा लेना मियां ! खुद अपना ही खतना दुबारा करा लेना !' मन में सोचा हुआ ही जोर-जोर से कह डाला गया-सा प्रतीत हुआ और अपने स्वत्व की उत्तेजना में वह दूर तक काफी तेज कदमों से चलती चली गई। किशन रो पड़ा, तब कहीं वह अपने-आपमें लौटी और उसे उठाकर, कंधे पर चढ़ा लिया।

ठीक है, देखा जाएगा। आज भी पत्थर तोड़ने की सामर्थ्य अपने में अनुभव करती है गोपुली। गंगा मास्टरनी के यहां भी कोई आसरा न मिला, तो सड़क बनाने या लीसा ढोने के काम में लगे कुलियों की जमात में जा शामिल होगी। अपने औरत होने के नाम पर बचाने को अब रह भी क्या गया है, सिर्फ इस नादान बच्चे की परवरिश करनी है।

समझाए गए के अनुसार, पाकरों वाले रास्ते पर पहुंचकर, उसने

अंदाजा लगा लिया कि मीराडुंगरी की सीमा पर आ पहुंची है। नीचे दक्षिण-पश्चिम में विशाल चीड़-वन दिख गया है। वो, उधर ठेठ उत्तर में काषार देने वाली श्रेणी दिखने लगी। खुला आसमान होता, तो हिमश्रृंखला दिखती होती इस वक्त, मगर चौमासे के बादल तेजी से घुमड़ते आ रहे हैं। पानी बरसना शुरू हो, इससे पहले ही गंगा मास्टरनी का ठिकाना मिल जाता, तो अच्छा होता।

पहले तो सामने से आती स्थूलकाय, अधबूढ़ी औरत को फ्रॉक में देखकर उसे बड़ा विस्मय हुआ। ऐसी औरतें सिर्फ शहर में ही देखने को मिल सकती हैं। गांव में नरराम की मां नब्बे साल की होने को आ गई है, तो भी इससे तेज ही चलती होगी। यह तो मुश्किल से पचपन-साठ साल की होगी।

"मेम साहिबा !"

इतने दिन सद्दू मियां के यहां न रह आई होती, तो 'साहिबा' कहने का सलीका कहां आता। हां, चिट्टे-गोरे रंग और पहनावे से 'मेम' होने का अनुमान जरूर लगा लेती।

"बोलो. बेटी, क्या बोलने मांगता...'

"मीराडुगरी..."

"यही है। बोलो, किसका घर जाना ? ये बच्चा तुम्हारा ? बहोत प्यारा बच्चा।" महिला ने कंधे पर बंदर की सी मुद्रा में बैठे किशन के गालों को थपथपाते हुए, प्यार से कहा, "मगर ये बहोत थकी हुई, भूखा की माफिक रोने को क्यों बैठा...''

कहा एक शब्द पूछते संकोच हो रहा था, कहां एक सांस में वह बता गई कि गरीब, बेआसरा औरत है। यहां मीराडुंगरी में कहीं छोटी बहन गंगा मास्टरनी रहती है। यहां शहर में, शायद, उसको गीता मास्टरनी कहते होंगे। छै-सात वर्षों की रही होगी, तब से अब मिलना हो पाएगा।

बूढ़ी महिला ने अपने हाथ में थमे पर्स को खोला, उसमें से अठन्नी निकालकर, किशन को पकड़ाई और अंगुली को दाईं ओर वाले उत्तरी छोर की तरफ उठाते हुए बोली, "वो, जिधर देवदारु का पेड़, उधर कब्रिस्तान। वो ठीक दायीं तरफ फादर सिंह का कॉटेज..."

"गंगा... गीता मास्टरनी..."

"वो उसी कॉटेज में रहता। फादर सिंह का साथ।"

बातें करते हुए, उसका मुंह उत्तर दिशा की ओर था और बूढ़ी महिला का दक्षिण की तरफ। दोनों अपनी-अपनी दिशा में आगे बढ़ गए, तो दूर तक वह जैसे बूढ़ी महिला को पीठ पर उग आई आंखों से देखती रही। गीता मास्टरनी के घर के काफी नजदीक पहुंच जाने पर आंसू पोंछते हुए, पीछे मुड़कर देखा, तब तक वह स्थूलकाय बूढ़ी औरत—जो अपने गोरे रंग, भरे हुए चेहरे, भारी-भरकम शरीर और छींटवाली फ्रॉक में डलिया में पड़े दूधमुंहे बच्चे-जैसी मृदुल-मृदुल लग रही थी—मोड़ पर जाकर, आंखों से ओझल हो चुकी थी।

मकान छोटा-सा, काफी पुराना ही था, मगर उसकी बनावट कलात्मकता की प्रतीति जरूर देती थी। खास तौर पर उसका कब्रिस्तान की ओर वाला लकड़ी का लगभग ऐतिहासिक लगता हुआ-सा बरामदा। अगर इसे गौर से, देर तक देखते रहा जाय- कभी रात के अंतिम प्रहर में। कब्रिस्तान की चारदीवारी के भीतर के देवदारु की घनी, लम्बी टहनियां—सड़क और उस मकान के ऊपर पुल बनाती हुई-सी—बरामदे के बिलकुल करीब तक चली गई हैं।

थोड़ी-सी ऊंचाई और चंद सीढ़ियों को पार करती वह घर के आंगन तक पहुंची, तो नीचे की कोठरी, तथा ऊपरवाले कमरे—दोनों के दरवाजों पर लटके ताले उसे साफ-साफ दिखाई दे गए।

इतनी सुबह स्कूल खुल जाता होगा क्या? या शरण के सारे द्वार बंद कर दिए गए हैं?

निचले तल्ले के छोटे-से आंगन में बैठी, वह दोपहर होने तक प्रतीक्षा करती रही कि शायद अब लौटती हो गंगा मास्टरनी। आंगन के किनारे ककड़ी-तुरई-लौकी की बेलें बीतते असोज में जर्जर हो चुकी

थीं। मुर्गी खाने में सिर्फ सन्नाटा भरा हुआ था। कुल मिलाकर जो लक्षण थे, घर को लम्बे अरसे तक के लिए छोड़ गए लोगों की अनुपस्थिति का अहसास होता था।

हताशा और भूख से वह खुद भी बदहवास हो रही थी, मगर किशन का मुर्झाया चेहरा आंखों से देखना कठिन होता जा रहा था। उसने कोशिश की थी, मगर भूख की उस व्याकुलता में भी किशन ने दूध पीने से इंकार कर दिया था और बीच-बीच में रोते हुए, अब, इस वक्त, सो चुका था। मोहल्ले के घरों में बहुत अंतराल था—कोई घर कहीं, कोई कहीं। किससे जाकर पूछे कि गंगा मास्टरनी कहां गई है ? ...और अगर किसीने कह दिया कि हमेशा-हमेशा के लिए कहीं अन्यत्र जा चुकी है, तो ?

घर के इर्द-गिर्द नासपाती, आड़ू और आलूबुखारे के छिटपुट पेड़-पौदों की ओर झांकते हुए, उसे लगातार यही अनुभूति हो रही थी कि जैसे आंखों से नहीं, पेट से देख रही है। जाने कैसे उसे यह भी एकाएक याद आया कि शायद, वहां गोठ में बछिया भी बिना चारे-पानी के ही पड़ी हो।

अचानक उसे ध्यान आया कि अपनी बदहवासी में उस एंग्लोइण्डियन महिला की किशन को दी हुई अठन्नी को तो वह भूली ही रह गई है ? कहीं आस-पास की दुकान से कुछ खाने को लाया जा सकता है। इतना वह देख चुकी थी कि जहां पर कब्रिस्तान का उत्तरी छोर खत्म होता है, उससे लगे मकानों की छोटी-सी कतार दुकानों के होने का आभास देती है।

अंततः वह उठी और नींद में डूबे किशन को भरी-भरी आंखों से देखती, नीचे, सड़क पर उतर आई। बाजार से जलेबी, बिस्कुट और पकौड़ियां लेकर वह लौटी, तो किशन जाग चुका था और रोता हुआ सड़क के किनारे आ पहुंचा था। वह सहम उठी। कहीं बच्चा उसे ढूंढ़ता दूर जाकर, भटक जाता तो?

उसने तुरन्त एक बड़ी-सी जलेबी निकालकर किशन को दी। वह चुप हो गया, मगर वह अपने-आपमें मिट्टी के घड़े की तरह फूटकर रह गई। नीचे की तरफ से आते लोगों की पदचाप सुनाई पड़ी, तो किसी

तरह अपने को समेटकर, ऊपर मकान की तरफ निकल गई। हालांकि हर क्षण यही डर लगा था अब कि अभी कोई आएगा और इस बात के लिए डांटेगा कि यहां चोरों की तरह क्यों अड्डा जमाए बैठी है वह। ...मगर वह जाए, तो कहां ? किस दिशा में ? जब तक अंतिम रूप से कोई कह नहीं देता, इस उम्मीद में रहना ही टूट पड़ने से बचाए हुए है कि हो सकता है, दोपहर-बाद, शाम तक, या रात को या कल सुबह, शाम, रात या परसों सुबह तक...गंगा मास्टरनी के लौट आने का इंतजार ही एक मात्र सहारा रह गया है। यह भी न रहा, अंतिम रूप से खत्म हो गया, तब ? ... कहीं भीतर अब भी अंधेरे में काली बिल्ली घूम रही है। अंतिम रूप से जब यह उम्मीद भी खत्म हो जाएगी, तभी अब फिर से जिंदगी शुरू होगी। आखिर-आखिर गोपुली उठेगी और रोजी-रोटी की तलाश करेगी। नहीं, जब तक गोपुली खत्म नहीं हो जाती, जीने की कोशिश भी खत्म नहीं होगी।

हिचकियों के बीच ही उसने खुद भी कुछ निगला और किशन के बगल में लेकर, वहीं दीवार से लगकर लेट गई कि थोड़ी देर सो जाए। यह बदहवासी और व्याकुलता कुछ थमे, तो फिर कहीं किसी घर में जाकर पता करे कि गंगा मास्टरनी लौटेगी कब।

दीवार के सहारे लेटे-लेटे ही उसने दूर तक देखा—आंगन के दूसरे कोने में, मिट्टी का घड़ा दिख रहा था। वह उठी, देखा, पानी है। ज्यादा दिन बासी मालूम नहीं पड़ता था। उसने खुद भी पिया, किशन को भी पिलाया पानी और मुंह धो दिया।

लेटते ही धीरे-धीरे नींद आने लगी, तो उसने अनुभव किया कि नहीं, अभी वह अंतिम रूप से परास्त नहीं हुई है। किशन को इधर-उधर कहीं न जाने के लिए समझाकर, वह हताशा और भविष्यहीनता के बोझ से थककर चूर हो गई-सी, गहरी नींद में सो गई।

पहले तो उसे लगा कि किसी अत्यंत परिचित-सी आवाज को वह

सपने में ही सुन रही है, मगर कुछ ही क्षणों में उसे साफ सुनाई दे गया कि यह शमीम की आवाज है।

"अम्मीजी..." इस बार उसने पाया कि शमीम उसके सिरहाने बैठी है और धीरे-धीरे सिर के बालों में अंगुलियां चला रही है।

उसने धीरे-धीरे आंखें खोलीं, जैसे कोई अपनी मृत्यु में से जाग रहा हो। शमीम को देखते ही फूट-फूटकर रो पड़ने को हुई, मगर तुरंत अपने को संतुलित कर लिया। कल रात के अपमान की कडुवाहट स्मृति में उभरते ही मन में आया कि कड़ककर कहे, 'क्यों, यहां पीछा करने क्यों चली आई हो?'...मगर उसके आंखें खोलते ही, शमीम के चेहरे पर जैसा अपनापन छलक आया था और आंखों में करुणा—कठोरता बरतना हो नहीं पाया।

"अम्मीजी...अब्बाजान ने आपसे माफी मांगी है। अब्बाजान कहते हैं कि उनसे गुनाह हो गया है। ...वो कहते हैं कि आगे से जैसे आप कहेंगी, वैसे ही घर चलेगा। ...वो कहते हैं कि आगे से किशन भैया के बारे में कभी कोई बात मुंह से न निकालेंगे। ...वो कहते हैं, आगे से सलमा दादी से हम लोगों का कोई वास्ता नहीं रहेगा। ...वो कहते हैं...''

उसने पूरी आंखें खोलकर शमीम की ओर देखा, तो वह उनमें उभरे भाव को तुरंत ताड़ गई। बोली, "अब्बाजान भी साथ आए हैं, अम्मीजी ! ..."उधर मोड़ पर, पाकर के पेड़ के नीचे खड़े हैं ..."

वह उस दिशा में पलटी नहीं, मग र लगा कि पेड़ के नीचे छाया में खड़ी किसी आकृति को देखा है। भूख शांत हो जाने से, किशन अब गाढ़ी नींद में था और उसके चेहरे पर कहीं कोई तनाव नहीं था। धो दिए जाने के बाद, उसका चेहरा वर्षा के जल में धुले फूल-सा निखर आया था।

शमीम जैसे उसे आंखों से खींच रही हो, वह चुपचाप उठी और किशन को जगाकर, उसकी अंगुली थामते हुए, बोली, "चलो, बेटी, चलते है..."

पाकर के पेड़ के नीचे खड़े सद्दू मियां पर नजर पड़ते ही लगा, बरसों-बरसों बाद देख रही है। सद्दू मियां, दूर से ही दिख गए दोछाले लिए, उन्हें जमीन पर टिकाए खड़े थे। वह नजदीक पहुंची, तो पाया कि

उसे नजदीक पाते ही सद्दू मियां का चेहरा शर्मिंदगी और प्रसन्नता से भर गया है। दोनों में से कोई कुछ नहीं बोला। चुपचाप शहर की दिशा में चल पड़े।

छतरियां शमीम को पकड़ाकर सद्दू मियां ने किशन को अपने कंधे पर ले लिया। अब पहली बार उसने पाया कि बादल, इस बीच, लगातार उमड़ते-घुमड़ते रहे थे, मगर बारिश नहीं हुई है।

अगले मोड़ पर पहुंचते ही वह ठिठककर खड़ी हो गई। हां, ठीक इसी जगह तो वह मेम मिली थी ! ...ठीक यहीं पर तो खड़ी बातें कर रही थी। शमीम और सद्दू मियां आगे बढ़ चुके थे। वह झुकी और सड़क पर की मिट्टी को छूते हुए मेम के गोरे-गोरे तलुओं की स्मृति जैसे अपने-आप ही उसके सम्पूर्ण अस्तित्व में भर गई और अपनी डबडबाई आंखें पोंछते हुए, वह अपेक्षाकृत तेज कदमों से शमीम और सद्दू मियां के बिल्कुल करीब तक पहुंच गई।

शहर पहंचकर, सद दू मियां ने सबसे पहले एक सेर बढ़िया मिठाई ली और शमीम को पकड़ाते हुए, दुकान की तरफ निकल गए, "शमीम बेटे, तुम अम्मीजी को साथ लेकर यहीं, मस्जिद वाली गली से घर पहुंचो। खाना बनवाने में मदद करना। मैं हफीज से कीमा भिजवाता हूं। तब तक मैं जरा दुकान खोल लूं।"

गली में घुसते ही शमीम धीमे से उसकी ओर पलटी और बोली, "अब्बाजान कह रहे थे, जब तक तुम्हारी अम्मीजी नहीं लौट आती हैं, दुकान बंद ही रहेगी।"

अब वह पहली बार बोली, "बहुत नौटंकीबाज हैं तुम्हारे अब्बा ! कल रात बाज की तरह हमपर टूट ना पड़े होते, तो ये नौबत ही क्यों आती? अच्छा, बेटी, तू बता—तू क्या सचमुच मेरी वापसी चाहती थी ? मेरे लिए तो तेरी भरी-भरी-सी आंखें ही लगाम बन गईं...नहीं तो इतनी आसानी से न लौटती।"

"और, अम्मीजी इसके बाद भी आप हमसे ऐसी बात पूछ रही है...?"

"तुम बहुत देवी बेटी हो, शमीम ! काश, कि तुम-जैसी कई बेटियां

होतीं मुझे..."

"होंगी, जरूर होंगी !" कहते हुए, शमीम ने अपने दुपट्टे का किनारा दांतों में दाब लिया, तो उसे होश आया कि क्या कह गई है।

बिसाती के सामान वाली कोठरी के बाहर बंधी बछिया उसे देखते ही चिल्लाई, तो वह अत्यंत आवेग के साथ आगे बढ़ी। गले से लगाकर प्यार किया। पानी बरसता ही होगा, सोचकर, पगहा खोलने लगी, तो शमीम ने रोक लिया, "अम्मीजी, आप ऊपर जाकर कपड़े बदलें। बछिया को मैं बांध दूंगी अंदर..."

अब पहली बार वह उन्मुक्त भाव से हंस पड़ी, "बहुत बदमाश लड़की है तू !"

घर की सफाई कर, खाना बनाते-बनाते तक में वह बिलकुल सहज हो आई। वर्षा भी जैसे उसके घर लौटने का इंतजार कर रही थी। लगा, बाहर की वर्षा में घर के भीतर जमी धूल भी बह गई है।

शमीम और किशन के दुकान जाने तक, लगभग ढाई बज गया।

सद्दू मियां आए खाना खाने, तो छतरी के बावजूद थोड़ा भीगे हुए थे। वह, इस वक्त सिद्दीक को सुला रही थी।

"बहुत तकदीर वाला है साला, उल्लू का पट्ठा..."करीब पहुंचकर, सद्दू मियां भी उसकी पीठ थपथपाने लगे, "फिर दूध पा गया है।"

उसने तुरंत अपने को अलग कर लिया। उठती हुई बोली, "मियां, आप पहले ये भीगे कपड़े बदलकर, खाना खा लो। दूध फिर ढूंढ़ते रहना।"

खाना, दोनों ने, साथ-साथ खाया।

सद्दू मियां ने फिर वही किया। जैसे ही हुक्का भरकर, वह करीब पहुंची, हाथ पकड़कर खींच लिया।

"तीन बज गए, मियां, बच्चे आते ही होंगे..."

"पांच बजे तक जाऊंगा ! शमीम से कहता आया हूं कि बेटे-देर से खाना बना है। देर से ही आऊंगा।"

वह चुपचाप सद्दू मियां की बांह पर टिकी ही रह गई। लगा कि इस सारे अंतराल में पहली बार अपने को इतना सहज अनुभव कर पा रही है।

कुछ देर दोनों चुप रहे। सद्दू मियां के हुक्का पीने की गुड़गुड़ छत पर गिरती बारिश के शोर में एकाकार होती रही। अचानक सद्दू मियां ने कहा, "आज तुम चूते पानी के लिए देगची रखना भूल गई हो, गफरन ! अपने घर को इतनी जल्दी भूलना ठीक नहीं।"

अब पहली बार उसे भी टप्-टप् की धीमी-सी आवाज सुनाई दे गई। वह उठी और बड़ी देगची रख आई। चारपाई पर पहुंचने के बाद उसे याद आया कि सिर्फ ब्लाउज और पेटीकोट पहने है। आगे बढ़कर, खूंटी पर से उतारकर धोती पहनना चाहती थी, कि सद्दू मियां ने बांह से पकड़कर, बिठा लिया, "तुम मुंह-अंधेरे यह घर छोड़कर चली गईं, यकीन करो, अब मैं इस हादसे पर बहुत खुश हूं, गफूरन ! ...और तुमसे कहना चाहता हूं कि तुमने बहुत ठीक किया। कल रात के वाकये के बाद, चुपचाप तुम इस घर में पड़ी रह जातीं, तो मुझे न खुद को समझने का मौका मिलता, न तुम्हें..."

"तुम तो यही समझे होगे कि जाने सारा लत्ता-पैसा-जेवर लेकर कहां भाग गई..."

"खुदा कसम, गफूरन, जेवरों की तरफ तो मेरा ध्यान तब गया है, जब शमीम ने बताया कि 'अम्मीजी, कुछ भी नहीं ले गई हैं। सारे कपड़ेलत्ते यहीं उतार गई हैं।' गनीमत है कि तुम बछिया नहीं खोल ले गईं। ...खैर, छोड़ो ये बातें। जो मुझे कहनी है वो बात ये है कि चंद घंटों में ही मैंने महसूस कर लिया कि अब तुम्हारे बिना मुर्दा हूं। इतने कम अरसे में तुम वजूद का हिस्सा बन गई हो। कुछ खुरदुरापन तुममें है जरूर... हमारे माहौल की तुम आदी भी नहीं हो। यहां, लोगों में, तुम्हारा घुलना हो नहीं पाया है, मगर तुम मुहब्बत और वफादारी से, खुद्दारी से लबरेज औरत हो, इसमें अब मुझे कोई शक नहीं।..."

उसने चुपचाप अपनी आंखों को झुका भर लिया।

सद्दू मियां उसकी कमर में हाथ रखे कहते रहे, "ये ठीक है कि भरा हुआ मैं शम्सू चचाजान के घर से आया था, लेकिन तुमसे नोक-झोंक में ही जाने क्यों और कैसे मेरे दिमाग में ये खुराफात आ गई कि—सआदत हुसैन, इस वहम की मारी औरत को दबा लेने का मौका यही है। जब तक ये किशन के बाप के जिंदा होने के धोखे में है, तेरी पूरी वफादारी में हो नहीं सकती। इसीमें मेरी जबान से किशन के खतने की बात भी निकल गई..."

"तुम जो ये कह रहे थे कि मांग के खाओ, मांग के पहनो—ये बात मेरे लिए जहर हो गई। मुझे यही मालूम पड़ा कि तुम्हारे आगे मेरी औकात एक भुखमरी औरत से ज्यादा नहीं..."

"बस, जिस बात के लिए मैं हददर्जा शर्मिंदा हूं, गफूरन, वो यही है। ...मगर खुदा की कसम मुझे, यकीन जानो तुम कि ये बेहूदा बात मेरे सिर्फ जबान की नोक से निकली थी, दिल से नहीं..."

मन में उसके भी लहर-सी उठी कि वह भी अपनी सुनाए, मगर चुप लगा गई।

"कल-परसों में जरा आप ये पता लगवा लोगे कि गंगा मास्टरनी गई कहां है ? ये मत मन में रखना कि वहां से मैं खुद यहां तक वापस लौट आती..."

"तुम्हारे खुद वापस लौट आने की उम्मीद होती, तो शायद, दो-चार दिन मैं घर से बाहर न निकलता। लौटा लाने में देर हो गई, तो शायद, फिर तुम मिन्नतें करने पर भी वापस न लौटोगी—यही डर दौड़ा ले गया। शमीम को साथ लेता गया था, मगर यकीन जानो, शमीम अकेली नहीं थी, उसमें खुद मैं था। मेरी मिन्नतें थीं। और वो हमें धौंस दे रही थी कि 'अम्मी तो हमारे बुलाने से लौटी हैं...' और तुम्हें ढूंढ़ने निकले हैं, तो कहती थी कि 'अब से हम सलमा दादी को चाय को भी ना पूछेगे।'.... कहती थी कि 'अम्मीजी बड़े जिगरे वाली औरत हैं। हमें लगता ही नहीं, सौतेली मां हैं।' ...हो तुम हक़ीक़त में बड़ी छातियों वाली औरत..."

सद्दू मियां का हाथ उसने तुरन्त हटा दिया, "मियां, तुम बातून बहुत

हो....”

“हमने बुजुर्गों से सुना था कि जिन औरतों की छातियां बड़ी होती हैं, वो बहुत जज्बाती और दिलेर होती हैं...”

“एक भैंस खरीद लो, उसीकी छाती से सिर लगाए रहना...”

“तुम हिन्दुओं में तो गैया के दूध के गुन ज्यादा गिनाए गए हैं...’’

उसने अपना हाथ सद्दू मियां के मुंह पर रख दिया।

कुछ देर बाद बोली, “आपने शुरू से ही इतना मुंह न लगा लिया होता और मेरी हर बात पर ‘हां’ न करते जाते, तो कल जो सलूक अचानक तुमने किया—उससे मैं इतनी ज्यादा चोट न खा गई होती...”

“मैं कोशिश करूंगा कि ये नौबत दुबारा न आने पाए। अब मैंने ये तय पा लिया है, गफूरन, तुम बांधने से नहीं, आजाद छोड़ देने से बंधोगी। खुदा की कसम खाता हूं। आज से ये घर तुम्हारे हवाले है। तुम्हारा जी चाहे, पर्दा करो। ना चाहे, ना करो। जिसको जो कहना है, कहे, अब मुझे किसीकी नसीहत नहीं सुननी। मैं नसीहतों का नहीं, मुहब्बत का भूखा आदमी हूं...”

“द, तुम मुसलमानों में ये मुहब्बत का हैजा बहुत फैला रहता है...” कहते हुए, उसने अपना मुंह सद्दू मियां की बांह में छुपा लिया।

दोपहर-बाद, लगभग पांच बजे सद्दू मियां दुकान पर जाने लगे, तो वह चाय बना लाई और प्याली थमाती, पास में बैठती बोली, “मियां, आपकी कसम, आज पहली बार ये सोच पा रही हूं कि—शायद, अब जाकर मेरी परिकर्मा पूरी हुई।”

14

मगर परिक्रमा अभी कहां पूरी हुई थी।

हालांकि आजकल अकसर ही खुद वह दुकान पर बैठती है, खास तौर पर दोपहर-बाद के ठाली वक्त में, मगर सुबह आज बिरादरी में एक जगह गमी पर जाना था। वहां से घर वापस पहुंची, तब तक हमीद स्कूल से लौटकर, यह कहता, गोद में सिर रखकर लेट गया कि 'अम्मीजी, हमें बुखार तो नहीं? बदन में दर्द और जकड़न महसूस हो रही है।'

आज कुछ देर से, लगभग दो बजे, सद्दू मियां खाना खाने आए थे घर पर, तब वह हमीद को लिए चारपाई पर लेटी थी। सद्दू मियां का चेहरा काफी उतरा हुआ था और कपड़े उतारकर, खूंटी पर टांगते हुए उन्होंने कुछ देर तक तो उसे सिर्फ छोटे बच्चों की तरह एकटक देखा था और फिर यह कहते हुए उनके गले में हलकी-सी खराश आ गई थी, "तुम उस दिन कहती थीं, किशन की अम्मा, कि शायद, अब जाके परिकर्मा पूरी हो गई तुम्हारी, मगर जाने कौन जनम की तुम देवी हो, तुम्हारी परिकर्मा अभी भी पूरी हुई नहीं है।"

जैसे रात के अंधेरे में किसीने पिंडली पकड़कर रोक लिया हो, वैसा कुछ अनुभव तो हुआ था, सद्दू मियां को इस हद तक हैरत में देखते हुए, मगर जो कुछ उन्होंने आखिर बताया, वह खुद उसके लिए भी अकल्पनीय था।

तुझे भी—गोपुली उर्फ गफूरन—देने वाले ने जिंदगी क्या दी है, मछुआरों का जैसा जाल रच दिया है।

यह परितोष कि, शायद, नैया पार लग चुकी—हंसने-बोलने, चलनेफिरने में भी प्रकट होने लगा होगा, तभी तो शमीम को देखने आए लोगों से बशीरन ने भी कहा होगा कि, 'शमीम ना जंचे, तो इससे बड़ी वाली को भी देखते

जाइएगा !'

खुद उसने भी कहां सोचा होगा कि चार दिन सुख-संतोष के आते ही वह बड़ी हवेली वालियों-सी निकल आएगी। पचीसवें में यहां आई होगी, और इस हिसाब से, अब यह अट्ठाइसवां होगा ? सलवार-कुर्ते-दुपट्टे में निकलती है, तो खुद अपने ही मुंह से 'हाय अल्ला' निकल पड़ने को होती है।

शहर की औरतों में से तो जाने कितनी हैं, जो वह न दिखाई पड़े, तो 'अच्छा बाद में आएंगे' कहती बिना चूड़ियां पहने ही निकल जाती हैं। जब से मंगनी हुई है, शमीम का दुकान पर का बैठना लगभग छूट गया है। फिर ये कि वह हिन्दुस्तानी वालों से हिन्दुस्तानी में, और पहाड़ी बोलने वालों से पहाड़ी में बोलती है—और वो भी रिश्ते लगाकर, ऐसे लुभावने अंदाज में कि जाने कितनी औरतों के लिए 'गोपुली गफूरन के यहां नहीं चलोगी?' एक मुहावरा-सा हो गया है। ...और सबसे बड़ी बात ये कि आखिरी पड़ाव पर आ चुके होने का सा इतमीनान।

अब शाम होने को आ रही है और किशन-सिद्दीक-हमीद, तीनों खेलने जा चुके हैं और शमीम भी कहीं अपनी सहेलियों में निकल चुकी है। जैसा मन चाह सकता था, इस समय, ठीक वैसा ही एकांत है।

एक-एक दिन करके महीना बीता। एक-एक महीना करते साल और कहां सन बयालीस था, यह पैंतालीस है।

गीता मास्टरनी से मिलाने, सद्दू मियां, उसी साल, बंद दरवाजों पर से वापस लौट आने के पखवारे-भर बाद ही ले गए थे और तब मुक्तेश्वर से वापस लौटी गीता मास्टरनी घर पर ही थी। जब दोनों बहनें एक-दूसरे से जनम-जनम के अजनबीपन को तोड़ती हुई-सी गले मिली थीं, वह रोमांचक क्षण उसे आज भी ज्यों-का-त्यों याद है। ...बल्कि सद्दू मियां ने, जैसीकि उनकी आदत है, वापसी में मजाक भी किया था कि 'ऐसे तो सिर्फ जनम-जनम के बिछड़े आशिक-माशूक गले मिलते हैं।'

कहने को तो उसने डांटते हुए, 'द, तुम पागल मियां को ये बुढ़ापे की

आशिकी-माशूकी जब ले जाती है धो-पोंछकर।' कहा था, मगर यह सच्चाई है कि उस वक्त जैसे और किसी भी चीज का कोई अस्तित्व ही नहीं रह गया था। गीता मास्टरनी का ही नहीं, फादर सिंह का अपनापा थी, तब से अब तक, ज्यों-का-त्यों बना हुआ है। अभी पिछली ही जुमेरात को तो भवाली से गीता मास्टरनी की भेजी सेबों की पेटी आई है और बशीरन ने फिर कहा है कि 'मुहल्ले-भर में अगर किसीके घर आई नियामत बंटती है, तो सिर्फ गफूरन आपा के यहां की।'

फादर सिंह इन तीन सालों में ही बहुत कमजोर हो चुके हैं। इधर से गुजरते हैं, तो 'कहो, बेटी गफूरन, कैसी हो?' कहते हुए ही जाते हैं। उस बार तो घर पर नहीं, जेल में थे। उसकी सारी गाथा सुनने के बाद गीता मास्टरनी ने कहा था कि सपना देखने की तरह वह माइकेल से उसका रिश्ता तय कर रही थी।

'मगर अच्छा ही हुआ, दीदी, जो तू पहले ही यहां नहीं आ गई। धर्म से कुछ नहीं होता, दीदी—सब-कुछ सिर्फ आदमी से होता है। इसलिए ये ना सोच कि धर्म से क्या हो गई है, सिर्फ ये सोच कि जिस आदमी के पल्ले पड़ी है, उसके भीतर तेरे लिए क्या जगह है? हम गरीब, कंगाल, अनाथ लड़कियों का मजहब सिर्फ जिंदा रहना है, और जहां तक हो सके, दूसरों को अच्छा लगते हुए। धर्म का क्या है! हम ईसाइयों में ही एक-से-एक भले आदमी हैं, एक-से-एक दुष्ट। इसी घर में देख, बाप आजादी की लड़ाई में जेल में बंद है और बेटा, माइकेल, औरतें भगाने वाले गिरोह के साथ पकड़ा जाकर, बम्बई ले जाया गया है।'

तब अचानक ही उसे मथुरा पंडित की कही बातें याद आई थीं, जब वह उन लोगों से मिलने उनकी दुकान पर गई थी।

गीता मास्टरनी की शादी हो चुकी है। एक बच्चे की मां भी बन गई। पति भवाली सेनिटोरियम में डॉक्टर है और वह खुद भी वहां स्कूल में पढ़ाती है।

हां, इस बीच मथुरा पंडित भी तो जेल से छूट गए थे। एक बार शहर आए थे, तो अचानक बिसाते की दुकान में बैठी गोपुली को देखकर, लंगड़ाते हुए रुक गए थे, 'अरे, गोपुली बेटी...'

मजहब अपनी जगह है, इंसान अपनी। हो सकता है, अगल-बगल के

मुसलमान दुकानदारों में खुसुर-फुसुर भी हुई हो, मगर वह उठी थी और थोड़ा फासला देकर, जमीन पर पांव छुए थे। इस साल के चौमासे में आए थे, तो ढेर सारे आम दे गए थे कि 'बच्चों को खिलाना, गोपुली बेटी, तेरी सुसराल की तरफ की मिट्टी में के हैं।'

हे परमात्मा, जाने कहां किसके घट में तू पिता की तरह बैठा है और जाने कहां किस रूप में। संकटों से भरा ही रहा जीवन, ये भी सच है, मगर जाने कितनों से स्नेह और सहारा भी मिला है और वह इस सबको भूलती नहीं है। और, शायद इसीलिए, विपदाओं की मार का कोई निशान उसके चेहरे पर बाकी नहीं—हां, हर समय प्यार और अपनेपन से डबडबाई-सी आंखें जरूर बोलती होंगी कि बड़ी छातियों वाली औरत ऐसी होती है।

विक्रम ठाकुर को ही ले ले, उसने ही शिकायत का अवसर कहां दिया? देबुली आई थी उसी साल सर्दियों में अपनी बहू को साथ लिए शहर, तो बड़ी देर उसके साथ दुकान पर ही बैठी रही थी। बताया था कि विक्रम ठाकुर ने सिर्फ मनीआर्डर ही नहीं भेजा था चालीस रुपये का बल्कि घरवालों को साफ-साफ लिख दिया था कि दस नाली उपजाऊ जमीन उसके हिस्से में से गोपुली के नाम कर देने को वो लोग तैयार हों, तो वह भी जहां वो लोग चाहते हों, शादी करने को तैयार है।'...नहीं, इससे ज्यादा की उम्मीद करना ऊपर वाले का गुनहगार होना है। कच्ची उम्र के नौजवान ने इतनी दूर तक जिम्मेदारी निभाने की बात सोची, यह साधारण बात नहीं।

हां, मदन का सद्दू मियां के पते पर 'रिडाइरेक्ट' करवाया हुआ एम० ओ० भी मिला था और खत भी। खत खुद सद्दू मियां ने पढ़ा था और हंसते हुए कहा था कि 'लौंडा बुजुर्गों की सी जबान झाड़े जा रहा है, नातजुर्बा होने का अंजाम यही होता है।'

'द, तुम्हारे-जैसे तजुर्बेकार कहीं ना पैदा हों।' कहते हुए उसने सद्दू मियां की राय के विरुद्ध जाकर, मनीआर्डर ले लिया था और खत खुद बोलकर लिखवाया था, तो सद्दू मियां को कहना पड़ा था कि 'तुम सचमुच

बड़ी औरत हो, गफूरन ! बड़ा धीरज है तुममें।'

और, बरसों पहले मथुरा ककाजी ने भी कहा था—धीरज धरो, तो ही रचना समझ में आती है।

शाम का वक्त है और जैसाकि मन था, वैसा ही एकांत है। ...और उसे वह लगभग अलौकिक लगता हुआ-सा दृश्य बेसाख्ता याद आ रहा है, जब विक्रम ठाकुर शादी के तुरन्त बाद शहर आया था और उसकी नवेली, निहायत सुंदर और कोमल-सी घरवाली रूपा को उसने अपने हाथों से चूड़ियां पहनाई थीं और श्रृंगार की ढेर सारी अन्य वस्तुएं दी थीं और पैसा नहीं लिया था।

'द, इस उल्लू के पट्ठे ने उन दिनों की बातों का जिक्र इस नादान छोरी से भी जरूर कर रखा है !' चूड़ियां पहनाते हुए, वह रूपा की आंखों में छलकते भावों को अपने कानों से सुन रही थी।

और अब जबकि लग रहा था—कांटों में नंगे तलुवों से चलने का वक्त खत्म हो गया, तब एकाएक ही यह त्रिशूल-सा आ लगा है...और यह भी किसका मारा हुआ ? वही रतनराम, जिसके लिए वह कहती रही कि अभी भी वह कहीं किसी जंगल में के मंदिर की खण्डित मूर्ति-सा उसके भीतर विराजमान है।

सद्दू मियां ने अगर रजिस्ट्री से आया 'नोटिस' दिखाते हुए सिर्फ इतना ही बताया होता कि रतनराम उसकी वापसी चाहता है, तो शायद, वह इस तरह, और इतना, आहत नहीं हो उठती कि-गोपुली, तेरा जीवन आखिर-आखिर धिक्कार-भरा ही है।

अच्छा, इस वक्त सम्पूर्ण एकांत है, तो मन में यह भी जिज्ञासा उठ रही है कि सद्दू मियां किस बात से इतना परेशान हो गए हैं ? उसकी वापसी को लेकर याकि दो हजार रुपयों की लम्बी रकम की मांग पर ?

एक नहीं, तीन बार पूरा 'नोटिस' पढ़वाया था उसने।

'इंडियन और इंगलिश गवर्नमेण्ट के एक वफादार फौजी की बीवी को

उसकी गैरहाजिरी में बहका-फुसलाकर और जोर-जबर्दस्ती से मय सोने-चांदी के जेवरातों के अपने घर बिठा लेने के संगीन जुर्म' का आतंक सद्दू मियां पर जमाते हुए, आगे इस प्रकार की मांग थी कि—'अगर ये आप ख्वाहिश रखते हों कि वह मुसम्मात मेरी घरवाली गोपुली आपके साथ भी बतौर बीवी के तीन साल तक रह चुकी है—और हो सकता है कि इस अरसे दौरान में उससे कोई बच्चा आपको भी नसीब हुआ हो और उसकी परवरिश के लिए जरूरी हो कि वह मुसम्मात, यानी मेरी घरवाली गोपुली, जिसे कि आपने जबरिया तौर पर मुसलमान बनाकर गफूरन बेगम नाम दे दिया है, तो ये बात साफ-साफ ताकीद हो कि ऐसी हालत में आप दो हजार रुपये मुआवजा देकर, मुझसे रेवन्यू स्टैम्प पर 'लदौ'[1] लिखवाकर, पक्की तौर पर तलाक की रसीद ले सकते हो। अलबत्ता अगर आपने खुदा-ना-खास्ता मेरे बेटे, जोकि मुसम्मात गोपुली देवी उर्फ गफूरन बेगम को खास मुझसे पैदा हुआ और जिसके कि यहां सारे गांव-बिरादरी के लोग चश्मदीद गवाह हैं—तो अगरचे, जनाब, आपने मेरे नादान बेटे किशन को भी जबरिया तौर पर मुसलमान बना लिया है, तो इस संगीन गुनाह की जिम्मेदारी आप पर अलग से होगी। ...और इसके लिए आपको अलग से मुआवजों की रकम देनी होगी, जोकि या तो पंचों की तरफ से तै होगी और या आप मुझे कोर्ट-कचहरी में दावे के लिए मजबूर कर देते हैं, तो लोवर कोर्ट से तै होगी और आपके अडंगे लगाने पर हाईकोर्ट तक जाएगी और इन सब कानूनी कार्यवाहियों के हर्जे-खर्चे के देनदार भी बजाब्ते खुद आप होंगे।'

आगे की पंक्तियों में समझाया गया था कि 'यदि आपस की रंजिश और मूकदमेबाजी से आप बचना चाहते हैं, तो नोटिस के पाने के पंद्रह दिनों के अंदर पहले से खबर देकर, यहीं मंगलगांव में आ जाएं और यहां पर पंचायतनामा कर लिया जाएगा। ताकीद रहे कि मुआवजे यानी कि 'लदौ' की रकम नकद अपने साथ लेते आएंगे, जो कि पांच पंचों के सामने मुझको हैण्ड ओवर' की जाएगी और आपको मय पंचों की गवाही के पक्की रसीद तलाकनामे की दे दी जाएगी।'

---

1. तलाकनामा।

रात सद्दू मियां, और दिनों की अपेक्षा, जल्दी ही दुकान बंद करके घर आ गए, मगर रात उन दोनों में ज्यादा बातचीत हुई नहीं। शायद, सद्दू मियां बच्चों की उपस्थिति में बातचीत करने से बचना चाहते थे। इतना जरूर हुआ कि—जाने किस बात पर—आज पहली बार किशन को इतनी जोर से तमाचे लगाए और 'हरामी की औलाद' कहकर संबोधित किया गोपुली ने।

सद्दू मिया ने ही यह कहते हुए, अपनी गोद में उठा लिया कि 'गफूरन, इस बेगुनाह को क्यों सजा देती हो !' और बडी देर तक गोद में लिए हुए, चुपचाप हुक्का पीते रहे थे।

सुबह ही नमाज अदा करके, शम्सू चचा के यहां ही आने के बहाने सद्दू मियां उसे साथ लेकर एकांत में को निकल गए सूनी सड़क पर, तो पहला सवाल उसने यही किया, "मियां, रकम बहुत ज्यादा मांग रहा है ना फौजी जवान?"

"हां, किशम की अम्मा ! इसमें क्या शक है। सारा बिसाता, जेवर वगैरा बेच के भी पूरा ना पड़ेगा।"

"तो... हमारी वापसी कर दो..."

"तुम लोगों की वापसी वह मांग ही कहां रहा है, गफूरन ! वह तो सिर्फ लम्बी रकम चाहता है।"

"तो क्या हुआ ? आप, मियां जी, कहा न करते थे कि 'गफूरन, तुमसे मुहब्बत करना गुलाब का फूल सूंघना है।'...अब चुकाओ सूंघने की कीमत ?" उसका स्वर हास्य-भरा होते हुए भी तल्ख हो गया, "और क्या, मियांजी, आप ये उम्मीद करते थे कि वह तीन साल तक तुम्हारी खटिया पर सोई औरत के बारे में यों लिख देता कि 'अमानत की वापसी का शुक्रगुजार हाऊंगा?' तब तो तुम मेरा मजाक उड़ाते थे, मियां, कि फौजी की रूह तुम्हारा पीछा कर रही है ! ... अब बेचो अपना घर-बार-जायदाद, न पूरा पड़े, कर्ज लो..."

"हां, तुम सच कहती हो, मैं ख्वाब में भी ये ना सोच पाता था कि सालों तक लापता फौजी इस तरह एकाएक वापस आ सकता है। पता चल रहा है कि लामबंदी के बाद ऐसे कई लापता फौजी घर वापस लौट

रहे हैं।"

"मगर उन सबकी जोरू दाब के लोग बैठे ना होंगे..."

"तुम भी, गफूरन, सिर्फ हमें कसूरवार कहोगी?"

"मेरे न कहने से क्या होगा ? जोरू का असली दावेदार फौजी तो कहेगा ही...'

"गनीमत हुई कि तुमने किशन का खतना अभी तक ना होने दिया, नहीं तो बच्चे को जबरिया मुसलमान बनाने का इलजाम और मत्थे पड़ता। यों मेरी इज्जत उस फौजी के नहीं, तुम्हारे हाथों में है, गफूरन !"

"सो कैसे, मियांजी ?"

"कल शाम वकील साहब के हियां चला गया था। उन्होंने कहा है कि मामला फौजी का होने से टेढ़ा जरूर है, मगर जो तुम कह दो कि किसीकी जोर-जबरदस्ती से नहीं, अपनी मर्जी से मेरे साथ आई थीं, तो औरत भगाने के जुर्म से मैं बरी हो जाऊंगा।'तुम चाहो, तो मेरे खिलाफ बयान देकर मुझे जेल भी भिजवा सकती हो।"

"हो तो आप इसी लायक, मियां !"

"मजाक ही करती रहोगी, गफूरन ?"

"ऐसा करो, मियां, मैं फादर सिंह के पास चली जाती हूं किशन को लेकर। तुम साफ इंकार कर जाओ कि कोई गफूरन नाम की औरत तुम्हारे पास रहती भी है। एक औरत कभी अपनी मर्जी से भागकर गोपुली उर्फ गफूरन आई जरूर थी, मगर अपनी मर्जी से जाने कहां चली गई। ...यों मुखजबानी को पता बता देना मेरा मीराडुंगरी का, वहां आया तो वो जूतियां लगाऊंगी..."

"बरसों बाद जूतियों वाली जबान बोल रही हो, गफूरन ! ...नहीं तो खुद शम्सू चचा कहने लगे हैं कि बोलने का सलीका कोई गफूरन बेटी से सीखे। ...इस वक्त भी बोल रही हो तुम, तो लगता है, वकालतनामा बगल में दबाए बोल रही हो। ...अब कुछ मेरी भी सुनो, गफूरन ! इन तीन सालों में तुम सिर्फ बीवी नहीं रह गई हो, मेरे जिस्म का खून बन गई हो। और इस घर की इज्जत-आबरू गरचे इस घर की कोई है, तो उसका नाम गफूरन है !

घर-जायदाद की भली कही तुमने, इस जिस्म का गोश्त बेच के भी पूरा करना पड़े, तो वो भी करूंगा। ...मैं सिर्फ तुम्हारा जी जानना चाहता हूं, गफूरन! ... अपने पहले खाबिंद की वापसी की खबर मिलते ही तुम्हारे जी में यह घर छोड़ने की बात तो नहीं आ रही ? मुझे याद है, तुमने जाने कितनी बार यही कहा कि अगर कभी वो सामने आके खड़ा हो गया, तो तुम मुझे छोड़ते देर ना लगाओगी ?"

"वो मैंने कतई झूठ न कहा था, मियां !"

कुछ देर दोनों चुपचाप चलते रहे। आखिर सद्दू मियां ही बोले, "चलो, वापस लौट चलें। हमने तो खुब सोचा है और फैसला ये कर लिया है कि जो तुम कहोगी, सो होगा। खुदा के बाद अब तुम्हारा ही भरोसा है हमें, गफूरन ! हमीद-जैसा मगरूर और बददिमाग लड़का आज जो शरीफजादा बनके घर में पड़ा है और हाई स्कल के इम्तिहान में आला दर्जे में पास हुआ है—यह तुम्हारी मुहब्बत का करिश्मा है। हमने जब सोचा है, ये पाया है कि तुम ना हिन्दू औरत बनने के लिए पैदा हुई हो, ना मुसलमान—तुम सिर्फ एक ऐसी औरत हो, जिसके भीतर मुहब्बत का दरिया लहराता है..."

"जिसकी छातियों में नहीं कहा, आपने ?" अब वह ठहाका लगाकर हंस पड़ी, तो लगा कि सड़क के आस-पास का सारा परिवेश मद्धिम-मद्धिम कम्पनों से भर गया।

वह वापस मुड़ने को हुई और इस बार सद्दू मियां की आंखों में आंखें गड़ाकर पूछा, "मियां, ये वादा करते हो कि जैसे मैं कहूंगी, चलोगे?"

"शमीम बेटी की कसम..."

"गंदी बात। बच्चों की कसम न खाया करो। मेरा यकीन करके आपने हमेशा को खरीद लिया, मियां ! अब मैं ये कह सकती हूं कि सिर्फ मौत ही मुझे तुमसे अलग करेगी। ...जानते हो, कल से ही मुझपर इतनी बुरी क्यों बीत रही है ? सोचने लगी थी कि इस घर में, शायद, अब कुछ नहीं होना। भद्रा लग गई है। ...शायद, तीसरा महीना चल रहा है।" कहते हुए उसका चेहरा गुलाबजल से धुला-सा हो आया। कुछ देर चुप रहकर बोली, "अच्छा, ऐसा करो, किसी तरह पांच सौ रुपये का जुगाड़ करो। ...तीन-साढ़े तीन सौ तो मेरे खुद के ही

बचाए पड़े होंगे। ...खत-वत लिखने की या वकील से राय लेने की कोई जरूरत नहीं। हम लोग कल सुबह तड़के ही गांव को जाएंगे। एक डोटियाल कुली कर लेना। बिस्तर ले जाना होगा और किशन पैदल चल नहीं पाएगा..."

सद्दू मियां कुछ देर चुग ही रह गए, तो उसने पूछ लिया, "क्यों, खामोश क्यों हो गए ?"

"मैं सोचता हं, दो घोड़े किराये पर कर लेंगे। पैदल इतना लम्बा सफर तुम्हारे हक में ठीक न होगा।"

इस बार उसने देखा कि अब सद्दू मियां का चेहरा अपने में लौट आया है।

घर पहुंचते ही, स्कूल जाने की तैयारी करते हमीद से बोली, "हमीद बेटे, स्कूल में कल-परसों, दो दिनों की दरखास्त लगा लेना। हम लोग जरा गांव जाएंगे..."

15

सारा रास्ता यही सोचते कट गया कि क्या कहना है, कैसे कहना है।

लगता है, जैसे परसों से पलक नहीं गिरी है। हर क्षण आंखें एक ही तनाव में रही हैं—रतनराम को देखना है !

जी-जान से प्यार करता तो वह कभी नहीं लगा था। वह खुद थी, जो वैसा मानती चलती थी। अब कहीं यह अनुभव होता है कि उसमें भूख ज्यादा थी, निष्ठा कम।

सद्दू मियां के आगे मुंह को दाबे रखा है, मगर मन का यह त्रास अभी तक नहीं गया है कि छै साल तक लापता रहने के बाद वापस लौटे फौजी जवान के दिमाग में गोपुली को लेकर बात आई, तो सिर्फ इतनी कि कीमत वसूलनी है ! खुद गोपुली की वापसी की कहीं कोई चाहत नहीं ?

सद्दू मियां के ऐतबार का सहारा है कि वह यह देखने चली आई है कि

देखें, इस गोपुली को गफूरन की हैसियत से देखने के बाद उसका रवैया क्या होता है। अभी, थोड़ी ही देर बाद, मंगलगांव के थोड़ा-सा पहले पड़ने वाले सोते के पास विश्राम को उतरेगी। कितना ठंडा और स्वच्छ पारदर्शी जल है! अभी तक स्मृति में है। हाथ-मुंह धोएगी और बाल संवारेगी और शमीम की मंगनी पर बनाया गया वही नया रंगीन जोड़ा पहनेगी, जिसमें उसे देखकर ही बशीरन ने मंगनी के लिए आए रामपुरियों से कहा था कि 'बड़ी को भी देखते जाइएगा।'

देखेगी एक झलक वह भी इस मुसम्मात गोपुली उर्फ गफूरन के तलाकनामे पर रसीदी टिकट लगाकर, रकम वसूलने को बेताब बठे फौजी जवान को! ... और क्या करने आई है वह यहां तक, यही दिखाने और कहने तो कि 'देख, मुसम्मात गोपुली उर्फ गफूरन को, अपनी आंखों से देख—ताकि बाकी की जिंदगी-भर हसरतों की मार से निजात न मिले तुझे कि ये परी मेरे दरिद्र घर को कहां थी!"

घोड़ापड़ाव नजदीक आ चुकने की गंध में घोड़े हिनहिनाए, तो जान लिया कि बस, यह मोड़ पार करते ही मंगलगांव सामने होगा।

"मियां, जब आपने सब मेरे ऊपर छोड़ ही दिया है, तो मेहरबानी करके किसी भी हालत में मुझे वहां टोकना नहीं कि गफूरन, ये क्यों कह रही हो, या कि गफूरन, ऐसा क्यों कर रही हो। ...ये तय जानो कि यहां की लौटी जाऊंगी तुम्हारे घर तो, बस, फिर सिर्फ खुदा के घर का वास्ता रहेगा। ...मगर यहां, इस जगह मैं चट्टान-जैसी सख्त हो जाऊं, मेरी मर्जी—पानी-सी बह जाऊं, मेरी मर्जी! यहां आप यों मानके चलोगे कि जाने साथ आए भी कि नहीं..."

"अरे, भई, अपने को तुम्हारा काश्तकार मानके चलेंगे, बस!"

"बहुत शरारती हो, मियां, आप! इसी मिठास से खा गए मुझे।" कहते हुए, वह फिर सिर्फ अपने में लौट आई।

जुड़वां बेटों की सी शक्ल में आकाश को छूते इन चीड़-वृक्षों को पार कर जाने-भर की देर है। यहां न वैसा आदमकद आईना है और न सरयू मैया का पारदर्शी जल। बटुवे में रखे छोटे आईने में सिर्फ गले से ऊपर का ही हिस्सा दिख रहा था, मगर अब इतनी निष्णात हो चुकी है कि अंधी हो जाय,

तो भी अपनी सारी देह देख सकती है। बाहरी वेश-भूषा और रूप से लेकर, बिलकुल भीतर तक के अपने औरत होने को।

ठंडी हवा के झोंके से चैतन्य होकर, आंखें उठाकर देखा—वनकपोतों की पांत पूर्व दिशा को उड़ती चली जा रही है।

बिलकुल तड़के ही चल पड़ने के बाद भी, पहुंचने-पहुंचने तक सूरज डूबने को आ गया है।

"गोपुली भौजी, सलाम !"

देखा, मदन था। कैसा, इन तीन वर्षों में ही, बड़े भाई-सा निकल आया है ! उसने धीमे से मुसकुराकर मदन की तरफ देखा। आंखें, लगा कि, स्नेह से बोझिल हो गई हैं। ...लेकिन बढ़ने को मथुरा पंडित की दुकान की ओर बढ़ गई। पहुंचते ही कैसी स्मृतियों में हो गई है वह। यहीं पर से सड़क पार करती पातलों की ओर निकल जाती थी घास काटने। कैसे भांति-भांति के पक्षियों का बोलना भरा रहता था सुबह-सुबह पातलों में !

'देवी मैया, तू ही लाज रखना। भूमिया देवता, तू ही लाज रखना।' सद्दू मियां के सहारा देकर घोड़े से उतारने के क्षणों में वह जैसे विनत होकर, सड़क की धूल से लग गई।

हाय, कितनी जबरदस्त है तू धरती मैया, कैसा दुधमुंहे बालक-सा भींच लेती है तू बरसों बाद के अपने पास वापस लौटे हुए को ! सद्दू मियां ने साफ देखा कि अपने अभी-अभी किए श्रृंगार को भूल गई-सी वह नीचे झुकी है और अंगुलियों को मिट्टी से छुआकर माथे से लगाया है।

'कहो, बेटा, किशनराम, मजे में हो !' कहता, मदन मथुरा पंडित की दुकान तक चला आया, "पंडित ककाजी तो गांव गए हैं, गोपुली भौजी! ... अगर गांव नहीं जाओगी, तो आज मेरे ही यहां मुसाफिरी करनी पड़ेगी—या सेराघाट चली जाओगी? हम लोगों से नाराज हो...?"

दूर से, और अपने में ही डूब जाने से ध्यान देना नहीं हो पाया था, मगर पास पहुंचते ही दिख गया था कि दुकान में ताला पड़ा है। इसका मतलब हुआ कि नौकर भी साथ गया होगा।

उसने एक नजर देखा। कुछ मुसाफिर दिख रहे थे मदन की दुकान

पर। गांव-पड़ोस का कोई नहीं था।

"मदन भैया, यहां ये पण्डित ककाजी का छान खाली पड़ा है—हम लोग यहीं ठहर जाएंगे। बस, खाने-पीने का, किशन के लिए थोड़े दूध का इंतजाम तुम कर देना—और घोड़ों के लिए घास..."

"क्यों, पातल नजदीक है, खुद काटकर नहीं लाओगी?"

कह तो गया, मगर कुछ खिसिया भी गया। बोला, "तुम तो, गोपुली भौजी, इन सदद मियां के घर जाकर सचमुच ही बेगम बन गई हो। हम लोगों ने तो बेगम सिर्फ ताश के पत्तों में ही देख रखी थी।"

"चल, शरारती लड़का कहीं का! बिच्छू का बच्चा पेट से ही डंक मारना सीख आता है ना। मजाक उड़ा रहा है पागल मेरा। जाओ, दूध हो, तो थोड़ा किसीके हाथ किशन के लिए भिजवा दो..."

"गांव में रतन दा को भी खबर भिजवा दूं क्या ?"

"नहीं, अभी नहीं।...अच्छा, ये बताओ, मदन—तुमने ये कैसे मान लिया कि मैं खुद गांव की तरफ नहीं जाऊंगी?"

"रतन दा की रजिस्टरी तो पहुंची होगी ?"

"तुम्हें कैसे मालूम ?"

"भेजने से पहले यहां दुकान पर लोगों के बीच बांचकर सुना रहा था खुद रतन दा..."

"अच्छा !" कहते हुए उसे खुद लगा कि चेहरा थोड़ा धुंधला गया होगा।

"फौज से भी बम की चोट खाया हुआ लौटा है, रतन दा। बायां कान गायब हो गया है और आंख के ऊपर भी घाव का गहरा निशान रह गया है। जिस दिन लौटा है, यहां दुकान पर मैं ही सोया था। घोड़िये छान में सोए थे। बारिश का दिन था। रात ज्यादा न हुई होगी, मगर लगता था, आधी रात हो चुकी। बारिश थमी थी और बादलों की गड़गड़ाहट में पहले तो मुझे अंदाजा ही न आया कि कोई दुकान के तख्ते खटखटा रहा है। ...आखिर टॉर्च जलाते हुए तख्त खोले कि शायद, कोई मुसाफिर होगा, तो सामने रतन दा खड़ा था! ...मगर मुझे पहचानने में थोड़ा वक्त लग गया और 'भूत-भूत' चिल्लाने में मेरी आवाज ही बंद हो गई।"

"इतना भयानक हो गया है क्या ?"

"नहीं, चेहरे में कोई खराबी नहीं है, मगर सख्त हो गया है। ...मैं तो इसलिए डर गया कि किसे उम्मीद थी वह जिंदा है ? और फिर उतनी रात गए, एकाएक ! उसने थाम न लिया होता, तो मैं जमीन पर गिर पड़ा होता। जाने कब उसने कहा कि 'डरो मत, मैं मरा नहीं, जिंदा रतनराम हूं। दुश्मनों की कैद में था। लामबंदी के बाद छुटा हं..."

वह कुछ नहीं बोली।।

मदन ही बोला, "मामला पंचायत में ले जाओगे आप लोग कि आपस में राजीनामा करने का इरादा है?"

"उसका इरादा क्या है ?"

"सद्दू मियां, आप बड़े खामोश बैठे हो...अच्छा, मैं आप लोगों के लिए चाय बना लाता हूं।" कहता हुआ, मदन अपनी दुकान की तरफ निकल गया, तो वह समझ गई कि सद्दू मियां के सामने बातें करने से कतरा रहा है।

'मैं अभी लौटती हूं, आप किशन को देखें।' कहती वह मदन के पीछे-पीछे निकल गई और थोड़ी देर बाद लौटी, तो झोले में से टॉर्च निकालती बोली, "शमीम के अब्बा, आप यहीं रुकें। ...मैं जरा गांव तक हो आऊं..."

सद्दू मियां समझ गए कि मदन से बातचीत के बाद यह बहुत उत्तेजित होकर लौटी है और शायद, गांव जाकर रतनराम से दूपरदू होना चाहती है।

बोले, "चलो, मैं भी साथ चलूं।"

"नहीं।" उसने अत्यंत दृढ़ता के साथ कहा और एक थैले में देबुली तथा नरराम के घर के लिए रखी हुई मिठाई रखती, उठकर खड़ी हो गई, "लो, तुम ये विलायती मिठाई वाला डिब्बा मदन को देते आओ। कहना, बच्चों के लिए है। और मुझे गांव अकेले जाने दो।"

"फौजी आदमी है, कहीं तुम्हें देखते ही बैल की तरह भडकता फौजदारी पर ना उतर आए ?"

"इसकी गुंजाइश तो आपके साथ चलने पर ज्यादा होगी, शमीम के अब्बा ! मेरी फिक्र न करो—भगवती मैया रक्षा करेंगी। यहां की धरती पर बहुत पली हूं मैं, मियां ! ... और फिर इस वक्त मैं औरत नहीं हूं, सिर्फ आग

हूं-देखती हूं, कौन छूता है मुझे ! .. 'बचपन में होश संभालने से लेकर, अभी सिर्फ तीन साल पहले तक काठ के पांव, लोहे का कपाल बनाकर जिंदगी काटी है मैंने, शमीम के अब्बा ! .. और वह फौजी जवान कहता है कि गुजर नहीं होती थी, तो कहीं डूब मरती। ...मैं उसके मरे मुर्दे को अपने भीतर जिंदा रखे रही, उसे मेरे जिंदा रह जाने की तकलीफ है ! उसके मुंह से ये ना निकला कि जैसी भी है गोपुली, जिंदा है—इतना ही बहुत है।"

सद्दू मियां बैठे ही रह गए। उसने किशन का हाथ पकड़ा और यह कहती नैलागांव की तरफ चल पड़ी कि 'शमीम के अब्बा, तुम हर्गिज न आना उधर। मेरे लौट आने का इंतजार करना।'

लगभग आधा घंटा प्रतीक्षा करने और मदन से रतनराम तथा गांव वालों के रुख के बारे में बातचीत के बाद, सद्दू मियां से बैठा न रहा गया। कृष्णपक्ष के बावजूद अंधेरा अभी ज्यादा गहरा नहीं हुआ था। मदन से टॉर्च मांगकर, जाने को हुए, तो वह बोला, "मैं भी साथ चलू..."

"नहीं, ठाकुर ! ऐसा क्या खतरा है...सब देखे-सुने लोग हैं। ये पहाड़ है, मैदान नहीं कि जान का जोखम सामने हो..."

लगभग फर्लांग-भर नीचे उतरते ही जोर-जोर से बोले जाने की आवाज सद्दू मियां के कानों तक आने लगी थी, मगर जब तक में वो देबुली के घर के ऊपर वाले खेत में पहुंचे, टॉर्च की रोशनी अपनी तरफ आती दिख गई और सद्दू मियां थम गए कि देखें, कौन है। खुद अपनी ओर से टॉर्च की रोशनी डालना ठीक नहीं लगा।

लगभग दस मिनट बाद ही तीनों बिलकुल करीब पहुंच गए, तो देखा, गोपुली और किशन थे, साथ में देबुली। वह देबुली से बातें करती चली आ रही थी, मगर बातें साफ नहीं सुनाई पड़ी थीं। देबुली 'सलाम मियां, कैसे हो, मजे में ? बच्चे सब मजे में ?' की औपचारिकता निभाती, जल्दी ही वापस

चली गई।

सद्दू मियां ने उसकी तरफ प्रश्नवाचक मुद्रा में देखा जरूर, लेकिन अंधेरे में न उसे कुछ दिखाई दिया, न सद्दू मियां को कि किसकी आंखों में—और चेहरे पर—क्या है। अपने चलने से वह ज्यादा उत्तेजित या असंतुलित नहीं लग रही थी, अलबत्ता किशन कुछ ज्यादा थका और थोड़ा सकपकाया-सा था।

सद्दू मियां ने अपनी ओर से कुछ पूछना ठीक नहीं समझा, और वह पड़ाव पहुंच जाने तक बिलकुल चुपचाप चलती रही। मदन के पास टॉर्च मांगने से पहले ही सद्दू मियां अपने डेरे में लालटेन जलाकर, नूर मुहम्मद के किराये पर लिए घोड़ों के साथ आए नौकर को वहां बिठा आए थे। उन लोगों को वापस आता देखते ही, वह उठ खड़ा हुआ। मदन ने बान की दो खटिया वहां लगवा दी थी और नौकर ने बंधा बिस्तर एक खटिया पर डाल रखा था।

उसने झोला खटिया के नीचे रखा और बिस्तरबंद खोलकर, एक पर खाली दरी डाल ली, दसरे पर कथरी बिछा दी और चादर। थके हुए किशन को कथरी वाली खटिया पर लेटने का संकेत करती बोली, "मियां, आप भी बैठ जाओ। अभी इसे सोने ना देना। एक रोटी खा ले, तो सोए। सोया बच्चा जगाना ठीक नहीं। लालटेन जरा धीमी कर दो और इस घोड़े वाले से कह दो, उधर मदन की दुकान पर जाकर बैठे। चाय और पानी हो, पी ले। मैं जरा कपड़े बदलूंगी।"

कपड़े बदल लेने के बाद, वह भी खटिया पर बैठ गई और थोड़ी देर बाद चुपचाप सद्दू मियां को देखती हुई, तकिया सिरहाने लगाती, आराम से लेट गई, "बहुत थक गई, शमीम के अब्बा!"

सदद् मियां ने लालटेन की बत्ती थोड़ा तेज कर दी। उसकी खामोशी, सद्दू मियां को, लगातार पत्थर-सी वजनदार होती लग रही थी। हालांकि इतना तय था कि कोई बहुत अप्रिय घटना घटित हो चुकने की कोई आशंका फिलहाल नहीं। उसके शांत भाव से लेटे रहने से स्थिति काफी कुछ सामान्य लग रही थी, मगर फिर भी उन्हें इस बात का बेसब्री से इंतजार था कि आखिर उन दोनों में क्या बातें हुई हैं और अंततः तय क्या हुआ है।

लालटेन की अब अपेक्षाकृत तेज हो आई रोशनी में सद्दू मियां ने गौर से गोपुली के चेहरे की तरफ देखा, तो पाया कि वहां पानी से भरे तांबे के कलसे-जैसी स्थिरता पसरी हुई है।

वातावरण में पानी की तरह इकट्ठा होते जाते चुप्पेपन को तोड़ने के लिए सद्दू मियां कुछ कहना ही चाहते थे कि कलई के दो गिलासों में चाय लिए मदन आ गया।

"लेट गई हो, गोपुली भौजी ? लम्बे सफर से थक गई होगी। सद्दू मियां, आप हमारे लिए भीम दा सरीखे हो। मियां, मजाक का बुरा न मानना। हुक्का और साथ ले आए होते, तो अच्छा रहता..."

"वो काहे, मियां...!" सद्दू मियां को बातचीत की शुरुआत हो जाने से अच्छा-सा लगा।

"बड़े मियां, जब मैं मिडिल में पढ़ता था, तो हमारे इतिहास की किताब में लखनऊ की किसी बेगम की हुक्का पीती हुई तस्वीर उसमें छपी रहती थी..."

मदन की इस बात पर सद्दू मियां ने तो खुलकर ठहाका लगाया ही, वह भी तेजी के साथ उठ बैठी, "मदन, नहीं होने पाओगे ऊपर को। जबसे आई हूं, मजाक ही उड़ाए जा रहे हो। बातों से ही पेट भरने का इरादा है या कुछ खाने-पीने का इंतजाम भी है..."

"तुम तकदीर की सिकंदर हो चुकी हो, गोपुली भौजी ! आज सेराघाट से करीब ढाई सेर की एक ही मछलीआई थी। आधी घर भेज दी है, आधी हम लोग खाएंगे।"

"क्यों, मियां, आपके तो मछली का नाम सुनते ही मुंह में पानी आ गया होगा ? इनको तो कोई मेरे वजन की मछली पकड़ा दे अभी, तो मुझे यहीं छोड़ जाएंगे—मछली को घोड़े पर लादकर, शहर रवाना हो जाएंगे।"

कुछ देर यों ही विनोद-वार्ता होती रही और उसे लगा कि वह तालाब में नहाने उतरी हुई औरत-सी बाहर निकल आई है।

मदन से वह रामसिंह प्रधान, परतिमा प्रधानी और लछिमा, सरो सती,

पद्मा, रूपा और बच्चों की कुशल पूछती रही।

रात लगभग दस बजे खाना खाया गया। किशन को पहले ही रोटी खिला दी गई, वह गहरी नींद सो गया।

खा चुकने पर, उसने पहले तो थाली-कटोरे मांज-धोकर रख दिए, फिर पनडिब्बा निकाला और मदन को भी पान लगाकर दिया, तो उसने फिर मजाक किया, "मुझको चूना न लगाना, गोपुली भौजी !"

अब पहली बार उसने कहा, "क्यों, मदन, गोपुली भौजी ही क्यों कह रहे हो तुम—अपने रतनदा के रिश्ते से उर्फ गफूरन भौजी क्यों नहीं कहते ?"

"हम लोगों के लिए तो तुम गोपुली भौजी ही रहोगी। तुम सोचती होगी, हमारे घर में तुमसे लोग चिढते होंगे। ये सद्दू भैया यहां पर बैठे हैं, बुरा ना माने, मगर खुद हमारी इजा कहती थीं कि, 'ठकुरानी होती, तो मैं विधवा भी उठा लाती।' तब कौन जानता था, रतन दा एक दिन भूत की तरह आधी रात में लौट आएगा। ...वह कुछ खूंखार किस्म का आदमी हो गया है। उसमें रस नहीं रहा। तुमसे क्या कह रहा था? कोई रास्ता आपसी रजामंदी का निकला या नहीं? मैं तो डर रहा था, तुम गांव में गई हो, कहीं फसाद ना हो..."

खुद उसे लगा कि रतनराम से हुई बातचीत का सिलसिला शुरू करने का, बस, यही सही वक्त है। वह निहायत कायदे से, तकिये से लगकर बैठ गई। मदन सद्दू मियां वाली खटिया के किनारे बैठा सिगरेट पी रहा था।

'जैसे ही मैं देबुली दीदी वाले आंगन में पहुंची..." उसने बातों का सिलसिला ऐसे शुरू किया, जैसे अभी चार घड़ी पहले के नहीं, लम्बे अंतराल के बाद के अतीत के बारे में बात करने जा रही हो, " वह सामने चबूतरे पर बैठा बीड़ी पी रहा था।'

"तुमको तो, मदन, वह अंधेरे में भूत लगा था—मुझे तो उजाले में ही लगा कि यह शख्स जरूर रतनराम का भूत ही होगा। शमीम के अब्बा, उस आदमी के चेहरे पर का पानी मर चुका है। मैं शहर से यहां तक का सफर तय करके आई थी, फिर भी मदन की बातें सुनके तत्काल गांव चल

पड़ी थी-आखिर क्यों ? मदन ने भी यही कहा था कि मुझमें उसकी कोई दिलचस्पी नहीं है, सिर्फ रकम ऐंठना चाहता है। ...मैं देखना चाहती थी अपनी आंखों से कि अपने रूबरू मुझे खड़ी पाकर उसकी आंखों में कैसी लहर उठती है। ...कदाचित् पराये घर में रहती अपनी जोरू को देखते ही नफरत और गुस्से से उसका चेहरा लाल हो जाता और तकलीफ से उसकी आंखें तड़पने को हो आतीं, तो मुझे यही अहसास होता कि नहीं, जो कुछ लिखा-कहा है, सिर्फ गुस्से और नफरत में कहा है—मैं इसके लिए मरी नहीं हूं। ...मगर उसके चेहरे पर की सख्त खाल पर मक्खी बैठने जितना असर भी नहीं हुआ। ...वह तो बताएगा नहीं, मगर मैं दावे से कह सकती हूं कि इस बीच जरूर किसी-न-किसी औरत से उसका वास्ता रहा है और उसने इसे पूरी तरह निचोड़कर रख दिया है। यह शख्स इतना टुच्चा निकलेगा, मैंने कभी सोचा न था।

"कहता क्या है ?"

"कहता है कि उसने छै साल मौत के बीच बिताए हैं, और मैं ऐयाशी में खेलती रही हूं। ...मैंने कहा कि तुम्हारे लापता होने के बाद के तीन साल जैसे त्रास में बिताए मैंने, भगवान ही जानता होगा, तो कहता है कि वह सिर्फ इतना जानता है कि मैंने उसके साथ घात की है। ...मैंने कहा, अगर किशन के साथ मैं सरयू में डूब मरी होती, तो यह तुम्हारे लिए संतोष की बात होती? हम लोग जिन्दा रह गए, इस बात की तुम्हें तकलीफ है ? ..."तो कनकटा क्या कहता है कि औरत का रंडी हो जाने से मर जाना बेहतर है।"

'मैंने तो, किशन की अम्मा, पहले ही कहा था—अकेली न जाओ, फजीहत करेगा। मैं उधर होता, जबान खींच लेता।..."

"ये तो मैं भी कर सकती थी, मियां ! .. और यों ही नहीं गई थी, चाकू झोले में पड़ा था। ...मगर बात वह सही कह रहा था। मेरी समझ में यह बात तुरत आ गई कि यह ठंडा लोहा है, गुस्से और तकलीफ से पागल होकर चिल्लाने लगू, तो ये इसका जवाब नहीं हो सकेगा। ...उस तरफ वह बैठा था, मैं इधर देबुली दीदी के आंगन की दीवार पर। बिरादरी के लोगों को तमाशे ने खींचना ही था, चीलों की तरह आ बैठे थे।... मैंने भी उतने

ही ठंडेपन से कहा और, शायद, मुसकुराते हुए कहा कि 'रतनराम, बात तुम सही कह रहे हो, मगर रंडी की दलाली मांगने वाला नामर्द इस सच्चाई को कहने का हकदार नहीं।' बस, इसी डंक से वह थोड़ा हिला और चबूतरे पर से उतर आया। मेरी तरफ बढ़ने लगा कि 'ठहर, डोमनी, तेरी जबान खींच लूं, तो ठंडक पड़े।' ...मैंने निकाल लिया चाकू कि 'आ, अगर मर्द की औलाद है, तो आ।' मियां, आप इस बात पर हंसोगे कि जब मेरी शादी हुई थी, तो नादान बच्ची थी। रतनराम और मैं साथ-साथ खेलते-कूदते थे और अकसर मैं भी उसे पटक देती थी। दूसरे, वह जानता है कि मैं किस मिट्टी की बनी औरत हूं। चबूतरे पर का उतरा आंगन में ही खड़ा रह गया। ...मैं कहतीआई कि 'रतनराम, जब तू दूसरों के लिए मुर्दा हो चुका था, मेरे लिए जिंदा था। मगर आज जब तू जीताजागता सबके सामने खड़ा है, मेरे लिए मरे से भी बदतर है ! तूने मेरा रण्डी होना बड़ी जल्दी देख लिया, रतनराम, औरत होना नहीं देखा कि कैसी-कैसी विपदाओं और भुखमरी में भी मैंने तेरी औलाद को इसी उम्मीद में कलेजे से लगाए रखा कि अगर तू कभी न लौटा, तो भी निर्वंश नहीं होने पाएगा। ...ये हकीकत है, रतनराम, कि कभी मैं पांव फिसल के गिरी। कभी मुझे भूख और मौत की दहशत जड़ से उखाड़ ले गई—मगर भीतर से तो मैं न कभी रण्डी हुई थी और न कभी मुसलमान ! ... भीतर तो मैं सिर्फ एक लावारिस, अपने भूख से मरने की हदों पर पहुंचते बेटे के लिए सहारा ढूंढ़ती औरत हुई थी...और, रतनराम, पाया होता तूने औरत का जनम, भोगे रोते गरीब घर की बेटी, कंगले घर की बहू होने के दण्ड, तो तू जानता कि औरत होने का मतलब क्या होता है !'.. 'शमीम के अब्बा, जाने क्या-क्या कहती गई मैं अपनी झोंक में और उस कनकटे आदमी पर असर सिर्फ इतना हुआ कि वापस लौटकर, फिर चबूतरे पर बैठा बीड़ी पीने लगा। ...आखिर मैंने फिर कहा कि 'रतनराम, फौजी जवान, वापस क्यों लौट गए हो ? आओ, देखो, जो सोने-चांदी के जेवर तुम्हारे घर से पहनकर मैं सद्दू मियां के साथ भागी थी, इन्हें तो उतार ले जाओ।'... 'तो मुंह बिचकाते हुए कहता क्या है कि 'जो कुछ उतारना होगा, बीच कचहरी में उतारूंगा।'... मैंने कहा कि क्यों, पंचायत नहीं 'बिठाओगे?'...

'तो कहता है कि पंचायत में मुझे तेरा नंगा नाच नहीं देखना है।' ... 'मैंने कहा कि 'क्यों, अगर कचहरी में ही मैं नंगी नाचने लगी, तो आंखें फोड़ लोगे क्या ?'... 'तो कहने लगा कि 'तेरा यहां मछली का सा तड़पना बेकार है। जा, कटुवा खटिया बिछाए इंतजार कर रहा है।'... 'जाने कौन तुम्हें यहां पड़ाव में देखता गांव आया, कुछ पता नहीं। ...आखिर मैंने कहा यों ही कि 'क्यों, तुम्हारे बेटे को छोड़ती जाऊं...' तो कहता है कि 'कानूनी दांव-पेंच मत खेल, इसे भी कचहरी के अहाते में से ही अंगुली पकड़कर लाऊंगा—और वो भी तब, जब ये साबित हो जाएगा कि मुसलमान नहीं बनाया गया है इसे जबरन !'... लौटते हुए मैं सिर्फ इतना कहती आई हूं कि 'किशन को तू रख अपने पास, या नहीं, तेरी मर्जी। ...पांच सौ रुपये हम लेते आए हैं। मंजूर हों, तो कल सुबह आठ बजे तक आकर दो गवाहों के सामने तलाकनामा लिख जाना। नहीं तो, वहीं, शहर की कचहरी में मुलाकात होगी।'... उसने इस बात पर भी मेरी तरफ कोई जवाब नहीं—सिर्फ बीड़ी का धुआं फेंक दिया। वह अभी तक मेरी याददाश्त में अपनी घरवाली की राख बहाकर, वापस लौटे हुए मर्द की सी शक्ल में उसी चबूतरे पर बैठा हुआ है, जिसपर सुबह उगते और शाम को डूबते सूरज को मैं हाथ जोड़ती रही कि-हे देवता, मेरे रतनराम को जिंदा रखना ! ...."

वह तकिये पर सिर रखे, आंखें बंद किए लेटी थी और सारी बातें ऐसे कह गई थी, जैसे कोई ममी बोल रही हो।

मदन और सद्दू मियां, दोनों ने अब इतनी देर के बाद बंद आंखों में से फूल में से निथरते पानी-जैसे उसके आंसुओं को देखा और देखा कि उसका चेहरा विषाद से सांप का डंसा हुआ हो आया है।

"गोपुली भौजी को अब आराम करने दिया जाए। मैं तो पहले ही कह रहा था कि वह ज्यादा लम्बी रकम ऐंठने के चक्कर में है। अच्छा, सद्दू मियां, सलाम ! अब आप लोग सोओ, कोई तकलीफ हो बताना।"

मदन के उठते ही सद्दू मियां ने उसके आंसुओं को पोंछ दिया। बोले,

"कल तड़के ही हम लोग शहर वापस चल दें..".

"नहीं, आठ बजे तक इंतजार करेंगे।"

"अगर वह नहीं मानता है—और दो हजार रुपयों में मामला रफादफा करने को तैयार होता है, तो इंतजाम..." सद्दू मियां बोले।

"कल सुबह के आठ बजे के बाद दो कौड़ियां भी उसे नहीं देनी हैं, मियां! मैं भी देखती हूं, वह कौन-सी कचहरी है, जो मुझ विपदाओं की मारी औरत की दलाली के दो हजार रुपये उस कनकटे फौजी जवान को दिलाती है।" कहती हुई, वह उठी और एक किनारे जाकर, थूकने के बाद, चुपचाप खटिया पर आकर लेट गई, "सो जाओ, शमीम के अब्बा, रात बहुत हो गई।"

16

कजली का बछड़ा आज पहली बार घास के तिनके ठूंगता दिखाई पड़ रहा था। दूध दुहकर, डेढ़सेरा मुरादाबादी लोटा भरा पल्लू से ढांपकर, वह ऊपर बरामदे में निकली। नसीम सीढ़ियों तक आ पहुंची थी और उसकी तरफ ऐसे झांक रही थी, जैसे कोई चिड़िया का बच्चा घोंसले में से नीचे झांक रहा हो।

सद्दू मियां बैठे, हुक्का पीते, अखबार पढ़ रहे थे और हमीद-किशन को सुनाते हुए-से कह रहे थे, "लो भई, लाठी वाले बुड्ढे ने तोपचियों को खदेड़ के ही दम लिया, आजादी के जश्न के जुलूस तो तुम लोगों के स्कूलों से भी निकलेंगे? हिस्ट्री भी क्या जबरदस्त करवट लेती है, साहब, मानना पडेगा।"

"तुम बाप-बेटे तो, बस, गपबाजी में खोए रहोगे। अभी नसीम सीढ़ियों से नीचे जा लुढ़कती, तो ? हाय अल्लाह, जब शमीम बेटी चली गई, ये छोकरी लावारिसों-सी भटकने लगी.. ।"

सद्दू मियां ने एक नजर दूध के लोटे पर डाली और मुसकुराते हुए

बोले, "भई, दूध तो तुम्हारी कजली को भी अच्छा-खासा होता है... ।"

वह बुरी तरह झेंप गई। आंखें तरेरती. बोली, "मियां, नजर ना लगाओ। गाय और औरत को बुरी नजर बहुत जल्दी लग जाती है।"

थोड़ी देर में बच्चे स्कूल चले गए तो उसने एक गिलास दूध सद्दू मियां के सामने रखा, "मियां, सुफेद होने लगे, मगर शरारतें नहीं गईं। अच्छा, ये बताओ, मेरा नाम तो तुमने तुरन्त गफूरन कर दिया, इस कजली का ज्यों-का-त्यों रहने दिया? इसके बछड़े का आप अगर अपनी जबान में नाम रखना चाहोगे, तो क्या रखोगे ?"

सद्दू मियां कुछ क्षण चुपचाप हुक्का पीते रहे। फिर हक्का एक तरफ सरकाकर, दूध का गिलास हाथ में लेते हुए बोले, "तुम्हें पसंद हो, तो सद्दू मियां ही रख लो।"

"ये ज्यादती हमसे ना होगी ...मियां !"

"इसमें ज्यादती की बात कौन-सी है भला?"

"भई, आज मुकदमे के फैसले का दिन है ना ? कहीं इसका नाम मैंने वही रख दिया, जो आपने अभी बताया--कहीं ऐसा ना हो कि पुलिस वाले पकड़के, आपके बदले इस बेगुनाह को जेल में डाल दें।"

कुछ देर दोनों ही हंसते रहे और बीती बातों को दोहराते रहे।

"मियां, आपका क्या खयाल है ?"

"फैसले के बारे में ?"

"जी हां। आज तो, सुना है, बिरादरी के बहुत-से लोग भी तमाशा देखने जाएंगे।"

"वकील साहब को तो पूरी उम्मीद है कि फैसला हमारे हक में होगा। खास तौर से पिछली पेशी में मथुरा पंडित और देबुली के जो बयान हुए थे—वर्मा साहब कह रहे थे कि रतनराम के वकील की कमर तोड़कर रख दी है। तुम्हारी गुरबत, तकलीफ और बेआसरेपन की जो तस्वीर उन लोगों ने उस दिन खींची थी —खुद मेरी आंखें नम हो आई थीं। मथुरा पंडित ने तो साफ कहा था कि 'गोपुली अगर मुसलमानी हो गई है, तो ये कसूर इस बेगुनाह औरत का नहीं है—हम पत्थरदिल और अपनी ही बेटियों को आसरा देने

में नाकाम हिन्दुओं का है। इस बेगुनाह और जद्दोजहद की जिंदगी को भी प्यार से बसर कर देने वाली ममता से लबरेज औरत पर झूठा दावा कायम करके रतनराम ने हम हिन्दुओं की कमनियती का सबूत दिया है। ...ये तो इस लड़की की खुदकिस्मती है कि सआदत हुसैन जैसा नेक आदमी इसे मिल गया, नहीं तो हम पहाड़ियों की गरीबी और बेरहमी की मारी जाने कितनी बेटियां कहां-कहां मारी-मारी फिर रही हैं। ...जो घरों में हैं, उनकी जिंदगी भी बेशुमार तकलीफों से भरी है।'...जाने क्या—क्या कहा था पंडित ने। कहीं किसी शास्त्र का हवाला भी दिया था कि औरतों की इज्जत न करने वाली कौम हमेशा पिछड़ी रहेगी। ...मैदानी इलाकों में ये चीज कम है, गफूरन ! .. और जो हो, यहां के पहाड़ी दिल के बड़े साफ होते हैं।"

"वह कनकटा भी, आपने गौर नहीं किया, अधमरा हो चला है। अब उसमें वो कड़क और सख्ती रही नहीं। लगता है, नाउम्मीद हो चला..."

"देखो, खुदा क्या करता है। इन्साफ तो खरा उसीके हाथ है।"

दोपहर बाद, लगभग चार बजे फैसला सुनाया गया।

फैसला पूरी तरह से, दो टूक उन दोनों के पक्ष में हुआ था। लगभग दो साल के मुकदमे के दौरान होने वाला सारा हर्जा-खर्चा दोनों पक्षों का अपना-अपना, कोई किसीका देनदार नहीं। किशन की जिस ढंग से परवरिश की है, यह बात उसके अधिकार में है कि चाहे उसे बाप को सौंप दे. चाहे अपने साथ रखे। बालिग होने तक उसका धर्म-परिवर्तन न किया जाए, यह हिदायत कानून की तरफ से।

हालांकि उम्मीद पहले से थी, फिर भी कानों से फैसला सुनकर, सद्दू मियां का चेहरा खुशी से खिल उठा। बिरादरी के जान-पहचान के लोगों और वकील ने भी 'मुबारकबाद' की झड़ी लगा दी। उसपर क्या प्रतिक्रिया हुई है, इस ओर ध्यान देते वक्त लग गया और जब देखा, तो पाया कि खुशी की कोई चमक चेहरे पर या उसकी आंखों में है नहीं।

न्यायालय के कमरे से निकलकर, बाहर आ चुकने पर भी घर रवाना

होते-होते काफी वक्त लग गया। वकीलों, मुंशियों और गवाहों को चायपानी, पान-सिगरेट कराते-कराते घंटा-भर तो लग ही गया।

सद्दू मियां ने इस बीच बार-बार यह देखा कि दूर पीपल के पेड़ के नीचे हारे जुआरी की तरह हताश बैठा रतनराम बार-बार इस तरफ देखता है और वह भी देख लेती है। उसे, अब तक किशन के साथ घर को चल देना चाहिए था। शम्सू चचा ने 'चलो, बेटी गफूरन, खुदा ने इज्जत रख ली। अब घर चली चलो,' भी कहा था, मगर वह 'शमीम के अब्बा के साथ आती हूं।' कहती रुक गई थी।

"क्यों गफूरन, उस बेवकुफ और बददिमाग इन्सान से हमदर्दी महसूस कर रही हो ?' सद्दू मियां ने एकाएक पूछ लिया, तो पहले वह चौंकी, मगर दूसरे ही क्षण उसके चेहरे पर एकाएक चमक आई और उसने सीधे-सीधे कहा, "क्यों, शमीम के अब्बा, मैं एक मिनट को उस कनकटे के पास हो आऊं, तो आपको कोई एतराज तो नहीं ?"

एक क्षण में ही वह जैसे बिलकुल बदली हुई औरत हो गई थी और सद्दू मियां को लगा कि 'नहीं, मुझे कोई एतराज नहीं।' कहने के अलावा और कुछ कहने की गुंजाइश नहीं है।

वह किशन की उंगली थामे मंथर गति से आगे बढ़ी।

उसके नजदीक पहुचते-पहुंचते, रतनराम ने अपना चेहरा हाथों से ढांक लिया। उसकी एकाएक फूट पड़ी रुलाई की आवाज तेज हवा के झोंके की तरह गोपुली के कानों में भर गई।

उसने दो-चार कदम आगे बढ़ाए। छू सकने के फासले पर आ गई, मगर छुआ नहीं। अपनी ही जगह पर थमी, धीरे से बोली, "मर्द की जात होकर रोते हो..."

मैं लुट गया, किशन की महतारी !...मैं बरबाद हो गया। फौज से मैं कभी का डिस्चार्ज हो गया था। वापसी में एक चुडैल के चक्कर में फंस गया, उसने मेरी आंतों तक को निचोड़कर, मुझे लात मार दी। मैं दरबदर की ठोकरें खाता, टूटा हुआ नैलागांव पहुंचा आधी रात को—भूखा, पैदल चलता-चलता कि अब घर पहुंच गया हूं, तो रूखी-सूखी जैसी होगी, किशन की महतारी रोटी जरूर खिलाएगी। घर पहुंचा, वहां वीरान था। तेरे पहले

रामू प्रधान के लड़के से संबंध और फिर सद्दू मियां के साथ भाग जाने की खबर सुनी, तो मैं सचमुच पिशाच हो गया, गोपुली, मैं पागल हो गया। मेरे भीतर का सारा रस सूख गया। आज पहली बार आंखों में ये आंसू आए हैं, जब तुझे अपनी तरफ आते देखा। ...मैं पूरी तरह बरबाद हो गया हूं, किशन की महतारी ! ...घर तीन सौ में गिरवी रख दिया। सड़कों पर कुलीगीरी करते-करते मेरे हाथों की खाल निकल गई है। ...पहले मैंने नहीं जाना, किशन की महतारी, इन दो सालों की जिंदगी में जाना है कि मुझ मर्द जात की ऐसी दुर्गति हो गई, तो तुझपर क्या बीती होगी ! ...आज मैं आखिरी तौर पर खतम हो गया हूं, किशन की महतारी ! आज मेरे आंसू पोंछने वाला कोई नहीं रहा।"

वह एक कदम और आगे बढ़ी। फूट-फूटकर रोते रतनराम के सिर पर अपना हाथ रखा। बोलने लगी, तो लगा, कांसे की मूर्ति हो गई है, बज रही है। उसे लगा, इस वक्त उसके लिए सारी सृष्टि सिर्फ उसके सामने मुंह ढांपे बैठे रतनराम में सिमटकर रह गई है। रतनराम को देखती और स्पर्श करती हुई वह है, मगर उसे देखने वाला ईश्वर के अलावा और कहीं कोई नहीं है।

रतनराम के सिर पर हाथ रख-रखे, जाने क्या-क्या कहती गई वह, खुद उसे ही याद नहीं रहा, मगर कटे हुए पेड़ की तरह जमीन पर ढहता हुआ रतनराम अपनी ही जगह पर कुछ थमता जा रहा है—यह अनुमान लगाते उसे देर नहीं लगी।

रतन राम के कुछ संतुलित दिखते ही, वह तुरन्त वापस मुड़ने को हुई, क्योंकि उसे लगा, पीठ सदू मियां के एकटक देखते रहने के बोझ से भारी हो गई है। जाते हुए, कहती गई, "अभी घड़ी-दो घड़ी के बाद, दुकान पर पहुंच जाना। मैं किशन को इसके कपड़े-लत्तों के साथ भेजती हूं। बच्चे और फूल को कोई दोस नहीं है। देखो, आदमी को अपनी पितरघाट कभी नहीं छोड़नी चाहिए। अभी तुम कौन इतने बूढ़े हो गए हो। देबुली दीदी से बातचीत करके, कहीं से कोई दो रोटियां पकाने वाली ले आओ। इस बच्चे को पालो और अपना वंश चलाओ। मैं किशन को अपने साथ ही रोक लेती, मगर बच्चे को अपने वंश में रहना चाहिए—औरत जात का क्या है, पानी है, जहां बह

गई। ...इसे कस्बे के स्कूल में पढ़ने भेजना जरूर। मैं दस-बीस रुपये इसके खर्च को भिजवाती रहूंगी। देखो, अपनी जिंदगी को सुधारो। हिम्मत न हारो। कानों से सुनूंगी कि तुम बस गए, तो यही मेरे हिस्से का सुख होगा—बाकी आज से तुम्हारा-मेरा सम्बन्ध आखिरी तौर पर खत्म हो गया।"

वह बहुत तेज कदमों से पीछे लौटी और सद्दू मियां का इन्तजार किए बिना, कचहरी के अहाते की सीढ़ियां उतरती, घर की ओर चल पड़ी। सद्दू मियां के पांवों की आवाज उसे, पीठ-पीछे, बाजारवाली सड़क पर चलते हुए भी अलग सुनाई पड़ती रही।

घर पहुंचते ही उसने पहले बक्सा खोला। सिद्दीक और हमीद अभी लौटे न थे। सद्दू मियां की ओर पीठ किए हुए ही निहायत शांत किन्तु स्तब्ध करती-सी आवाज में वह बोली, ''शमीम के अब्बा, अगर आप चाहते हैं कि मैं हमेशा के लिए इसी घर में रहूं, तो इस वक्त जो भी मैं कर रही हूं, रोकना कतई नहीं।"

सद्दू मियां चारपाई पर बैठ गए। बोले, "तुम इस घर की मालकिन हो, गफूरन ! तुम्हें इजाजत लेने की कोई जरूरत नहीं। जो तुम करोगी, उसमें मेरा किया भी शामिल समझना।"

वह समझ गई कि सद्दू मियां ने अन्दाजा लगा लिया है।

सात सौ रुपये एक रूमाल में बांधने के बाद, उसने किशन के कपड़ों की पोटली बांधी और सब कुछ ऐसे वेग से किया, जैसे मुहूर्त छटा जा रहा हो।

सिर पर ठीक से पल्लू करते हुए, उसने कपड़ों की पोटली और रुपयों के रूमाल को सदू मियां को पकड़ा दिया, "वह दुकान में आएगा। ये रुपये उसे दे देना। कह देना कि घर गिरवी से छुड़ा ले और दूसरी शादी कर ले। किशन आखिर-आखिर उसकी औलाद है, इसे भी उसे सौंप दो, तभी मेरी पूरी मुक्ति होगी।"

सद्दू मियां ने सिर्फ इतना कहा, "कहो तो, किशन की अम्मा, गाय को

भी रतनराम को सौंप दिया जाए। किशन के दूध पीने का सहारा हो जाएगा। हमारा क्या है, हम बाजार से ले लेंगे। हम बिसातियों के घर में गाय कहां पली आज तक..."

"नहीं, कजली यहीं रहेगी, शमीम के अब्बा! इस घर में अब मुझे गोपुली के रूप में पहचानने वाली सिर्फ यही होगी! .. और फिर नसीम को बाजार का पानी-मिला भैंस का दूध पिलाऊंगी क्या मैं? मुझे अब उतना दूध होता नहीं।..."

सद्दू मियां ने साफ देखा कि यह बात उसने मुसकुराकर कही है। उसकी यह मुसकुराहट इतनी विषाद-भरी थी कि लगता था, जैसे कोई मौत के वक्त मुसकुराया है।

"रतनराम से कहना—बीस-पच्चीस रुपयों में कोई गाय खरीद ले। वहां घास-चारे की कोई कमी तो है नहीं। अच्छा, सलाम..."

न सद्दू मियां समझ पाए कि उसने किसको सलाम कहा है और न वह खुद समझ पाई कि उसके मुंह से एकाएक 'सलाम' क्यों निकल पड़ा है। उसके आवेग के साथ दरवाजा बंद कर लेने की आवाज से ठिठककर, सदू मियां ने एक बार बंद हो चुके दरवाजे को देखा और फिर किशन की अंगुली थामते हुए, बोले, "चल, बेटे, आज से तू अपने असली अब्बा के साथ रहेगा।"

वह बीच से दो टुकड़ा हो गई-सी चारपाई पर पड़ गई थी और बड़ी देर तक उसे यही लगता रहा कि किशन के रोने की आवाज बंद दरवाजों को चीरती हुई-सी उस तक पहुंच रही है।

□□